Scarlet
스칼렛

www.bbulmedia.com

그 밤이 지난 뒤에

SCARLET ROMANCE STORY

그 밤이 지난 뒤에

1권

정경하 장편소설

contents

프롤로그

12월 31일.

열대 섬의 밤은 서울의 봄날보다 따뜻했다. 얼굴을 가리고 있던 가면을 벗은 은재는 아스라한 한숨을 쉬며 밤바다에서 부드럽게 불어오는 미풍을 즐겼다.

어제, 그녀는 태어나 처음으로 비행기를 타고 서울을 떠나 싱가포르로 왔다. IE 그룹 한국 지사장의 비서 자격으로 한 해의 마지막 날, IE 그룹 대니얼 리 회장이 아시아 지사장들을 모두 초대해 벌이는 성대한 파티에 참석한 것이다. 대니얼 리 회장에게 눈도장을 찍고 싶은 것은 아시아 지사장들뿐만이 아니었다. 미국, 유럽 각국의 지사장들 또한 그를 만나기 위해 일부러 싱가포르까지 와 한데 어울린 파티장은 혼잡했다.

은재는 영어를 유창하게 듣고 말할 수 있었지만, 지사장에겐 그녀의 통역이 필요 없었다. 지사장 역시 네이티브 수준의 영어를 구사했기 때문이다. 그래서 은재는 사람들을 피해 자유롭게 돌아다니다 밤바다를 보기 위해 저택 밖으로 나왔다. 자신의 품위를 떨어뜨리면 안 된다는 지사장의 특별 지시로 거금을 주고 산 검정 실크 드레스가 손상되지 않게 조심해서 대리석 난간에 앉았다. 발을 답답하게 조이던 힐을 벗어 던지자 모든 것이 그야말로 완벽해졌다.

센토사 코브에 위치한 하얀 대리석 저택은 웅장함과 우아함, 그리고 화려함을 자랑했다. 마치 중세의 유럽을 연상시키는 대저택이었다. 드라이브 웨이가 조성된 앞 정원은 가로등이 잘 정비되어 있었지만 바다가 인접한 뒤 정원은 암흑에 가까웠다. 저 멀리 등대에서 간간이 비추는 빛 외에는 정원의 어둠을 밝히는 것은 외롭게 선 가로등 하나가 전부였다. 가로등을 세울 돈이 없지 않은 저택이니 이것은 아마도 의도된 어둠인 것 같았다.

바닷바람이 부드럽게 불어와 그녀를 감쌌다. 지금 서울에 있었다면 두터운 겨울 코트를 입고 머플러를 둘렀을 것이다. 그만큼 날씨의 변화가 이곳이 다른 나라임을 더욱 실감나게 했다.

"너무 좋다……."

은재는 탄식처럼 감탄사를 내뱉었다. 일에 치여 사는 사람이면 누구나 그러듯 그녀도 자유롭게 떠나는 여행을 꿈꾸고 살았다. 아무리 일 때문에 온 것이라 해도 공짜로 싱가포르까지 오게 해 줬으니, 은재는 6년 만에 처음으로 IE 한국 지사에 취직하기를 잘했다고 생각했다. 가능하다면 싱가포르 곳곳을 돌아다니며 관광을 하고 싶었지만 아쉽게도 내일 아침 비행기로 서울에 돌아가야 했다.

그래도 이게 어디야.

그녀는 어깨를 으쓱거렸다. 난생처음 해외여행을 한 것도 감지덕지인데 초호화판 파티에 초대되기까지 했으니, 평생 누릴 행운을 이곳에서 죄다 누리고 가는 것인지도 모르겠다. 그때 등대의 불빛이 360도 회전하여 그녀를 비추고 사라졌다. 외로운 등대의 쓸쓸한 불빛은 묘한 감정을 불러일으켰다.

"등대지기라, 좋지. 얼어붙은 밤을 비추니까. 등대지기에게 시집이나 갈까?"

그럼 죽도록 돈을 벌지 않아도 되겠지. 등대지기 남편에게 밥만 해 주면 될 테니까. 그녀는 노랫말의 구절을 따라 흥얼거리며 신랄하게 생각했다. 평소의 그녀답지 않은 행동이었지만 아무렴 어때? 지금은 여행 중인데.

낯선 음성이 들려온 것은 그때였다.

"싱가포르는 얼어붙을 일이 없는데 어쩌나. 그리고 요즘 등대는 자동으로 빛을 비추지."

가면을 쓴 남자의 등장에 깜짝 놀란 은재가 몸을 일으키다 그만 비틀거리고 말았다. 어둠 속에서 발을 헛디뎠던 것이다.

"육탄 공세는 사양하지."

싸늘한 주의와 함께 남자가 비틀거리는 그녀를 똑바로 세워 주었다. 남자의 호의가 고마웠지만 오만한 말에 기분이 상한 은재 역시 냉랭한 어조로 말했다.

"죄송합니다. 그리고 감사합니다. 하지만 저 역시 낯선 사람을 향한 육탄 공세는 사양합니다. 저도 제 몸을 던져야 할 때, 남자를 고르는 안목과 기준이라는 게 있거든요."

남자를 향한 모욕인 줄 알면서도 가시를 숨길 수가 없었다. 희미한 가로등 불 사이로 가면을 쓴 사내의 입술이 호를 그리는 것이 보였다.

"가시가 있군."

영어와 불어가 난무하는 파티장에서 한국 지사장을 제외한 다른 한국인은 보지 못했다. 그런데 이 사람은 너무나 능숙하게 한국어를 구사했다. 모국어로 쓰는 그녀와 별반 차이가 없을 정도였다.

"여긴 왜 나와 있지?"

"그게 왜 궁금하신지 모르겠군요. 그리고 왜 반말을 하시는 겁니까?"

그녀는 더없이 도전적이었다. 원래 호전적인 성격을 비서라는 직업의 특성상 감추고 있던 은재는 낯선 환경, 낯선 사람을 향해 사정없이 그것을 드러냈다. 그러자 그가 쓰고 있던 흰 가면을 벗었다. 작은 움직임에 그의 체취가 맡아졌다. 상쾌하면서도 남성적인 향기였다. 무슨 향수를 쓰는 거지? 문득 의문이 들 만큼.

"등대지기에게 시집을 가고 싶은 아가씨께서는 가시가 너무 많은 장미군."

저음의 목소리는 마치 그녀를 비웃는 것만 같았다. 그는 뚜 렷한 윤곽을 가진 몹시도 매혹적인 외모의 사내였다.

아니야, 평범하지만 어둡기 때문에 매력적으로 보이는 것일 지도 몰라.

심장의 두근거림을 무시한 은재는 남자에게서 시선을 피해 버렸다.

"등대지기보다 나은 결혼 상대자가 파티장에 더 많지 않나? 열심히 고르려면 시간이 없을 텐데?"

"상관하지 마시고 비켜 주시겠어요?"

그녀는 남자의 빈정거림을 무시했다. 그런데 다른 남자였다 면 기분이 상해서라도 돌아서 버렸을 텐데, 그는 오히려 그녀 의 옆자리를 차지하고 앉았다.

"말해 봐. 기분이 상한 이유가 뭔지."

그의 저음은 바다 안개처럼 아스라해 몹시도 근사하게 들렸 다. 외로운 등대를 함께 바라보는 시선 때문인지, 갑자기 그들 이 굉장히 친밀한 사이인 것처럼 느껴져 은재는 저도 모르게 심장이 콩닥거렸다. 이런 일에 면역력이 없는 그녀는 남자에게 서 물러나 앉았다.

"그런 거 없어요. 다만 혼자 있는 시간을 방해받아서 불쾌했 던 것뿐이에요. 내일이면 한국으로 돌아가야 하거든요."

"흠."

그는 깊은 숨을 내뱉으며 밤하늘과 경계가 구분되지 않는 바다를 응시했다.

"이곳이 좋은가 보군?"

은재는 남자의 시선을 따라 바다를 보았다.

"저는 익숙한 곳보다 낯선 곳이 좋아요."

"낯선 곳에서 결혼 상대를 물색하고 싶은가 보군."

결국 은재가 발끈하고 말았다.

"무척 무례한 말씀을 아무렇지 않게 하시는군요. 세상 모든 여자들이 미혼남자를 향해 목을 매는 건 아니랍니다. 저에 대해서 아무것도 모르시면서 함부로 말하지 말아 주세요."

그때 다급한 목소리와 함께 누군가 그들을 향해 다가왔다.

「회장님. 여기 계셨습니까?」

유창한 영어가 머릿속에서 해석이 된 순간, 은재의 몸이 얼어붙고 말았다.

"회, 회장님?"

그러자 그가 태연하게 물었다.

"어때? 회장 정도면 서은재 씨에게 무례해도 되는 건가?"

그는 그녀의 이름도 알고 있었다! 은재는 황망함에 몸 둘 바를 모르며 급히 사과했다.

"죄송합니다. 제 무례함을 용서하세요."

"훗."

그가 웃음을 남기며 돌아섰다. 먹이 사냥을 하기 위해 길을 나서는 재규어처럼 우아하면서도 포악함을 숨기지 않은 뒷모습을 본 은재는 가늘게 어깨를 떨어야 했다.

그녀가 단독으로 대면한 대니얼 리 회장은 마력을 소유한 사람이었다.

　위험한 사람이야.

　심장이 쿵덕거리며 그녀에게 경고했다. 은재는 힘차게 고개를 저었다.

　상관없어. 다시는 만날 일이 없으니까.

　하지만 은재의 뇌리에 그가 가면을 벗던 순간이 이미 아로새겨졌다. 그녀는 이제 다시 만날 일이 없는 남자를 평생 기억하게 되었다.

1.

우아하게 다리를 꼬고 앉은 남자는 미동이 없다. 그의 웃음은 입가에만 머물 뿐 눈까지 이어지지 않는다. 매의 눈처럼 매섭고 커다란 눈의 검은 동공에 비친 자신은 한없이 작았다. 은재는 조심스럽게 손을 뻗어 남자의 눈가를 어루만졌다. 보기와 달리 따뜻하고 부드러웠다. 실크처럼 매끄러운 남자의 구릿빛 피부는 모공이 하나도 보이지 않았다.

매력적이다.

당신에게 안기면 기분이 좋을까?

남자를 향한 욕망에 젖은 허스키한 음성이 자신의 것 같지 않게 들렸다.

안고 싶어…….

당신을 가지고 싶어…….

갈망 어린 몸짓으로 남자에게 달라붙는 자신의 눈 흰자위가 욕망에 젖어 새빨갰다.

헛!

소스라치게 놀라 일어난 은재는 주위를 두리번거렸다. 작은 창이 있는 오피스텔, 그녀의 방이었다.

꿈.

은재는 땀에 젖은 머리카락을 쓸어 올리다 두 손에 얼굴을 묻었다.

미쳤어, 서은재.

6개월 전 단 한 번 본 남자의 꿈을 꾸는 게 확실히 정상은 아니었다. 그녀는 다시 모로 누워 이불을 끌어당겼다. 여름이 코앞이라 꽤 더웠지만 꿈을 꾸고 나면 어쩐지 어깨가 으슬으슬 떨렸다. 평소의 자신은 음란한 것 같지 않은데, 왜 이런 꿈을 꾸는 건지 이유를 알 수가 없었다. 게다가 이런 꿈을 꿀 때마다 꼭 그 남자가 생각나는 것도 왜인지 모르겠다.

그만큼 그 남자가 위협적인 이미지로 내 뇌리에 깊이 새겨져 있다는 뜻이겠지. 하지만 내가 왜 그 남자에게 위협을 느껴야 하는 거지?

혼자서 생각을 하다 보면 질문은 하염없이 깊어진다. 괜히 짜증이 난 은재는 자리를 털고 일어나 이불을 툭툭 털어 개기 시작했다.

하여튼, 서은재, 너도 병이 참 깊어.

물론 스스로를 향한 비아냥거림을 잊지 않은 채였다.

아직 폭염이 시작되려면 여유가 있는 6월이었지만, 밖은 벌써부터 한여름 더위처럼 푹푹 찌고 있었다. 장마가 시작되기도 전에 세상 만물이 다 타 죽어 버리면 어쩌나 싶을 지경이었다.

하지만 IE 그룹 한국 지사는 조용했고 지사장의 비서실은 더욱 조용했다. 점심시간이 되기 전임에도 비서실장을 대동한 지사장이 자리를 비웠다. 은재는 11시 40분을 가리키는 벽시계를 본 뒤 작고 여윈 어깨를 으쓱거렸다. 하루 이틀 있는 일이 아니어서 새삼스러울 것도 없는데, 각 과에서 올라오는 많은 보고 서류는 모두 그녀의 책상 위에 팽개친 채 나가 버린 지사장과 비서실장의 태도가 오늘따라 더 미웠던 것이다.

특히 지사장이 출장을 빙자한 외유에서 돌아온 지 이틀도 되지 않은 터라 은재의 책상에는 결재 서류가 넘쳐 났다. 골프장에서 돌아온 지사장과 실장이 각각 결재를 할 수 있도록 분류를 하는 것만 해도 보통 일이 아니었다. 심지어 지사장이나 실장 대신 대필 사인을 해야 할 때도 있었다!

정말 여기서 일을 계속해도 되는 거야?

그녀는 양손으로 지끈거리는 관자놀이를 꾹 누른 채 서류를 노려보았다. 그러자 올봄 채용된 신입 사원 새란이 그녀의 눈치를 살피며 조심스럽게 말을 걸어왔다.

"서 대리님, 괜찮으세요?"

"괜찮아."

감정을 감추고 사는 것에 익숙한데, 하필이면 신입 앞에서 그것을 드러낼 건 또 뭐람.

표정을 수습한 은재는 한숨을 삼키며 서류를 끌어당겼다. 별일 아니라 생각하고 넘겨 버리면 그만이었다. 취업준비생이나 경력직 모두 취직을 하지 못해 안달인 외국계열 회사의 지사장 비서실에서 아무런 터치 없이 근무하는 것도 호사라면 호사였으니까. 요즘 같은 구직난에 탄탄대로 회사에서 제멋대로 일할 수 있는 것이 얼마나 큰 행운인가를 생각해야 했다.

최근 그녀는 행운을 너무 여러 개 바라면 안 된다는 것을 자꾸 잊었다. 주변은 변치 않는데 자꾸만 변하려고 드는 것은 자신의 간사한 마음이다. 처음 취직이 되었을 때 얼마나 큰 행운을 움켜잡았는지를 7년의 세월이 흐르는 동안 잊은 것은 아닐까, 은재는 스스로를 반성했다.

그때 고요한 비서실의 정적을 깨고 휴대폰의 벨이 울렸다. 발신인은 태호였다. 태호의 전화번호를 확인하는 은재의 눈매가 서늘해졌다.

결론을 다시 내려야겠다. 자신은 행운을 여러 개 바라서 짜증이 나는 것이 아니다. 그녀의 의지와 상관없는 일들을 강요하는 사람들 때문에 화가 나는 것이다. 그녀는 새란이 자꾸 흘깃거리지 못하게 배터리를 분리해 책상 서랍에 휴대폰을 던져 넣었다. 그리고 결재 서류를 펼쳤다.

"새란 씨. 이 서류, 지사장님 방에 가져다 놔요."

그녀는 새란이 가느다란 팔이 아쓰러울 만큼 많은 결재 서류를 내밀었다.

"네, 대리님."

그런데 새란이 자리에서 일어남과 동시에 비서실의 문이 노크도 없이 열렸다. 말이 한국 지사였지, 그 규모가 보통의 기업과 비교해도 결코 빠지지 않는 IE 그룹 한국 지사장 비서실의 문이 이렇게 예의 없이 열린 적은 한 번도 없었다. 은재가 눈살을 찌푸린 채 문을 쳐다보는 사이, 시커먼 정장 차림의 남자들이 쏟아져 들어왔다.

이건 또 무슨 일이지?

"대, 대리님?"

새란이 겁에 질린 눈으로 보고서를 가슴에 꼭 안은 채 그녀를 보았다. 갑작스런 상황에 가슴이 벌렁거리긴 마찬가지였지만, 은재는 얼른 책상을 돌아 나와 남자들 앞을 막아섰다.

"누구시죠? 노크도 없이 무슨 일입니까. 새란 씨, 얼른 경비 불러요."

새란이 말을 더듬으며 대답했다.

"네, 네. 대리님."

"그럴 필요 없어."

그때, 몹시도 오만한 저음의 목소리가 새란을 멈춰 세우고 은재를 얼어붙게 만들었다. 사내들이 양쪽으로 갈라서더니 한 명의 사내가 은재를 향해 다가왔다. 다른 사내들처럼 검은 정장을 입은 키가 큰 사내는 충격적일 만큼 잘생긴 외모였다. 하지만 목소리만큼이나 오만하고 날카로워 보였다. 특히 검은 눈이 시리도록 차가워 보였다. 감정이 조금도 실리지 않은 남자의 눈빛은 그가 타협이나 동정을 절대 발휘하지 않는 남자라는 것을 말해 주는 듯했다.

"서은재 대리?"

그녀를 내려다보는 그의 입매가 호를 그리다 비틀렸다. 위협적인 남자의 모습에 그녀는 정신이 번쩍 들었다.

대니얼 S. 리, 다국적 기업 IE 그룹의 총수.

다시는 볼 일이 없다고 생각했던 그룹 총수와 마주 본 은재는 눈앞이 아찔해져 얼른 고개를 숙였다.

"회장님께 결례를 저질렀습니다. 죄송합니다."

왜 나는 대니얼 리 회장을 볼 때마다 이런 상황을 연출하는 거지? 정말 쥐구멍이 있다면 찾아 들어가고 싶은 심정이었다.

"기억하는군. 내 입으로 내 소개를 직접 하는 볼썽사나운 짓까지 하게 만들지 않아 줘서 고마워."

그녀를 향해 빈정거린 대니얼 리 회장이 지사장실로 걸음을 옮겼다. 뉴욕에 있어야 할 대니얼 리 회장이 어떻게 그녀와 같은 서울 하늘 아래 있는지 몰라도, 당장은 대니얼 리 회장이 지사장실로 들어가는 것을 막아야 했다.

"회장님, 지금 지사장님은……."

"골프를 치고 있겠지. 부를 필요 없어."

이미 모든 걸 꿰뚫고 있는 그가 일갈한 뒤, 남자들을 주렁주렁 달고 지사장실로 들어갔다. 마지막으로 들어간 남자가 지사장실의 문을 닫자, 새라이 참았던 숨을 내쉬며 은재의 팔을 잡고 늘어졌다.

"대리님, 이게 대체 어떻게 된 일이에요?"

"나도 모르겠어, 새란 씨."

정말, 어떻게 된 일인지 알 수가 없었다.

재미교포 2세인 대니얼 S. 리가 10대 후반 인터넷 통신으로 시작한 사업은 그가 30대 중반이 된 지금 전 세계에 지사를 둔 최첨단 정보통신기술 기업으로 성장했다. IE 그룹의 본사는 뉴욕에 있었으며 아시아 주요 거점 국가는 싱가포르였다.

감각적이고 빠른 두뇌 회전과 더불어 가차 없고 저돌적인 성격은 대니얼 리를 설명하는 단어였다. 천재란 소리를 듣는 만큼 자신이 개발한 인터넷 통신 기술도 뛰어났지만, 경영 감각 또한 매우 뛰어났다. 투자를 통해 회사의 자산을 불리는 일에도 능해, 대니얼 리 회장이 움직이는 대로 움직인다면 절대 실패할 일이 없다는 말까지 풍문으로 떠돌았다.

6개월 전 싱가포르를 떠날 때 대니얼 리 회장을 다시는 만날 일이 없다고 생각했던 은재는 지금 이 상황이 믿어지지 않아 날벼락 같은 공황 상태에서 벗어날 수가 없었다. 지사장에게 연락할 필요가 없다지만, 지사장과 비서실장이 지금 이 사태를 반드시 알아야 했다. 아무리 마음에 안 드는 사람들이라 해도, 상관의 안위가 달린 일을 모른 척할 수는 없었다.

하지만 그녀가 행동하기도 전에 인터폰이 먼저 울렸다.

— 서은재 대리, 나 좀 보도록 하지.

대니얼 리 회장의 낮지만 단호한 음성을 듣는 순간 화들짝 놀란 은재가 얼른 대답했다.

"네, 회장님."

곁에 선 새란이 울상이 되어 발을 동동 굴렀다.

"대리님, 어떡해요. 지사장님이 골프 치고 있었다는 걸 알 정도면 이미 다 알고 오셨나 봐요. 우리도 해고되는 거 아니에요?"

틀릴 게 하나도 없는 새란의 지적에 그녀는 깊게 심호흡을 했다. 이 난감한 상황을 정면으로 맞닥뜨린 은재는 새란과 함께 발을 구르고 싶은 충동을 느꼈지만, 그녀마저 이성을 잃으면 안 될 것 같았다.

"새란 씨, 일단 내가 지시했던 일들은 모두 보류해요. 지사장님과 실장님 거취가 어떻게 되는지 그것부터 알아봐야 하니까요. 확인된 것은 아무것도 없으니까 동요하지 말고 자리를 지켜요. 알았어요?"

"네, 대리님."

새란을 다독거린 은재가 지사장실 방문을 노크했다.

"들어와요."

그녀는 대니얼 리 회장의 허락이 떨어지자 사무실의 문을 열었다. 그와 함께 온 남자들은 어느새 지사장실의 커다란 원탁 회의 책상에 둘러앉아 두꺼운 서류 뭉치들을 펼쳐 보고 있었다. 늘 이 자리에 존재했었던 것처럼 흐트러짐 없는 사람들을 보자 오히려 그녀가 심한 이질감을 느꼈다.

대니얼 리 회장은 문을 등진 채 창밖을 바라보고 있었다. 그쪽을 향해 걸어간 은재가 조심스럽게 말을 걸었다.

"부르셨습니까?"

그는 돌아서지 않은 채 물었다.

"실질적인 업무는 서은재 대리가 다 봤다고 보고받았는데, 사실인가?"

냉담한 질문을 받은 은재는 탄식을 삼켜야 했다. 역시 새란에게 했던 말은 기우로만 그칠 얘기가 아니었다. 모든 것을 알고 온 것 같다는 새란의 말처럼, 대니얼 회장은 모든 것을 알고 있는 것 같았다. 더욱이 지레짐작으로 뉴욕에서 서울까지, 이 많은 사람들을 이끌고 올 리가 없었다. 지사장을 향한 섣부른 두둔이나, 자신을 향한 비겁한 변명은 통하지 않을 자리였다.

하긴 지사장을 두둔하다니, 무슨 충성심이 얼마나 남아 있어서? 짧은 순간, 헛웃음이 새어 나올 뻔했다. 변명은 부질없다. 그래서 그를 향해 할 말은 딱 한 마디가 전부였다.

"죄송합니다."

그러자 그가 돌아섰다.

"그런 말 듣자고 한 질문 아닌데, 서 대리, 생각보다 우둔하군. 같은 말을 되풀이하게 만들지 말지 그래?"

재미교포 2세인 대니얼 리 회장은 처음 봤을 때 은재를 당황하게 만들었을 만큼 한국말이 능숙했다. 아무리 모국어라지만 미국에서 나고 자라 일상어가 영어임을 감안할 때, 굉장한 노력을 기울인 게 분명했다.

"월권행위임을 알면서도 그럴 수밖에 없었습니다."

결재 서류에 대필 사인을 하지 않으면 회사 업무가 마비되니 그녀로서는 어쩔 수 없는 선택이었다. 하지만 그것이 말도 안 되는 상황임을 그녀도 알고 있었다. 지사장과 비서실장의 업무와 일개 비서의 임무가 엄연히 다름은, 그 역량의 차이 때문에 존재하는 것이기 때문이었다.

대니얼 리 회장이 날카로운 눈으로 그녀를 응시했다.

"그렇다면 대답을 더 들을 필요가 없겠군. 앞으로 본사에서 한국 지사에 대한 총체적 감사가 진행될 거야. 전 직원이 감사 대상이 되겠지만, 서은재 대리가 월권행위를 인정한 만큼 가장 위태로워졌다는 걸 미리 알려 주지. 나가 봐."

"네, 회장님."

뒤돌아선 그녀의 등 뒤로 대니얼 회장의 차가운 시선이 꽂혔다. 걸음걸이가 볼썽사납게 휘청거리지 않도록 꼿꼿한 자세를 유지하기 위해 필사의 노력을 해야 했다. 지사장실의 문을 닫는 순간, 그녀는 긴 한숨을 내쉬었다. 마른하늘의 날벼락이란 이럴 때 쓰는 말이었다.

대니얼 리 그룹 총수가 대규모의 감사 군단을 데리고 한국 지사에 침투했다는 소식은 아주 빠르게 지사 전체로 퍼져 갔다. 직원들 모두, 한국 지사가 아시아 지사 가운데 가장 방만한 운영을 한다는 것을 모르지 않아 불안감이 증폭됐다. IE 그룹이 다국적 기업인 만큼 한국 지사의 문을 닫는다 해서 손해 볼 것은 하나도 없기 때문이었다. 결국 지사장과 비서실장의 해이한 업무 태도가 2,000명이 넘는 실직자를 낳는구나 싶어 회사 분위기는 매우 흉흉했다.

그날 저녁, 만신창이가 된 은재를 데리고 친구이자 입사 동기인 진주가 포차를 찾았다. 진주는 주문한 술이 나오기 전부터 몹시 흥분한 상태였다.

"야! 그게 말이 되냐? 어? 지사장이란 놈이 허구한 날 자리 비우면서 너더러 대신 사인하라고 하는 통에 한 거지, 네가 뒷돈 받아먹고 사인한 거냐? 어? 그 사인해서 살림살이 나아진 것도 아니구만! 네가 하고 싶어서 했냐고! 그런데 왜 네가 가장 위태롭대? 회장 놈 미친 거 아니야?"

자신도 실직자가 될 수 있는 마당이었지만 정의의 사도 송진주는 은재를 향한 대니얼 리 회장의 행동에 더 분개해 펄펄 뛰었다. 오죽하면 만신창이가 된 은재가 진주를 만류할 정도였다.

"진주야, 사람들 다 쳐다봐. 그만해, 응?"

그러자 분노의 화살이 그녀를 향했다.

"너는 이 마당에도 사람들 시선이 중요하냐? 어? 억울하지도 않아?"

때마침 주문한 술과 안주가 나왔다. 은재는 얼른 진주의 잔에 술을 따라 주며 부탁했다.

"어쩌겠어? 별도리가 없잖아. 그리고 제발 부탁인데 목소리 좀 낮춰."

"야, 사람들 쳐다보는 게 문제가 아니라니까? 아오, 정말 빡

쳐! 있는 것들이 제일 무섭다더니, 이건 완전히 그 짝 아니냐? 지사장 있을 땐 지사장 등쌀에 눈치 보고 살아야 하더니만, 이젠 그룹 회장이란 작자가 나타나 회사를 송두리째 흔들어? 와, 더러워서 못 해 먹겠다, 더러워서 못 해 먹겠어!"

진주가 분노를 토해 내다, 성질을 이기지 못하고 소주를 맥주 컵에 따라 벌컥벌컥 마시기 시작했다.

"송진주, 너 왜 이래. 술도 못 마시는 애가. 그만해."

은재는 진주 손에서 맥주 컵을 뺏었다. 그러자 진주가 소리를 빽 하고 질렀다.

"억울하니까 그렇지, 억울하니까!"

"억울해도 어쩔 수 없는 건 어쩔 수 없는 거야. 아니라고 해 봤자 더 치사해지는 건 나라고."

그러자 진주가 화가 나 그녀의 손을 찰싹 때렸다.

"앗, 아파. 왜 때리고 그래?"

"이 바보 등신아! 아프긴 하냐? 그런데 뭐가 어쩔 수 없어? 정말 어쩔 수 없었던 건 바로 지사장이지. 월급 받아먹고 사는 월급쟁이가 무슨 힘이 있어 상사가 시키는 걸 싫다고 해? 하라면 해야지. 넌 어떻게 한 마디 항변도 못 해 보고 나올 수가 있어? 내 탓이 아니오, 찍 소리 한 번은 했어야지!"

"대니얼 회장 얼굴을 봤다면 너도 나처럼 그랬을 거야."

은재가 한숨을 쉬며 제 잔에 소주를 따랐다.

"동정 같은 건 절대 바랄 수도 없을 만큼 날카롭고 오만해 보이더라. 입이 떨어지지 않았어."

진주가 어깨를 부르르 떨며 물었다.

"그 정도였어?"

"응. 지금 내가 찬밥 더운밥 가릴 때는 아니잖아? 어지간하면 애원해 보려고 했는데, 바늘 끝도 안 들어가겠더라."

오늘 소주는 전혀 쓰지 않다. 그래서 은재는 평소에는 입술만 대고 마는 소주를 한입에 털어 넣었다.

"말이야 바른 말이지, 회사에서 버틸 수 있는 한 버텨야 하는 건 바로 나라고. 우리 아버지 치료비가 어디 한두 푼이니?"

담담하게 말하는 은재를 보던 진주가 그녀의 손에서 병을 뺏어 술을 따라 주며 물었다.

"네 동생은 여전히 그래?"

"그럼, 여전히 그렇지."

"정말 징글징글하다."

그녀는 술을 마시며 고개를 끄덕거렸다.

"그러게. 부정할 수가 없다."

"어휴……."

무슨 대답을 해야 할지 몰라 잠시 침묵으로 은재를 위로해 주던 진주가 불쑥 생각난 듯 물었다.

"그런데 은재야. 내가 이런 상황에서 물어볼 말은 정말 아닌데, 대니얼 회장이 정말 그렇게 잘생겼디?"

그는…….

대니얼 리 회장을 떠올리는데 갑자기 말문이 막혀 버렸다. 옆에서 진주가 그녀의 팔을 흔들며 채근했다.

"응, 응?"

은재는 고개를 끄덕거렸다.

"잘생겼더라."

"아아, 돈 많은 남자가 잘생기기까지 하면 게임 끝났네. 대니얼 회장, 아마 그 인간보다 더 완벽한 여자한테 꽉 잡혀 있을걸? 세상 참 불공평하다니까. 돈 많아, 잘생겨, 멋진 여자까지? 와, 참 부러운 인생이다. 진정 부러워."

그녀는 진주의 빈정거림이 섞인 감탄을 들으며 생각했다.

대니얼 리 회장보다 더 완벽한 여자라……. 세상에 그런 여자가 있긴 한 걸까? 은재는 문득 궁금해졌다.

진주와 헤어져 오피스텔로 돌아오는 길, 후텁지근한 공기가 술기운을 부추겼다. 잘 마시지 않는 술이어서 신경을 쓰지 않고 걸으니 금세 취기가 드러났다. 은재는 무방비해 보이지 않도록 정신을 바짝 가다듬고 걸었다.

오피스텔 건물 앞에 거의 다다라서야 긴장을 푸는데, 가로등 불 아래 익숙한 그림자가 길게 드리워져 있었다. 태호였다.

"서은재."

흠칫 멈춰 선 은재가 태호를 올려다보았다. 태호의 목소리는 다정했지만, 은재는 이상하게 태호의 목소리를 들을 때마다 한기를 느꼈다.

"연락도 없이 어쩐 일이야?"

"휴대폰 한번 봐."

은재는 태호의 말에 가방을 뒤져 휴대폰을 확인했다. 그녀의 모습을 가만히 보던 그가 물었다.

"술 마셨어?"

"응, 진주랑 한잔했어."

부재중 전화가 12통이나 수신되어 있었다. 은재는 휴대폰을 가방에 넣으며 태호를 보았다.

"할 얘기 있어?"

"너 지금 되게 사무적인 거 알아?"

변함없이 따뜻하고 예의 바른 미소를 짓는 태호를 보는 그녀의 마음이 늘 그렇듯 무거워졌다.

"미안, 오늘 회사에 일이 있어서 그래. 무슨 일이야?"

"내일 같이 밥 먹자."

가방을 쥔 은재의 손에 힘이 들어갔다. 손등에 핏줄이 도드라지는 게 느껴졌다.

"미안하지만 안 돼."

그녀의 단호한 대답에도 불구하고 태호는 부드러운 미소를 지으며 제 주장을 계속했다.

"왜, 그냥 같이 밥 한 번 먹자는 건데, 약속 있어? 야, 그러지 말고 나랑 밥 좀 같이 먹어 주라."

"약속은 없지만, 본사 감사가 갑자기 시작됐어. 그래서 많이 바쁠 거야. 신경 쓸 일도 많고."

"너 잘못한 거 없잖아."

"응?"

태호의 말뜻을 알 수가 없어 되묻자, 그는 매우 태연하게 대답했다.

"잘못한 게 없는데 걱정을 왜 해? 난 회사 다니는 사람들, 그런 거 이해할 수 없더라? 그게 바로 노예근성이라는 거야. 회사 눈치 너무 보지 말고, 너 할 일 끝났으면 퇴근해도 되는 거잖아. 그러니까 일 일찍 마무리하고 내일 저녁 같이 먹어. 6시 퇴근이지? 회사 앞으로 데리러 갈게."

태호의 말은 은재를 더욱 답답하게 만들었다.

"태호야. 나 정말 내일 안 돼……."

"아아, 난 아무 것도 안 들려, 안 들린다. 은재야. 나 간다. 내일 보자."

그녀는 자신의 말을 끊기 위해 어린애처럼 행동하다 차에 올라타는 태호를 쳐다보았다. 똑같은 나이, 서른. 하지만 직장 생활을 단 하루도 한 적이 없는 태호는 본사의 감사가 어떤 것인지, 상사가 남아 있는 사무실의 정시 퇴근이 얼마나 어려운 것인지 알지 못했다. 태호는 세상이 책 속의 원리 원칙대로 돌아가는 줄로만 아는 사람이었다.

그러니 저런 말을 아무렇지 않게 하는 거겠지. 회사와 상사의 눈치를 보는 게 노예근성이라고? 참…… 상대를 아무렇지 않은 말로 비참하게 만드는 데 일가견이 있다니까.

그녀의 입에서 헛웃음이 나왔다. 거절에도 기술이 필요하다는 것을, 태호를 대할 때마다 느꼈다. 싫다는데 아이처럼 제멋대로 행동하는 태호를 보면서, 자신이 어떻게 거절을 해야 그

뜻이 정확하게 전달되는지 매번 궁금하고 또 당황스러웠다. 결국 오늘 또 그녀만 우유부단한 바보가 됐다. 완벽한 하루의 완벽한 마무리다. 은재는 긴 숨을 내쉬며 오피스텔 건물 안으로 들어갔다.

원래 태호와는 같은 과 동창이었다. 같은 과라고 해도 태호와 엮일 일은 그다지 없었다. 그녀는 늘 아르바이트로 바쁜 데다, 잠시의 짬이 나면 책을 펼치기 바쁜 사람이었다. 그래도 4년을 한 강의실에서 같이 공부했던 태호의 존재 정도는 알고 있었다.

얼굴은 알지만, 친하지는 않은 동기.

그것이 은재가 생각하는 태호의 존재였다. 그런데 놀랍게도 그런 사람이 갑작스레 결혼 상대자로 다가온 것은 육 개월 전부터였다. 경영학 석사 과정까지 끝마친 태호는 가을 미국 유학이 결정되어 있었다. 그는 그녀와 결혼을 해서 함께 공부하길 소망했다. 그리고 태호의 소망대로 은재의 학비 전액을 태호의 집안에서 대 주기로 했다.

태호의 구애는 갑작스러운 만큼 적극적이고 지극했지만 은재는 조금의 감동도 느끼지 못했다. 사실 당혹스러운 마음뿐이었다. 속마음을 터놓고 얘기한 적이 한 번도 없는 남자 동창이 갑자기 결혼을 하자는데 당황하지 않을 여자가 세상천지 몇 명이나 될까? 심지어는 '사귀는 사람이 없으니 한번 만나 볼까?' 하는 호기심조차 동하지 않았다. 그런 만큼 아주 조금이라도 상식이 있다면 태호의 구애를 거절하는 것이 마땅했다.

하지만 태호는 단념하지 않았고 급기야 그녀에게 알리지도 않은 채 제 마음대로 그녀의 부모님을 만나기에 이르렀다. 은재의 양친은 고위 공무원 아버지와 변호사 어머니를 둔 태호를 몹시 마음에 들어 했다. 혼수를 해 올 필요도 없고, 유학 비용도 모두 대겠다는 태호의 말에 특히 옥선이 쌍수를 들고 태호를 환영했다. 급기야 상견례 날짜까지 은재 몰래 잡고야 말았다. 은재는 스토커 같은 태호의 행동과 그에 맞장구를 치는 가족들이 황당하다 못해 어이가 없었다.

폭주하는 기관차처럼 결혼으로 돌진하는 옥선과 태호를 향해 강경하게 대응하는데, 그때 갑작스런 부친의 간암 말기 판정을 들었다. 그러자 옥선은 그녀의 의사는 상관없이 태호와의 혼사를 기정사실화시켜 버렸다. 은재가 아무리 싫다고 해도 소용없었다. 그녀는 자신의 의지와 상관없이 자신의 인생이 결정지어진다는 데 놀라움을 금치 못했다.

사실 태호를 사위로 생각하는 옥선과, 부친의 병원비를 모두 그녀가 내야 하는 이 팍팍한 현실에서 벗어나는 가장 좋은 방법이 태호와의 결혼임을 은재도 모르지 않았다. 하지만 은재는 태호와의 결혼을 원치 않았다. 현실이 아무리 괴로워도 태호는 그녀가 생각하는 자신의 반려자가 아니었다. 더 어떤 말로 거절을 해야 하는 것일까?

회사는 살얼음판 위를 딛고 선 것처럼 아슬아슬한 기운이 가득했다. 그룹 회장의 갑작스런 방문은 은재뿐 아니라 사원 모두에게 적잖은 정신적 데미지를 안겼나 보다.

물론 가장 큰 데미지를 입은 것은 지사장과 비서실장이었다. 그들은 항변할 기회조차 얻지 못한 채 골프장에서 집으로 얌전히 돌아가야 했다. 하지만 그들을 불쌍히 여기는 회사 사람들은 많지 않았다. 본사의 관리 감독에서 자유로운 지사장일수록 자기 통제가 엄격해야 하는 법인데, 지사장은 그러하지를 못했다. 다들 방종의 대가를 치르는 것이라 입을 모았다. 그리고 IE 그룹 한국 지사가 어제 겪은 충격은 현재진행형으로 계속되고 있었다.

— 서 대리, 커피 좀 가져오지.

"네, 회장님."

인터폰을 받은 은재가 자리에서 일어나자 눈치만 살피고 있던 새란이 벌떡 일어났다.

"제가 할게요, 대리님."

"아니야, 새란 씨. 내가 할게. 새란 씨는 편하게 있어."

"어떻게 편하게 있어요."

탕비실까지 따라온 새란이 입술을 비죽 내밀고 종알거렸다.

"앉은 자리가 가시방석이라는 말이 왜 생겼는지 알 것 같아요. 앉아 있기만 해도 엉덩이가 따끔거리고 숨도 제대로 못 쉬겠어요. 그런데 대리님은 어쩜 그렇게 평온해 보여요?"

"내가 그렇게 보여?"

"네."

은재는 분쇄기에 원두를 넣고 갈며 고개를 저었다.

"전혀 안 그래."

그러자 새란이 믿을 수 없다는 듯 두 눈을 동그랗게 떴다.

"대리님은 여전히 침착하시고 예쁘세요."

"빈말이라도 고마워."

새란이 혀를 비죽 내밀었다.

"빈말 아닌데."

"새란 씨, 괜히 여기 있다가 불벼락 맞지 말고 나가. 회사가 존폐의 기로에 선 비상사태라는 거 잊지 말라고."

"네, 대리님. 저 정말 죽을 맛이에요."

IE 그룹 한국 지사에 소속된 사람이라면 현 상황이 모두 죽을 맛이다. 은재 역시 새어 나오는 한숨을 삼켜야 했다. 자리를 지키라는 말을 들었음에도 새란은 계속해서 그녀의 곁에 붙어서 종알거리는 것을 멈추지 않았다.

"대리님, 근데 그거 아세요? 회장님 키가 188센티미터나 된대요. 우리 회장님이 백인들 틈에 서도 전혀 작아 보이지 않았던 이유가 있었다니까요. 회장님은 정말 우월한 유전자를 타고 나셨나 봐요."

"그걸 어떻게 알았어?"

그러자 새란이 어깨를 으쓱거렸다.

"인터넷 뒤져 봤죠. 회장님 프로필 쫙 뜨던데요. 역시 유명 인사라 뭐가 달라도 다르더라고요."

은재는 희미한 웃음을 지으며 말했다.

"우리 새란 씨, 부지런하네."

그녀의 말이 칭찬이 아님을 아는 새란이 풀이 죽어 중얼거렸다.

"그런 거라도 해야죠. 정말 죽을 것 같아요."

"아무리 그래도 근무시간에 웹 서핑은 자제하도록 해. 혹시라도 미운 털 박히면 새란 씨만 힘들어질 테니까."

"네."

"나 지사장실 들어갔다 올 테니, 자리 지키고 있어."

"알았어요, 대리님."

새란과 함께 탕비실을 나온 은재는 커피 잔을 들고 지사장실의 방문을 노크했다.

"들어와요."

차가운 음성이 들리자 문을 열고 들어갔다. 어제 대니얼 리 회장을 수행하여 온 한국인 비서들이 회의 책상을 차지한 채 각 과에서 회수하여 온 감사 자료를 살피고 있었고, 대니얼 리 회장은 서서 보고를 듣는 중이었다.

별생각이 없었는데 새란의 말을 들어서인지 그를 훔쳐보게 됐다. 188센티미터라니 그런가 보다 하지, 탄탄한 몸매를 빈틈없이 감싼 짙은 네이비블루 슈트가 무척 잘 어울려 실제로는 더 크게 보였다. 검은 머리카락이 이마 위로 흐트러져 내려와 있었고 높이 솟은 콧대와 깎아지른 듯한 턱 선은 타협할 줄 모르는 날카로운 성격을 단적으로 보여 주었다. 하지만 가장 압권은 역시 커다랗고 냉정해 보이는 눈이었다. 상대의 기를 죄다 빨아들이는 것 같은 매서운 시선이 더없이 위압적이었다.

은재는 조용히 회의 테이블에 커피 잔을 내려놓았다.

"한심한 인간들, 능력이 없으면 야망이라도 있어야지."

그의 입에서 흘러나오는 차갑고 오만한 질책이 은재의 어깨를 떨리게 만들었다.

"두고 나가서 일 보도록 하지."

"네."

커피 잔을 다 내려놓은 은재는 정중하게 고개를 숙인 채, 물러나 지사장실을 나왔다. 대니얼 리 회장 앞에서 더 이상의 실수를 하지 않기 위해 얼마나 긴장을 했는지 얼어붙은 손끝이 파르르 떨렸다. 정말 심장이 떨려서 이대로는 못 살겠다.

대니얼 S. 리. 한국명 이신욱은 조용히 문을 닫고 나가는 서은재의 뒷모습을 살폈다. 6개월 전 센토사 코브의 저택에서 보았을 때와 다름없이 가녀리고 섬세한 몸매였다. 눈매를 굳힌 채 은재를 바라보던 신욱은 뉴욕에서부터 따라온 총괄 비서실장 크리스 얀을 돌아보았다.

「서은재 파일 어디 있지?」

「여기 있습니다.」

신욱은 금발 머리를 말끔히 쓸어 넘긴 크리스가 파일을 내미는 것을 받아 펼쳤다.

올해 서른 살인 서은재는 IE 그룹 한국 지사에 7년 전 차석으로 입사했다. 경영학을 전공했고, 공인회계사 1차 시험을 통과한 재원이었다. 서은재의 프로필을 읽던 신욱의 미간이 좁혀졌다.

차석 입사에, 공인회계사 1차 시험을 통과할 정도였으면 2차 시험도 무난히 통과해 공인회계사가 되었을 텐데, 왜 취직을 한 거지? 6개월 전 서은재의 파일을 읽어 보아 이미 알고 있는 내용. 그런데 새삼스레 의문이 드는 건 뭘까.

못마땅한 기색이 역력한 그의 이마에 주름이 졌다. 파일을 던지듯 내려놓은 그가 크리스를 보았다.

「진행 상황은?」

「박영식 지사장의 비리와 고정렬 비서실장의 업무상 비리와 배임 행위에 대한 증거 자료는 모두 확보했습니다. 바로 검찰에 고소 가능할 것 같습니다.」

「그럼 그동안 서은재 대리가 대행했던 일들은 어떻게 되었지?」

「조사가 70퍼센트가량 진척되어 완전히 마무리가 된 것은 아니지만 그룹에서 실제적으로 손해를 본 것은 없는 것 같습니다.」

「그래?」

역시 똑똑하단 소문은 과언이 아니었군.

신욱은 은재가 지사장과 비서실장 두 사람의 일을 홀로 처리해도 손색이 없을 만큼 역량이 뛰어난 재원이라는 게 썩 마음에 들었다. 단 선하고 정직해 보이는 눈망울이 6개월 전에 비해 지쳐 보이는 게 마음에 들지 않을 뿐⋯⋯.

「크리스, 난 한국 지사에 다시 오고 싶지 않아. 그런 만큼 확실하게 손본 뒤 출국할 테니, 서둘러 처리해.」

「알겠습니다, 회장님.」

신욱은 뉴욕에서 싱가포르를 거쳐 한국까지 그를 따라온 아시아 지부 감사팀원들을 독촉했다. 그들을 숨 고를 틈도 주지 않고 밀어붙이고 있다는 것을 알고 있었지만, 신욱은 가능한 한 빨리 한국을 떠나고 싶었다.

그에게 있어 한국은 그룹의 규모가 기하급수적으로 커진 10년 동안 의무적으로 들러야 했던 아시아 지사 순방 때를 제외하고 다시 찾을 일이 없었던 나라였다. 이 나라를 생각하는 것만으로 기분이 나빴다.

미국명 대니얼 리, 한국명 이신욱.

그는 두 개의 이름처럼 오랜 시간 혼란한 정체성을 가진 채 살아야 했다. 혼란함을 감추기 위해 냉소를 덧입은 얼굴로 살아온 세월……

한국을 최대한 빨리 떠나야 했다.

※

태호와의 불편한 약속을 상기하지 않고 하루를 보내는 것은 엄청난 노력이 필요한 일이었다. 문자 메시지로 태호가 일방적으로 정한 약속을 취소할 수도 있었지만, 오늘이야말로 얼굴을 마주 보고 확실하게 의사 표현을 할 작정으로 태호를 만날 생각이었다.

대니얼 리 회장과 감사팀이 들이닥치자, 예상과 달리 비서실의 퇴근 시간이 정확해졌다. 그들은 그녀와 새란에게 남을 것을 요구하지 않았다. 불행 중 다행이라고 생각하는데, 새란이 중얼거렸다.

　"아우, 정말 힘들어요. 온몸이 다 삐걱거리는 것 같아요."

　하루 종일 눈치를 보느라 뻣뻣해진 목과 어깨를 풀며 새란이 울상을 지었다.

　"대리님, 우리 언제까지 이래야 해요?"

　"글쎄……."

　은재도 끝이 언제인지 절실하게 알고 싶었다. 그리고 결과도 알고 싶었다. 기다리기만 하는 건, 정말 못 할 짓이었다.

　"오늘은 목욕탕이나 가야겠어요. 날이 더워지고부터는 대중탕은 잘 안 갔는데, 오늘은 사우나까지 꼭 하고 올래요."

　새란이 굳은 다짐을 하며 가방을 들었다.

　"대리님, 퇴근 안 하세요?"

　"가야지. 새란 씨 먼저 들어가."

　"그럼 내일 뵐게요."

　새란이 발랄하게 인사를 하고 비서실을 나갔다. 하루가 아무리 힘들어도 퇴근 시간만 되면 힘이 나는 새란은 사회초년생이 분명해 보였다. 차라리 저런 게 나을지도 모르겠다. 퇴근이 근무의 연장인 것처럼 암울하고 긴장되는 것보다는 말이다.

　은재의 휴대폰은 30분 전부터 태호가 보낸 메시지들로 가득했다. 그 숱한 거절의 말들에도 불구하고 여전히 이토록 적극적인 태호가 신기했다. 하지만 오늘은 정말 무슨 일이 있어도 태호의 일방통행을 멈춰 세울 것이다. 엘리베이터를 타고 로비에 내려 밖으로 나오자 서성거리고 선 태호를 발견할 수 있었다. 인기척을 느꼈는지 뒤를 돌아보던 태호가 활짝 웃으며 다가왔다.

"은재야."

그녀는 태호의 환한 웃음을 보며 생각했다.

어떻게 하면 나이 서른에 저토록 해맑은 웃음을 지을 수 있을까? 그것도 자신을 싫다고 끊임없이 말하는 여자를 향해서?

"한참 기다렸는데, 전화라도 좀 주지. 아, 오늘 우리 엄마도 시간 된다고 하셔서 같이 나왔어. 괜찮지?"

은재는 하마터면 태호를 향해 소리를 지를 뻔했다.

괜찮을 리가 없잖아?

공기를 꽉꽉 밀어 넣은 고무풍선이 압력을 견디지 못하고 터지는 것처럼, 그렇게 스트레스가 일순간 터질 것만 같았다.

태호는 늘 이런 식이었다. 그녀의 의사 따위는 묻지 않고 자신의 어머니를 불러내고, 그녀의 부모를 흔들어 댄다. 내가 대체 뭘 잘못한 거지? 은재가 급기야 스스로를 향한 자책까지 하는데도, 제 흥에 겨운 태호는 은재의 심상치 않은 기운을 눈치채지 못했다.

"엄마가 백숙 드시고 싶대. 여름 보양식으로 백숙이 최고라고. 너도 괜찮지?"

닭고기를 좋아하지 않는 그녀가 건성으로 대답했다.

"상관없어."

뭘 먹든 마음 편히, 그리고 맛있게 먹을 수는 없을 테니까.

평일 퇴근 시간의 러시아워를 뚫고 모자(母子)가 그녀를 데려간 곳은 북한산 골짜기 아래, 에어컨조차 가동되지 않은 촌집이었다. 덥기도 했지만 한약재가 가득 들어간 백숙을 보자 가슴이 답답해졌다. 닭고기를 좋아하지 않는 사람에게는 튀김과 조림보다 더 먹기가 힘든 게 백숙이었다. 성영자 여사는 미소를 지으며 손수 닭다리를 뜯어 아들인 태호의 앞 접시에 놓아 주었다.

"우리 태호, 먹어라."

"어머니도 드셔야죠."

태호는 나머지 닭다리를 뜯어 성 여사의 앞 접시에 놓아 주었다. 그러더니 날개를 뜯어 그녀의 접시에 놓아 주려고 했다. 그것을 본 성 여사가 웃으며 말했다.

"아들, 그건 네가 먹어야지. 요즘 얼굴이 퍼석해서 보기가 싫은데, 날개에 콜라겐 성분이 많다더라. 자, 이것도 네가 마저 다 먹고, 피부에 윤기가 돌아와야지. 그래야 은재가 좋아하지."

성 여사는 태호의 손에 들린 날개도 모자라 몸통에 붙은 날개마저 모두 뜯어 태호의 앞 접시에 놓아 주었다.

"은재도 태호 얼굴 좋아지는 게 더 좋지?"

어차피 좋아하지도 않는 음식이었다. 게다가 성 여사의 의도가 무엇인지, 굳이 깊이 생각하지 않아도 알 것 같아 은재는 아무 말도 하지 않았다. 성 여사가 함께한 자리에서 의사를 밝히는 게 더 나을까, 오로지 그 생각뿐이었다.

"뭐 하고 있어? 너도 먹지 않고. 자, 이거 먹어라."

성 여사는 퍽퍽한 가슴살과 목뼈를 뜯어 그녀에게 건넸다. 은재는 성의 없이 인사를 건넸다.

"감사합니다."

하지만 한 젓가락 먹자마자 식도에 딱 달라붙어 체기를 불러일으켰다. 모자의 눈치를 보다 얌전히 젓가락을 내려놓은 은재는 물을 마셨다. 그때 태호가 기름으로 진득거리는 손을 보다 인상을 흐렸다. 병적일 만큼 깔끔을 떠는 성격답게 자리에서 일어났다.

"엄마, 나 화장실 좀 다녀올게요."

"그래라."

태호가 자리를 뜨자마자 기다렸다는 듯, 봄날처럼 자상하던 성 여사의 얼굴에서 표정이 사라졌다. 늘 이런 식이었다. 아들과 함께일 때면 다정하던 표정이 그녀와 단둘이 남겨지면 싸늘해지고 무표정해졌다. 처음에는 너무 놀라고 충격을 받았지만 두어 번 되풀이되니 더는 그러지 않는다. 저것이 그녀를 못마땅하게 여기는 성 여사의 방법이라는 것을 알게 된 이상 놀랍지 않았다.

싸늘하고 어색한 침묵 속에서 성 여사가 가방을 뒤적거리더니 곱게 접힌 종이 하나를 내밀었다.

"이거 받아라."

은재는 두 손을 내밀어 종이를 받으며 물었다.

"이게 뭐예요?"

"예단 목록이다."

"네?"

그녀는 이런 걸 왜 받아야 하는지, 받을 이유가 없음에도 멍청하게 받고 만 자신이 가장 큰 문제라고 생각하며 접힌 종이를 펼쳤다. 목록은 길고도 길어 은재의 숨이 저절로 멎었다. 언뜻 봐도 명품 백 수개와 쓰지도 않을 반상기, 그리고 한여름 폭염이나 다름없는 이 더위에 너무나 어울리지 않는 밍크코트까지 적혀 있었다. 기천 단위는 우습게 넘을 목록이었다.

"내 아들한테 시집오면서 정말 맨몸으로 오겠다는 건 아니겠지? 네가 생각이 있는 애라면 그 정도는 해 와야 한다고 생각한다. 우리 같은 사람들은 며느리를 들일 때 예단은 1억 밑으로는 받지도 않는단다. 그건 우리를 능멸하는 짓이니까. 특히나 너는 예단을 더 해야 하지 않겠니? 우리가 네 유학 비용 대기로 했으면 너도 그에 상응하는 뭔가를 가져와야지. 태호에게는 내가 하라고 했다는 말 하지 말고, 네가 진심으로 하고 싶어서 하는 거라고 해라. 이게 다 네 위신을 세워 주는 거다. 네가 이렇게 해야 네 부모님이 칭찬을 듣는 거야."

그래서 이 엄청난 예단을 요구하는 게 모두 날 위한 거라고요? 1억 밑으로는 받지도 않는다는 예단을요?

"그리고 네 아버님 말이다. 이런 말 해도 되는지 모르겠구나."

"네?"

"아무리 편찮으신 양반이라고 해도 그렇지. 우리 집안 품위도 있는데 무직은 좀 그렇지 않니?"

"그게…… 무슨 말씀이세요?"

"이래서 결혼은 레벨이 맞는 집안끼리 해야 하는 건데."

성 여사가 못마땅한 듯 혀를 찼다.

"내가 어디 마땅한 회사 수위직 좀 알아봐 드려?"

"제 아버진 편찮으신 분입니다. 그런 분께 무슨 일을 하란 말씀입니까?"

그러자 성 여사의 인상이 단번에 찌푸려졌다.

"뭐니, 너 지금 나한테 대드는 거니?"

그때 태호가 들어왔다. 방 안의 심상치 않는 분위기를 느꼈는지 태호가 은재 옆에 앉으며 성 여사에게 물었다.

"엄마, 무슨 일이에요?"

"얘가 지금 엄마한테 대드는구나. 나는 사돈어른이 걱정이 돼서 몇 마디 한 것밖에는 없는데."

그러자 태호가 곧장 은재의 팔을 아프게 잡았다.

"은재야, 너 왜 그래? 어머니께 사과드려."

은재는 태호의 손을 뿌리치며 가방을 챙겨 일어섰다.

"죄송합니다. 저 먼저 일어나겠습니다. 그리고 뭔가 아주 큰 오해를 여전히 하고 계신데, 전 태호와 결혼하겠다고 한 적 없습니다. 처음부터 지금까지 줄곧 싫다는 의사를 밝혔으니, 새삼 더 말할 필요가 없을 것 같네요. 그러니 이런 예단 목록, 제게 주시지 마세요."

성 여사가 발끈해 은재를 노려보았다.

"지금 너 뭐라고 했니? 무척 건방진 애구나. 어디서 이런 애를……! 아유, 머리야."

"서은재!"

태호가 그녀의 팔을 강하게 잡아당겼다.

"너 지금 우리 엄마 앞에서 무슨 소리를 하는 거야! 얼른 잘못했다고 사과드려!"

은재는 싸늘한 표정으로 태호의 손을 뿌리쳤다.

"이 손 놔. 난 잘못한 거 없어."

"너 정말……!"

태호가 그녀의 뺨을 때렸다. 철썩, 소리가 날 만큼 세차게 뺨을 맞은 은재는 믿을 수 없는 눈으로 태호를 보았다.

"나한테 함부로 하는 건 견딜 수 있지만 우리 엄마한테 그러는 건 용서 못 해! 당장 사과드려!"

갑작스런 난폭함에 놀람보다 분노가 앞섰다. 은재는 기가 막혀 부어오르는 뺨에 손을 댄 채 태호를 노려보았다. 흥분을 주체하지 못하면 주먹부터 날리고 보는 부류. 그녀는 싸늘한 눈빛으로 태호를 경멸했다.

"결국은 너도 이런 인간이었구나."

"뭐야? 무슨 말이야, 그게!"

"설명을 해 줘도 모를 테니까, 괜한 기운 낭비하지 말자. 대신 지금 내가 하는 말만큼은 똑똑히 기억해. 앞으로 두 번 널 보는 일 없었으면 좋겠다. 날 찾아오지도 말고 연락하지도 마. 알겠니?"

단호하게 말한 은재가 먼저 식당을 나갔다.

"서은재! 은재야!"

그녀의 이름을 부르며 달려 나가려는 아들을 본 성 여사가 가슴을 움켜잡았다.

"아유, 가슴이야……!"

"어머니!"

쫓아 나오려던 태호가 충격을 받은 척 쓰러지는 성 여사를 보고 뒤돌아섰다. 그 틈을 이용해 붙잡히지 않고 바깥으로 나온 은재는 어디인지도 모를 산길을 무턱대고 뛰어 내려갔다. 지금 태호에게 붙잡히면 영원히 붙잡히고 말 거란 생각에 공포심마저 생겨났다.

2.

옥선이 그녀의 뺨을 후려쳤다.

"이 망할 것이 뭘 어쩌고 어째? 다 된 밥에 재를 뿌려도 유 분수지, 뭘 했다고?"

맞은 데를 또 맞다니, 은재는 생각했다. 역시 한국인은 오른 손잡이가 많다. 볼살이 다시 터져 피 맛이 났다. 그녀는 비위가 상해 피가 섞인 침을 뱉고 싶었지만, 별수 없이 삼킨 뒤 침착하 게 대답했다.

"결혼 안 해요. 전 처음부터 안 한다고 말씀드렸어요."

"네가 어디서 태호 같은 남자를 만날 거야? 어? 대체 넌 뭐 가 불만이라 태호 같은 남자를 마다하는 건데!"

옥선이 악을 쓰는 동시에 광석이 방바닥을 치며 언성을 높였 다.

"다 필요 없어. 지금 당장 그 댁 찾아가. 찾아가서 잘못했다고 무릎 꿇고 용서 빌어!"

"싫어요. 그런 일은 없을 테니 이제 미련 버리세요."

"이년아!"

옥선이 그녀의 머리채를 잡고 등짝을 갈겼다.

"호강에 겨워 요강에 똥을 싸도 정도껏 해라! 그런 시댁이 어디 있고, 그런 남편이 어디 있다고 이 지랄을 하는 거야? 부모가 자식 앞길 망치는 거 봤어? 응? 하라고 할 때 하면 좀 좋아!"

마침내 그녀가 폭발하고 말았다. 옥선이 때리면 죽은 듯 맞기만 하던 은재는 처음으로 옥선의 손을 뿌리쳤다.

"제발 그만해요! 싫어요, 싫다고요! 제가 이렇게 싫어하는 데 이유가 있을 거란 생각은 안 해 봤어요? 제발 날 좀 내버려 둬요!"

"잘난 척하다 얼어 죽을 년! 이유? 오냐, 좋다. 네년이 그렇게 좋아하는 이유 한번 들어 보자. 이유가 뭐냐?"

"그만해요, 제발! 내가 결혼하고 싶다고 한 적 없잖아요! 그런데 왜들 이렇게 일방적으로 날 몰아붙여요? 엄마나 태호 엄마나 똑같아요. 그 집 엄마가 뭐라는 줄 알아요? 예단 해 오래요! 결혼하고 싶다 해도 예단할 돈이 어디 있어요? 아버지 수술비와 치료비로 다 썼잖아요!"

그녀의 절규에 움찔하던 옥선이 다시 기세등등하게 소리를 질렀다.

"이게 이제 별사람을 다 잡는구나. 그 댁에서 예단을 해 오래? 아이고, 그 점잖은 양반 댁에서 예단을 바라? 오냐, 이게 다 네년 본전이 아까워서 수 쓰는 거지? 그래, 어찌 그 소리가 안 나오나 했다. 그깟 돈 몇 푼 해 줬다고 유세가 하늘을 찌르는데, 얘긴 똑바로 해야지. 정작 네 아버지 살린 건 의재였다! 의재가 제 간 안 떼어 줬으면 네년이 아무리 돈 많이 퍼 줬어도 네 아버지 못 살았어! 당신 안 그래요?"

뒷짐을 지고 은재가 맞는 것을 구경만 하던 부친 광석이 옥선을 편들었다.

"그걸 말이라고 해?"

정말 징그럽다.

그녀는 고등학교에 입학하던 때부터 아르바이트를 해 돈을 벌었다. 무능한 아버지, 그럼에도 전업주부였던 새엄마, 그리고 온갖 사고를 치고 다니는 이복남동생 틈에서 살아남으려면 그녀라도 정신을 차릴 수밖에 없었다.

빈혈 때문에 어지러워 쓰러질 때도, 잠이 모자라 쓰러질 때도 돈을 번 것은 언제나 그녀였다. 하지만 정작 양친으로부터 아낌을 받는 건 언제나 의재였다. 사고를 치고 도둑질을 하고 노름을 해도, 사내라면 한 번씩 있을 법한 일로 치부하는 양친의 남아선호사상은 너무나 절대적이었다.

그런데 원래도 절대적이던 아들 사랑은, 의재가 간암 말기 판정을 받은 부친에게 간이식을 성공적으로 해 줌으로써 광적으로 변모하고 말았다. 보험에 가입하지 않아 엄청난 치료비를 지불한 것은 정작 그녀였음에도 말이다.

은재는 부친의 이식 수술비를 포함해 의재의 병원비까지, 7년 동안의 직장 생활 동안 모은 돈뿐 아니라 보험 대출까지 받아서 충당해야 했다. 이제야 알겠다. 그렇게 해서라도 인정받고 싶었던 게 얼마나 덧없는 일이었는지를…….

이러다 무슨 사달이 날지도 모르겠다. 가슴속에 켜켜이 쌓인 분노와 증오가 너무 커져서 아무거나 손에 잡히는 대로 휘두르고 싶어질까 봐 겁이 났다. 그리고 상처 입는 대상이 자신이 될까 봐, 더 무서웠다.

은재는 흔들리는 눈빛으로 스탠드바 위에 놓인 위스키 병을 응시했다.

지난 세월, 그녀는 참 열심히 살았다.

잠시라도 곁눈질을 하면, 도망치고 싶어질까 봐, 앞만 보고 살았다. 회사에 충성했고, 가족에게 충실했다. 하지만 돌아온 것은 모두 비난뿐이었다. 그녀의 마음은 헤아려 주지 않고 도리어 잘못했다 손가락질하는 회사와 가족이 원망스러웠다. 그녀는 잔에 따라진 술을 단숨에 들이켰다. 입안의 터진 살들이 무척 쓰라렸다.

부모님 집을 뛰쳐나와 오피스텔로 가던 길, 충동적으로 들어온 바에서 설움을 달래 보려 했지만 실패였다. 술은 그녀의 비관적인 처지를 더욱 극대화시킬 뿐이었다.

이게 뭐니…….

은재는 흐느적거리는 손짓으로 술을 따라 한입에 털어 넣으며 생각했다.

넌 결국 비참하고 끔찍하게 늙어 갈 거야. 인정 한 번 못 받아 보고, 사랑도 한 번 못 해 보고……. 그게 제일 슬퍼.

도톰한 입술 사이에서 자조적인 웃음이 새어 나왔다.

이 와중에도 사랑 타령이라니…….

그녀는 지독하게도 방어적으로 살았다. 그래서 자신을 전부 내던지는 사랑을 한 적이 없었다. 하긴 어디 사랑할 시간이 있긴 했나……. 일하느라, 공부하느라, 의재 사고 뒷수습하느라 고등학교에 입학하던 그 해부터 지금껏, 그녀의 13년은 정말 지독하게 바빴다.

그녀는 빈 잔에 술을 따르기 위해 병으로 손을 뻗었다. 그런데 그녀보다 먼저 병을 잡는 손이 있었다. 구릿빛의 우아하고 긴 손가락이 병을 감싸는 것을 본 은재가 고개를 들었다. 그녀의 흐릿한 시선 속에 한 남자가 서 있었다.

"얼마나 마신 거지?"

대니얼 리 회장이었다. 커다란 두 눈을 가느다랗게 접어 상대를 쳐다보던 은재는 퍼뜩 정신이 들자 소스라치게 놀랐다.

"회장님."

그녀는 자리에서 일어서다 취기를 이기지 못하고 휘청거리고 말았다. 그가 그녀의 양팔을 단단히 잡아 쓰러지지 않게 부축해 주었다.

"육탄 공세는 사양한다고 했을 텐데. 앉아."

그녀를 자리에 앉힌 대니얼 리 회장이 옆 스툴에 앉으며 바텐더를 향해 손을 뻗었다.

"글라스 하나 더."

그는 새 글라스를 받아 그녀의 위스키를 제 것처럼 따랐다. 호박빛 액체를 부드럽게 삼킨 뒤 그녀를 보았다.

"고민 있나?"

그의 말은 은재에게 헛웃음을 안겨 주었다.

"가장 큰 고민을 안겨 주신 분이 그렇게 물어보시니 무슨 대답을 해야 할지 모르겠어요."

"비웃음이군."

"네."

그녀는 부정하지 않고 크게 고개를 끄덕거리며 그의 손에서 위스키 병을 뺏었다.

"제 것입니다. 따로 시키세요."

그러자 그가 미간을 좁혔다.

"이미 오래전 느낀 건데, 서은재 씨는 한국 사회에서 살아남기 힘든 성격이야."

그녀는 아니라고 굳이 해명할 필요를 느끼지 못했다. 은재는 어깨를 으쓱거리며 술을 따랐다.

"어차피 해고될 텐데, 잘 보이려고 노력하는 게 더 비참하고 치사한 일이잖아요. 그런데 회장님은 경호원이나 수행 비서도 없이 여긴 어쩐 일이세요?"

"그런 것까지 말해 줄 필요는 없을 것 같은데."

"뜻대로 하세요."

제정신이었다면 절대 하지 않았을 짓이 바로 대니얼 리 회장
과 앉아 술을 마시는 일이었겠지만, 그녀는 지금 취기가 오를
대로 오른 상태였다. 곁에 오너가 있거나 말거나 은재는 꿋꿋
하게 술잔을 비웠다.

신욱은 그런 여자를 보다, 바텐더에게 손짓을 해 위스키 한
병을 주문했다. 사무실에서의 모습과 바에서의 모습이 사뭇 다
른 서은재의 모습이 흥미로워 조금 더 상대를 해 주고 싶어졌
다.

"하나 물어볼 게 있는데."

"네."

"왜 변명하지 않는 거지?"

은재는 모든 것을 체념한 듯 되물었다.

"그런다고 달라지는 게 있습니까?"

그의 이마가 희미하게 찌푸려졌다.

"너무 비관적인데."

"애초에 하지 않았다면 모를까, 이미 해 버린 일에 변명은
하지 않습니다. 결과가 달라지지 않으니까요. 제 잘못이에요."

은재의 반달 같은 두 눈이 그를 향했다. 머루처럼 까맣고
또렷하던 동공이 다소 혼몽해 보이는 서은재의 눈을 보자 신
욱은 이상하게 목이 탔다. 그러다 문득 오른쪽 뺨이 기이하게
부어 있음을 발견했다. 신욱의 매서운 눈매가 단숨에 가느다
래졌다.

"얼굴이 왜 그래?"

은재는 담담하게 대꾸했다.

"맞았어요."

"누구한테."

그가 정색을 해서 묻자 은재도 숨겼던 가시를 드러내 호전적인 자세가 됐다.

"절 비난하는 사람들에게요. 왜요, 회장님도 절 때리고 싶으세요?"

그녀는 흐릿해진 눈으로 그를 노려보았다.

"때리고 싶으심 때리세요. 한 대 맞아 드릴게요. 그럼 아주 완벽한 하루가 되겠네요. 자요, 때리세요."

그가 눈썹을 찌푸리는 것을 보며 상체를 더욱 숙였다. 머리가 아래로 내려가는 순간, 억눌렀던 취기가 폭발하듯 전신으로 번져 버렸다. 아…… 나 쓰러지나 봐……. 그 생각을 마지막으로 은재는 의식을 잃었다.

그대로 쓰러지는 은재를 신욱이 받아 안았다. 뒤에 서 있던 크리스가 황급히 다가왔다.

「괜찮으십니까?」

「나는 괜찮은데, 이 여자는 글쎄…….」

신욱은 황당한 눈으로 품 안의 여자를 응시했다. 고운 두 눈을 감고서 뜰 생각을 하지 않는다. 그는 그보다 더 당황한 것 같은 크리스에게 사실을 알려 주었다.

「취했군.」

그러자 크리스가 은재를 받아 안기 위해 손을 내밀었다.

「제가 알아서 하겠습니다.」

신욱이 눈썹을 치켜뜨며 물었다.

「어떻게?」

「네?」

그가 아는 한 모든 것에 능수능란한 크리스가 멍하게 반문했다. 신욱은 여전히 은재를 부축한 채, 한 손으로 크리스의 어깨를 밀었다.

「차나 대기시켜.」

뒷머리를 긁적거리던 크리스가 어물거리며 대답했다.

「아, 알겠습니다.」

그가 투숙한 호텔은 극비에 부쳐졌지만, 어떻게 알았는지 사람들이 찾아오기 시작했다. 정, 재계를 가리지 않는 다양한 소속의 사람들이 그를 만나기 위해 걸음 했다. 새로운 호텔 레지던스를 수배하라 지시한 신욱은 새 레지던스로 이동하기 전 가볍게 한잔하기 위해 바에 들렀다. 그런데 술은 마시지도 못하고 서은재만 맡게 됐다.

그는 경호원들의 도움을 받지 않고 은재를 부축해 바를 나왔다. 무게가 전혀 느껴지지 않는 여자였다. 신욱은 대기 중인 차의 뒷좌석에 은재를 밀어 넣은 뒤 그도 따라 탔다. 가방을 뒤지자 배터리가 분리된 휴대전화가 나왔다.

회피.

현실에서의 도피가 분명했다.

무엇으로부터 도망치고 싶은 거지?

신욱은 휴대폰과 의식이 없는 은재를 번갈아 보다, 기사에게 말했다.

「레지던스로.」

차가 어둠 속으로 미끄러지듯 출발했다.

신욱은 낮에 보았던 그대로인, 심지어 머리까지 말끔하게 묶어 올린 여자를 레지던스의 침대에 눕혔다. 정말 깊은 잠에 빠진 것인지 새근거리는 숨소리가 평화로웠다. 햇볕을 쬐지 못해 투명한 피부는 취기의 붉은 흔적을 조금도 비치지 않았다. 목 끝까지 잠근 것이 불편해 보여 단추를 두어 개 풀어 주자 하얗고 가느다란 목덜미가 그의 눈앞에 드러났다.

신욱은 그녀의 머리와 베개 사이에 손을 넣어 핀을 뺐다. 손끝에 닿는 머릿결의 감촉이 소름이 끼치도록 부드러웠다. 순간적으로 단전 아래 힘이 들어갔다. 자신의 갑작스런 반응을 느낀 신욱은 이마를 찌푸리며 은재에게서 손을 뗐다.

남자는 본능으로 안다.

여자의 시선을.

자신의 손길에 무너질 여자인지, 아닌지를.

모르는 건, 그 작은 머릿속이 품은 야망의 크기뿐.

허나 그것조차 기꺼이 셈에 응할 마음이 있다면 여자에게 손을 내미는 것이 남자다.

신욱의 입매가 신랄하게 휘어졌다.

하지만 아무리 그렇다 한들, 같은 실수를 두 번씩 저지르지는 않지.

침실 문을 닫고 나온 그는 거실의 미니 바로 걸어가 클럽에서 마시지 못했던 위스키 병을 꺼냈다. 한시라도 빨리 한국을 떠나고 싶었다.

✽

은재는 감은 눈이 부시다는 것을 깨닫기 전에 머리가 깨질 듯한 통증을 먼저 느꼈다. 가느다란 신음을 흘리며 흐느적거리는 손을 들어 관자놀이를 꾹 눌렀다. 눈을 뜨자, 블라인드가 쳐지지 않은 커다란 창가를 장악한 한여름 태양 볕이 사정없이 눈 속으로 파고들었다.

그녀는 다시 눈을 감았다.

이대로 조금 더 자고 싶었다. 스르르 눈을 감던 그녀는, 그녀의 방에는 저렇게 큰 창이 없다는 것을 떠올렸다. 그녀는 스프링처럼 벌떡 일어나 앉았다. 순간, 사방에서 새들이 날아와 머리를 쪼아 대는 것 같았다.

"아……."

가느다란 신음을 내뱉으며 양손으로 머리를 꼭 눌렀다. 고개를 숙인 그녀 앞으로 불쑥 머그잔이 내밀어졌다.

"마셔."

냉소적인 저음. 대니얼 회장의 목소리…….

깜짝 놀란 그녀가 번쩍 고개를 들었다. 대니얼 회장이 편안한 복장으로 서 그녀를 내려다보고 있었다.

"회, 회장님?"

그는 너무 놀라 얼이 빠진 것 같은 그녀의 손을 친히 잡아 펼치더니, 아스피린 두 알을 내려놓았다.

"지금쯤 그 머릿속, 세계대전까지는 아니더라도 국지전이 상당할 텐데."

그는 강제로 머그잔까지 쥐여 주었다.

"제가 왜 여기 있는 건지……."

"술에 취해서 내 품에 쓰러졌지."

은재는 멍하게 되묻고 말았다.

"네?"

"배터리가 분리된 걸 보니 집에는 가기 싫은 모양이더군. 체크인을 따로 하는 것보다 여기로 데려오는 게 덜 번거로워 데려온 거니, 그렇게 황당한 표정 지을 것 없어."

하지만 황당했다!

그룹 회장의 호텔 레지던스 침대에서 일어난 자신을 발견하는 것이!

두서없이 주위를 두리번거리던 은재는 얼른 침대에서 내려왔다. 그 바람에 손에 들린 머그잔에서 커피가 찰랑거려 하얀 시트 위에 얼룩을 만들었다.

"어머……! 어떡해!"

사이드 테이블에 머그잔과 아스피린을 내려놓았는데, 하필이면 아스피린이 데굴데굴 굴러 카펫 위로 떨어졌다. 황급히 무릎을 굽혀 아스피린을 줍다 협탁의 튀어나온 모서리에 이마를 찧고 말았다. 그녀는 비명 소리도 내지 못하고 이마에 손을 댔다.

신욱은 정 떨어지게 깔끔하고 단정하던 서은재가 실수를 연발하는 것을 즐겁게 쳐다보았다.

벌떡 일어난 은재의 얼굴이 새빨개졌다.

"정, 정말 죄송합니다."

"그런 것 같군. 그런데 그전에 머리를 좀 어떻게 하지?"

머리……. 그의 지적에 머리에 손을 가져다 댄 은재의 얼굴이 더욱 새빨개졌다. 머리핀이 어디로 사라졌는지 긴 머리가 귀신처럼 뻗쳐 있었다.

"욕실은 저기 있어."

감사하다는 대답조차 못 한 은재는 얼른 욕실로 도망쳤다.

귀엽군.

신욱은 잠에서 금방 깬 여자가 저렇게 예뻐 보일 수도 있다는 것을 처음 깨달았다.

'회장님도 절 때리고 싶으세요? 때리고 싶으심 때리세요. 한 대 맞아 드릴게요. 그럼 아주 완벽한 하루가 되겠네요. 자요, 때리세요.'

세면대에 기대어 거울을 보다, 문득 대니얼 회장에게 한 말을 떠올린 은재는 신음을 참지 못했다.

정말 미쳤나 봐!

소주 한 병에도 취기가 오르는데, 위스키 큰 병을 반이나 비웠으니 그런 짓을 아무렇지 않게 할 만큼 취했으리라. 은재는 제 머리를 쥐어박았다. 대니얼 회장 얼굴을 대체 어떻게 보라고…….

하지만 이렇게 있을 때가 아니었다. 산발이 된 머리를 손으로 쓸어내려 최대한 차분하게 했지만 마스카라가 번진 눈을 보자 다시 절망하고 말았다.

판다도 아니고 이게 뭐람!

정말! 서은재! 미쳤어!

스타카토로 끊어지는 비난을 스스로에게 퍼부으며 티슈를 뽑아 물을 적셨다.

가까스로 인간의 몰골을 하고 욕실을 나오자, 총괄 비서실장인 크리스 얀이 그녀와는 대조적으로 말끔한 슈트 차림을 한 채 기다리고 있었다. 그녀가 어색하게 고개를 숙이자, 크리스 얀이 말했다.

「회장님은 피트니스 센터에서 운동 중이십니다.」

정말, 다행이다!

「네……. 저 그만 가 보겠습니다.」

「모셔다 드리라는 회장님 지시가 있었습니다. 나오시죠.」

「아, 아니에요. 제가 알아서 갈 수 있습니다.」

「죄송합니다. 저는 회장님 지시를 거역할 수 없습니다.」

은재는 대니얼 회장만큼이나 강경한 크리스 얀의 말을 거역

하지 못하고 울며 겨자 먹기로 차에 타고 말았다.

차라리 꿈을 꾸고 있다면 좋겠다.

그녀는 무슨 정신으로 오피스텔에 도착해 샤워를 하고 출근
준비를 한 것인지, 회사에 도착해서 생각하니 하나도 기억이
나지 않았다. 유일하게 떠오르는 생각이란, 대체 어떻게 대니얼
회장의 얼굴을 봐야 하는가, 하는 것이었다.

"대리님, 회장님 벌써 출근하셨어요. 지금 차 가져가려고요."

은재는 새란에게서 커피 쟁반을 뺏었다.

"내가 가져갈게."

사과란, 되도록 빨리 전해져야 한다.

비록 대니얼 회장을 마주해야 한다는 것이 얼굴이 화끈거릴
만큼 부끄러운 일이라 해도 말이다. 지사장실 앞에 선 그녀는
노크를 한 다음 조용히 문을 열었다. 대니얼 회장은 집무 책상
에 앉아 빠르게 사인을 휘갈기고 있었다.

"커피입니다."

"고맙군."

쟁반을 꼭 잡은 채, 은재가 차마 떨어지지 않은 입술을 달싹
거렸다.

"회장님, 어제 제가 큰 결례를 저질렀습니다."

그러자 그가 고개를 들어 그녀를 보았다.

"기억이 났나?"

그의 새까만 시선에 오롯이 노출된 은재는 지난밤이 부끄러

워 고개를 숙이고 말았다.

"……네. 죄송합니다."

"지난 일이야. 나가서 일 보도록 해."

순순한 그의 말에 안도감이 밀려들어 다리에 힘이 풀릴 지경이었다.

"감사합니다."

다시 한 번 고개를 숙여 감사를 전한 뒤, 뒤돌아섰다. 막 문손잡이를 잡으려는 순간, 그가 한마디를 더 보탰다.

"그리고 서 대리. 날 서 대리를 때리는 사람에 포함시키지 마라."

아무 말도 못 하고 문을 닫는데 얼굴이 화끈거렸다.

세상에는 분명 오를 수 없는 나무가 존재한다. 엄마인 옥선은 당연히 태호가 오르지 못할 나무라고 하지만, 은재의 생각은 달랐다. 그녀에게 오르지 못할 나무는 대니얼 리 회장이었다. 그를 처음 본 순간부터, 그는 그녀에게 강한 기억으로 남았다.

하지만 그것은 그녀만의 철저한 착각이었다.

지사장실을 나온 은재는 새란의 호기심 어린 시선을 피해 탕비실로 들어갔다. 자신과 새란이 마실 커피를 내리기 위해 커피 메이커에 생수를 부었다.

왜 이렇게 혼란스러운 걸까?

단지 태호나 양친 때문은 아닌 것 같았다. 대니얼 리 회장을 향한 그녀의 미묘한 마음. 다시 보지 않았다면 상관없었을 그

마음이, 지금 더없이 혼란스럽다.

점심 식사도 거른 채 하루가 지나갔다. 실수를 하지 않기 위해 신경을 곤두세웠더니, 온몸이 아팠다. 대니얼 회장과 그 비서인 크리스가 사무실을 나가자, 새란과 그녀도 방을 정리하고 퇴근을 했다. 사무실을 나와 몇 걸음 걷던 새란이 갑자기 생각난 듯 제 머리를 쥐어박았다.

"아, 맞다! 대리님, 먼저 내려가세요."

"왜, 뭐 두고 왔어?"

"네, 오늘 생일인 친구 만나기로 했는데, 책상에 선물을 두고 그냥 온 거 있죠?"

"알았어. 먼저 갈게. 내일 봐."

"내일 봬요."

새란의 경쾌한 작별 인사를 받은 은재가 엘리베이터로 걸어갔다. 그러다 멈춰 서고 말았다. 대니얼 회장과 크리스가 엘리베이터 앞에 서 있었던 것이다. 마침 문이 열려 타려던 대니얼 회장이 그녀를 보고 고갯짓을 했다.

"같이 타지."

"아닙니다. 전 다른 엘리베이터를 이용하겠습니다."

"타."

그의 강압적인 말에 은재는 별수 없이 엘리베이터에 올라타고 말았다. 침묵이 어색하고 불편했다. 초고속 엘리베이터답게 수초에 지나지 않는 시간임에도 얼른 내리고 싶어 안달을 했다.

가장 앞에 서 있던 그녀는 엘리베이터가 로비에 도착해 문이 열리자마자 내렸다. 하지만 엘리베이터에서 내리는 순간, 로비에 선 태호를 발견했다. 은재는 저도 모르게 뒷걸음질 쳤다.

갑자기 등 뒤로 단단한 남자의 몸이 느껴지는가 싶더니 그녀의 엉덩이에 딱딱한 것이 느껴졌다. 소스라치게 놀란 그녀가 얼른 몸을 떼고 돌아보자 모호한 눈빛을 한 대니얼 회장이 그녀를 내려다보았다.

"유혹인가?"

무표정한 얼굴로 하는 그 말이 농담인지, 진담인지 가늠할 겨를도 없이 반사적으로 부정의 대답이 터져 나왔다.

"아닙니다."

그의 시선이 로비를 서성이는 태호를 향했다. 그러더니 그녀의 손목을 잡아 엘리베이터 안으로 끌어당겼다.

"회장님. 전 여기서 내려야……."

하지만 그는 그녀의 말을 가볍게 무시하고, 뒤에 섰던 크리스에게 지시했다.

「크리스. 차, 지하로 보내.」

「네, 회장님.」

그는 그녀의 손목을 놓지 않았다. 온몸의 신경세포가 그에게 잡힌 손목으로 향했다.

"어딜 가시려는 거죠?"

"내게 갚을 빚이 있지 않나? 갚을 기회를 주는 거야."

엘리베이터의 문이 닫혔다.

그는 그녀를 호텔 레스토랑으로 데려갔다. 34층 라운지에서 내려다본 서울의 야경은 아름다웠다. 하지만, 이토록 불편하다니! 태호의 모친과 함께 먹었던 식사보다 더 불편했다!

나이프로 우아하게 스테이크를 썰던 그가 무심한 어조로 물었다.

"그 친구는 누구지?"

은재는 적당한 말을 고르기 위해 잠시 고심해야 했다.

"친구예요."

그녀의 노력을 눈치챘는지 그의 입매가 비웃듯 휘어졌다.

"친구라……."

그를 향해 이상한 반발심이 들었다. 무릎 위에 펼쳐 놓았던 냅킨을 들어 테이블 위로 올린 은재가 도전적인 시선으로 그를 바라보며 대답했다.

"네, 친굽니다."

그러자 그가 고개를 가볍게 저었다.

"여자는 친구의 개념이 무엇인지 모르는 종족이 분명해."

"무슨 말씀이시죠?"

대니얼 회장이 피가 엷게 스미어 나오는 스테이크를 입에 넣으며 말했다.

"그 친구, 서 대리와 섹스하고 싶어 안달하는 남자로 보이던데."

그녀는 이마를 찌푸린 채 정색을 하며 항변했다.

"말씀이 지나치십니다."

"그래? 아니라고 자신 있게 말할 수 있나?"

은재는 입술을 앙다물었다.

"하지만 그 친구는 서 대리 타입이 아닌 것 같아."

"제 연애 문제는 제가 알아서 결정합니다. 회장님께서 신경 쓰실 일이 아닙니다."

그녀의 단호한 대답에 그가 냅킨으로 입을 닦더니 테이블에 놓았다. 그 모습조차 지독하게 거만하고 오만해 보였다.

난 왜 이렇게 대니얼 회장에게 휘둘리고 있는 거지?

은재는 스스로에게 물었다.

그때였다.

"거두절미하지. 나와는 자고 싶나?"

마치 그녀의 속마음을 들여다본 것 같은 남자의 질문은 은재의 머릿속을 하얗게 만들었다. 본능적으로 아무 말이나 해서 그의 질문을 부정해야 할 것만 같아 입을 열었지만 나오는 건 멍청한 더듬거림이었다.

"그, 그게 무슨……."

"그게 아니라면 날 더듬을 이유가 없지 않나? 날 유혹하고 싶은 것 아닌가?"

아까 엘리베이터에서의 일을 말하는 건가? 그녀는 불쑥 대니얼 회장을 후려갈기고 싶은 충동을 느꼈다. 이를 앙다문 채 그를 노려보던 은재가 물었다.

"넘어오긴 할 건가요?"

그녀는 너무 화가 나서 제정신이 아니었다.

"글쎄……."

그의 차가운 눈빛이 그녀에게 꽂혔다.

"한 번도 넘어간 적은 없지만, 어쩌면 너라면 가능할지도 모르지."

그의 긴 손가락이 그녀의 턱을 치켜 올렸다.

"그러니 어디 한번 해 봐."

그들의 날 선 시선이 불꽃을 튀기며 허공에서 부딪쳤다. 은재는 분하고 당혹스러운 마음을 떨리는 목소리로 토로했다.

"저한테 왜 이러시는 거예요?"

"네게 관심이 있어."

은재는 떨리는 손끝을 주체하지 못하고 무릎 위로 주먹을 말아 쥐었다.

"아무 관심이 없는데, 내 침대에서 재워 줬다고는 말 못 하겠지?"

그가 의미심장하게 물었다.

"너는 어때?"

나는…… 나는…….

심장이 아프게 조여들며, 조금씩 숨이 가빠 온다. 한 번도 스스로 원하는 것을 가지지 못했던 그녀는, 정말 눈앞의 남자만큼은 잠시라도 좋으니 가져 보고 싶다는 충동에 사로잡혔다.

지금이 아니면 영원히 가져 보지 못할 사람…….

은재는 그의 새카만 눈을 똑바로 응시하며 말했다.

"……유혹해 보고 싶어요."

3.

"침대에서까지 회장님이라 불리는 건 사절이야. 대니얼은 너무 건방지게 들리니, 이신욱이라고 불러."

사랑을 한다면, 섹스를 한다면…….

그 상대는 그녀가 원하는 사람과 하고 싶었다. 세상 모든 여자가 그러하듯이. 불타 죽는지 알면서도 불을 향해 달려드는 부나방처럼, 자신의 전부를 내던지는 사랑이 어떤 것인지 알지 못하는 은재는, 자신을 이신욱이라고 말하는 대니얼 회장의 제안을 거절할 수 없었다. 아니, 거절하고 싶지 않았다. 일생에 단 한 번이라도, 스스로 원하는 것을 가져 보고 싶다는 열망이 강하게 솟구쳤던 것이다.

레지던스의 현관문이 닫혔다.

센서 등의 불이 꺼지고 적막한 어둠 속에서 은재는 이신욱과 단둘이 남겨졌다. 달칵하는 소리와 함께 스탠드 불이 켜지며 그의 실루엣이 드러났다.

"경험 있나?"

은재가 입술을 깨무는 것을 본 그가 빈정거렸다.

"없나 보군. 그런데 어떻게 날 유혹한다는 거지?"

"이미 유혹당하신 것 같으니까요. 저한테 관심이 없다면 여기까지 데려오실 분이 아니시잖아요."

그녀의 당돌하고 도도한 말을 들은 그의 눈썹이 못마땅한 듯 치켜 올라갔다. 하지만 그에 대한 말은 하지 않고 재킷을 벗어 소파에 던졌다.

"내가 알아야 할 건 없나?"

"무엇에 대해 말입니까?"

"글쎄, 이것저것?"

이것저것이라면, 어떤 것? 전염력이 있는 병? 신체는 건강하지만 돈에 환장한 식구들과 스토커처럼 그녀의 사랑을 갈구하는 대학 동창은 있다. 하지만 그것까지 그녀의 책임은 아니다. 은재는 떳떳하게 가슴을 활짝 폈다.

"없습니다."

그녀의 의지와 노력으로 컨트롤되는 것에 문제가 될 것은 없다. 식구와 태호는 그녀의 노력 밖의 일들. 그녀를 구속할 수 있는 힘을 가진 것은 아무것도 없다. 그녀 자신밖에는. 그러자 그가 커프스단추를 풀어 사이드 테이블 위에 올렸다.

"좋아, 옷 벗어."

블라우스의 단추를 푸는 은재의 손가락이 파르르 떨렸다. 블랙 스커트 위로 하얀 블라우스 자락을 빼내 벗는 그녀에게로 신욱이 다가왔다. 가느다란 긴 목덜미를 쓸어내린 그가 스킨톤 브래지어 위를 손등으로 쓸어내렸다.

"너, 매력 있어."

그를 올려다보는 그녀의 눈빛이 흔들렸다. 이제 겨우 블라우스만 벗었을 뿐인데 나체로 발가벗기어져 그의 평가를 받는 기분이었다. 그가 그녀의 손을 잡아 자신의 셔츠 위에 놓았다.

"벗겨."

그 순간 숨 막히는 정적이 그녀의 어깨를 무겁게 짓눌렀다. 잠시 머뭇거리던 은재는 마른침을 삼키며 셔츠의 단추를 풀기 시작했다. 신욱은 시선을 내려 단아한 검은 정수리의 여자를 보았다. 하얀 셔츠 단추를 푸는 손가락이 더 하얗다. 게임처럼 시작한 일이 꽤나 의미심장해지고 있었다. 단추를 풀수록 단전 아래 힘이 실리고 페니스가 팽창하기 시작했다. 옴폭 파인 쇄골에 입술을 묻고 싶었다.

대체 얼마 만에 느껴 보는 욕정인지 알 수가 없었다. 아니, 그에게 있는지도 몰랐던 사내로서의 욕망이 똬리를 틀고 꿈틀거렸다.

단추가 모두 풀린 셔츠 깃이 양옆으로 벌어지고 구릿빛 피부가 모습을 드러내자 은재가 홀린 듯 쳐다보았다. 그는 그녀의 부드러운 턱을 손가락으로 치켜 올려 시선을 부딪쳤다.

"구미가 당기나?"

은재가 흔들리는 눈빛에도 불구하고 살짝 고개를 끄덕거렸다. 그의 입매가 휜다 싶더니 그녀를 당겨 키스하기 시작했다. 뜨거운 입술이 부딪쳤다. 그의 키스는 격정적이고 저돌적이었다. 그녀의 말랑한 아랫입술을 깨물어 입을 벌리게 한 뒤 혀를 밀어 넣었다. 미끈한 혀가 순식간에 그녀의 입안을 가득 채웠다. 은재는 숨이 막혔다.

본능적으로 물러나는 그녀의 혀를 휘감는 움직임에 그의 셔츠 깃을 잡고 필사적으로 매달렸다. 이신욱의 키스는 북풍처럼 차갑고 날카로운 남자의 키스라고는 믿어지지 않을 만큼 뜨거웠다. 숨이 막힌 은재가 그의 가슴을 밀어냈다. 순순히 밀려난 그가 그녀의 흰 목덜미에 얼굴을 묻었다.

"아……."

은재는 신음을 내지르고 말았다. 여린 피부가 그의 입안으로 속절없이 빨려 들어갔다. 그의 손이 스커트의 지퍼를 거칠게 내렸다. 뱀이 허물을 벗듯 스커트가 피부를 스치며 스르륵 아래로 내려갔다. 그리고 팬티스타킹과 팬티가 우악스런 손놀림에 의해 한꺼번에 벗겨졌다. 은재는 가쁘게 터져 나오는 숨을 베어 물었다. 그의 손에 이리저리 휘둘리는 인형이 된 기분이었다. 그의 커다란 손이 다리 사이로 파고들었다.

"앗……!"

한 번도 타인에게 노출된 적 없는 수줍은 처녀의 속살이 그의 손가락에 휘감겼다. 목덜미를 힘주어 문 그가 고개를 들어 그녀를 보았다. 자유로운 손으로 브래지어를 찢듯이 벗겨 바닥에 팽개쳤다. 탱탱한 유방이 그의 손안에서 형체를 잃고 찌그러졌다.

"회장님, 잠깐, 잠깐만요."

그녀가 숨을 헐떡거리며 그의 손을 막았다.

"조금만 천천히……."

"이신욱이라고 했을 텐데."

은재가 그를 올려다보았다.

"그리고 날 상대하려면 네가 내 속도에 맞춰."

그가 그녀를 침대로 밀치며 오만하게 선언했다. 신욱은 달빛에 물든 은빛 나신이 파들거리는 것을 보며 셔츠를 벗어 던진 뒤 바지 버클을 풀었다.

알몸이라는 뒤늦은 자각이 그녀를 수치스럽게 만들었다. 그가 바지와 브리프를 한꺼번에 벗자 크게 발기한 페니스가 튕기듯 모습을 드러냈다. 그의 위협적인 모습에 그녀가 일어나 주춤주춤 뒤로 물러났다. 등 뒤로 헤드보드가 닿자 가슴이 서늘했다. 그런 그녀의 생각을 알아차리기라도 한 듯 그의 입매가 비틀렸다.

"도망치기에는 이미 늦었어."

그녀의 발목을 잡아 자신에게로 당겼다. 그녀는 속절없이 그의 손에 딸려 갔다.

"샤워, 샤워를……."

"늦었다니까."

그가 그녀의 가슴을 크게 물어 삼켰다. 힘껏 빨아들이자 온몸이 그의 입안으로 빨려 들어가는 것만 같았다. 머리끝부터 발끝까지 찌릿한 전율이 흘러내렸다. 은재는 막연히 상상하던 섹스와 너무 다른 행위의 쾌락 앞에 생각과 이성을 잃어 갔다.

"힘 빼."

그가 말했지만 쉽지가 않았다. 빨갛게 달아오른 얼굴로 그녀가 요구했다.

"그냥, 해요."

굵고 뭉툭한 페니스 끝이 지긋하게 그녀의 속살을 누르자 단지 그것만으로도 끔찍하게 아파 숨이 가빠 왔다.

"어쨌든 아플 거잖아요. 그러니 그냥 해요."

그냥 빨리…….

"원한다면."

그의 탁한 음성에 소름이 돋았다. 신욱의 손이 그녀의 엉덩이를 힘껏 움켜잡았다. 은재는 그의 팔을 손톱이 박힐 만큼 힘껏 잡았다. 페니스가 힘을 주어 그녀의 질 안 깊숙이 불쑥 파고들었다.

"으읏!"

그녀의 허리가 크게 뒤틀렸다. 하악, 하악 받은 숨이 저절로 쉬어졌다.

"가만히 있어."

다리 사이가 화끈거리고 불편해 견딜 수가 없었다. 그의 단단한 흉근을 타고 송골송골 맺힌 땀이 흐르는 것이 보였다. 불쑥 어쩌다 이런 상황이 됐는지 의구심이 들었다. 미쳤나 봐…….

"후회할 때는 아닌 것 같은데."

그녀가 깜짝 놀란 눈으로 그를 쳐다보았다.

"다른 생각을 할 만큼 여유가 생긴 것 같으니 계속해 볼까?"

그가 그녀의 허리를 잡았다.

은재가 붉게 달아오른 얼굴로 연방 가쁜 숨을 내쉬었다. 그 모습을 본 신욱은 페니스가 다시 발기하기 시작함을 느꼈다. 출중한 외모의 사내이기 전에 IE 그룹 총수라는 타이틀 때문에 일단 몸부터 부딪쳐 오는 수많은 여자들의 육탄 공세에 질린 신욱에게 서은재라는 여자 역시 다를 바 없는 그저 그런 여자였다. 한국 지사의 인사 브리핑을 받을 때까지는.

그러나 처음 서은재를 보았을 때, 실리콘 인형이 사람으로 변한 것 같은 착각을 느꼈다. 하얀 피부는 햇볕을 보지 못해 파르란 핏줄까지 도드라져 보일 지경이었다. 커다란 눈은 정직했고 작은 하트형의 얼굴에 섬세하고 오밀조밀한 이목구비의 조화는 아름다웠다.

아름답기에 경계해야 한다. 아름다운 여자란 철저하게 속물적이고 계산적인 여자이니까. 그를 발판 삼아 목적을 이루려는 인간 군상.

역시나 한국 지사에 문제가 발생했을 때 그 중심에 서은재가 있었다. 그의 생각은 틀리지 않았던 것이다. 처음 한국에 도착했을 때까지는 서은재를 향한 생각은 그랬다. 한국 지사장과 비서실장의 도덕적 해이와 업무상 비리, 배임 행위에 대한 경고나 보고 대신 그들의 업무를 대신하는 월권행위를 한 서은재를 향한 막연한 분노에 사로잡힌 것도 사실이었다.

하지만 그가 발견한 것은 자신의 업무뿐 아니라 지사장과 비서실장의 업무까지 대신 처리해야 했던 작고 가냘픈 여자였다. 노동에 대한 공정한 대가를 지불받지 못한 채 격무에 시달려 파리한 얼굴을 한……

신욱은 누워, 섹스 후 어떻게 해야 할지 모르겠는지 시트를 당겨 가슴을 가리고 일어나 앉는 은재를 물끄러미 바라보았다.

헤비 스모커답게 담배 생각이 났다. 벌떡 일어나 침대를 내려가는 그를 은재가 놀란 눈으로 쳐다보았다. 나신이라는 것을 의식하지 않는 그가 느릿하게 카펫 위를 가로질러 소파 위에 팽개친 재킷에서 담배 케이스를 꺼내 다시 침대 위로 올라왔다. 헤드보드에 기대어 케이스를 연 그가 흰 담배 한 개비를 물고 그녀에게 케이스를 내밀었다. 화들짝 놀란 그녀가 고개를 저었다.

"전 안 피워요."

그가 고개를 끄덕거리더니 케이스를 닫았다. 곧 매캐한 담배 연기가 몽환적으로 퍼져 나갔다. 어색한 침묵이 무겁게 은재를 짓눌렀다. 어떻게 해야 하지? 밀물처럼 밀려드는 나른함을 떨쳐 버리려 애를 쓰며 은재는 생각했다.

지금 인사를 하고 나가는 건 정말…… 몸 파는 여자 같잖아! 어떻게 해야 하지? 할 수만 있다면 머리를 쥐어박고 싶었다.

왜 아무 생각이 안 나는 거지?

그때였다. 담배를 비벼 끈 그가 그녀를 향해 돌아앉았다. 그녀의 눈이 커다래지며 주춤 뒤로 물러나 앉자 그의 입매가 휘어졌다.

"아직도 긴장할 게 남았나?"

"전, 이제 가야……."

"끝났다고 한 적 없어."

"네?"

그가 은재의 가느다란 팔을 잡았다.

"아직 밤이 끝나지 않았잖아."

암전된 방에 불이 켜지듯 갑자기 정신이 들며 눈이 떠졌다. 묵직한 압박감이 들어 시선을 내리자 구릿빛 팔이 그녀의 가슴 위로 가로질러 놓여 있었다. 천천히 시선을 돌리자 이신욱 회장이 모로 누워 잠들어 있었다.

은재는 비명이 터져 나오지 못하게 입을 꼭 틀어막았다. 꿈이 아니었다. 물고 빨고 핥으며 섹스를 한 게 맞았다. 은재는 비명이 터져 나오지 못하게 입을 꼭 틀어막았다.

장작개비처럼 굳어져 누웠던 은재는 천천히 신욱의 팔을 내렸다. 그가 깨지 않은 것을 확인하고 최대한 조심하여 일어나 침대를 내려서던 은재는 발을 딛는 순간 그대로 푹 주저앉고 말았다. 밤새 그의 허리를 감았던 다리에 힘이 하나도 실리지 않았던 것이다. 허리가 끊어질 것처럼 아팠고 다리 사이가 화끈

홧했다.

기다시피 벗어 던진 옷을 주워 모아 화장실로 들어갔다. 그가 깨지 않았을 때 이곳을 나가야 한다는 생각뿐이었다. 정신없이 옷을 입고 나오자 다행히 그는 여전히 잠이 든 채였다. 은재는 심호흡을 하며 침실을 나왔다. 지난밤 탈선의 대가인 듯 머리가 깨질 듯 아팠고 걷는 걸음도 불편하기 짝이 없었다.

문이 닫히자 신욱이 눈을 떴다.

재미있군.

모로 누웠던 자세를 바꿔 헤드보드에 기대앉으며 담배 케이스를 찾았다. 이 순간을 회피한다 해서 마주치지 않는 것이 아님을 알 텐데, 그럼에도 도둑고양이처럼 도망을 가다니, 역시 고지식하군.

간절히 원하던 것을 가지게 된다면, 그 기분이 어떨까. 황홀할까? 가슴을 가득 채우는 만족감에 행복할까?

숱한 상상과 달리, 지금 은재는 허탈하고 당혹스러우며, 어떻게 해야 할지 아무것도 알지 못하는 상태였다.

마치 꿈을 꾼 것처럼…….

"서 대리님, 회장님께서 찾으세요."

은재의 심장이 덜컹 내려앉았다. 역시 지난밤은 꿈이 아니었다.

"알았어."

불안한 내색을 내비치지 않고 일어났지만 육체까지 속일 수는 없었다. 다리에 힘이 풀려 휘청거리다 급히 책상 모서리를 붙잡자 새란이 놀라 그녀를 부축해 주었다.

"어머, 대리님, 괜찮으세요?"

"응, 괜찮아."

"안색이 너무 안 좋으세요. 어제 무슨 일 있으셨어요?"

새란의 순진한 물음에 은재의 얼굴이 확 달아올랐다.

"무슨 일은, 아무 일도 없었어. 회장님 뵙고 올게."

"네."

은재는 심호흡과 함께 지사장실의 문을 노크했다.

"들어와."

어제와 다름없는 거만하고 냉랭한 음성이 은재를 현실로 돌아오게 만들었다. 어젯밤은 누구에게나 생길 수 있는 우연 같은 일이 일어났을 뿐이다.

아무 의미도 없는 그런…….

그의 냉랭함에 은재는 사무적이고 유능한 서은재 대리의 표정을 되찾을 수 있었다. 문을 열고 들어서자 커다란 집무 책상에 가볍게 기대앉은 그가 고개를 돌려 쳐다보았다. 숱한 다짐에도 불구하고 그의 새카만 시선 앞에 서자 속절없이 작아진다.

"부르셨습니까?"

"문 닫아."

은재는 그의 지시대로 지사장실의 문을 닫았다.

"이리로."

그가 긴 손가락을 까닥거렸다. 그녀가 다가가자 그가 미간을 좁혔다.

"더 가까이 와."

은재는 숨이 막혔다.

"도망친 보람을 못 느낄 것 같은데."

그녀의 얼굴이 또다시 달아올랐다.

"노력을 인정받길 바라나? 그런데 어쩌지? 난 무의미한 노력은 의미를 두지 않는데."

그의 빈정거림이 그녀의 꼿꼿한 자존심에 불을 붙였다.

"회장님 인정을 바란 것 아니었습니다."

"그렇겠지. 자존심이란 거겠지."

신욱은 계속해서 빈정거리며 들고 있던 파일을 책상 위로 던졌다.

"내가 껄끄럽겠지만 참아. 조만간 싱가포르로 출국할 거니까."

은재는 공손히 포갠 두 손을 꼭 잡았다.

"서은재 당신은 계속 IE 한국 지사에서 일하게 될 거야."

지금 그가 한 말은 해고되지 않는다는 말인가?

"단, 월권행위는 허용하지 않을 테니, 명심해. 당신이 한 일에 대해 보상받길 원했겠지만 내가 해 줄 수 있는 일은 이게 전부야."

"보상받길 원한 적 없습니다. 제 일을 계속할 수 있게 된 것만으로 감사합니다."

그 말은 모두가 진심이었다.

"그럼 어젯밤은 무얼 바란 거지? 내 돈? 내 관심?"

은재는 커다란 눈으로 그를 응시했다.

"지금 절 모욕하고 있단 생각은 안 드십니까?"

"자존심이 없는 여잔 경멸하지만 너무 세도 골치가 아프군."

갑자기 그가 그녀를 와락 당겨 자신의 품에 가뒀다. 깜짝 놀란 은재가 그의 가슴을 밀며 소리쳤다.

"왜 이러시는 거예요."

"소문이라도 내서 내 옆자리를 꿰차고 싶은 건가?"

"그럴 생각 없습니다."

"조금 전에도 말했지만 난 싱가포르로 출국할 거야. 거기서 몇 달 머물다 뉴욕으로 돌아가겠지. 어때? 그동안 날 상대해보는 게?"

은재는 그의 말뜻을 알아듣지 못했다.

"지금…… 무슨 말씀이십니까?"

"너, 매력 있다는 말 못 들었어? 난 어지간해서는 하룻밤 정사를 벌이는 인간이 아닌데, 네게는 욕망을 느꼈어. 어젯밤이 그 증거지. 하지만 사람이란 싫증이 잘 나는 동물이야. 나 또한 마찬가지고. 그러니 이미 생긴 관심이 싫증으로 변할 때까지 넌 나를, 나는 너를 상대하자는 거야."

"정말 무례하시군요."

은재의 목소리가 분노로 부들부들 떨렸다. 태어나 이렇게 무례한 말은 처음 들어 보았다.

"그래? 너도 날 향해 욕망을 느끼잖아."

"그게 무슨……!"

그가 예고도 없이 그녀를 당겨 키스했다. 은재가 버둥거리며 그의 가슴을 밀쳤지만 요지부동이었다. 마치 벽을 미는 기분이었다. 집요하게 입술을 파고들어 물고 놓아주지 않았다. 그의 커다란 손이 그녀의 얼굴을 잡고 움직이지 못하게 했다. 엄지로 턱을 눌러 강제로 입을 벌렸다.

그녀는 굴욕적으로 입을 벌려 그의 키스를 받아들여야 했다. 폭풍처럼 몰아쳐 치열을 더듬고 볼살을 찌르다 혀를 휘감아 빨아들였다. 그의 가슴을 때리며 저항했지만 여전히 홧홧한 다리 사이로 저릿한 전율이 흐르는 것까지 모른 척할 수가 없었다.

지금 그녀는 섹스를 모르던 어제의 서은재가 아니었다. 남자와 섹스가 무엇인지, 그것이 주는 쾌락이 무엇인지 희미하게나마 깨달은 여자였다. 그런 여자이기에 남자의 거친 키스를 받으며 흥분하기 시작했다. 그녀는 자신의 반응이 수치스러웠다. 그러면서 더한 쾌락을 갈구했다.

그녀의 생각을 알아차리기라도 한 듯 그의 날카로운 이가 혀를 살짝살짝 깨물며 빨기 시작했다. 섹스 행위를 연상시키듯 입안을 농밀하게 파고들었다. 달뜬 숨소리가 혼몽한 귓가를 어지럽힌다.

키스는 시작처럼 갑자기 끝이 났다. 충족되지 못한 열망으로 달아오른 그녀를 비웃듯 응시했다.

"오래 생각하지는 않을 것 같군. 나가 봐."

찬물을 뒤집어쓴 듯한 수치스러움.

은재는 젖은 입술을 가린 채 돌아서 사무실을 뛰쳐나왔다.

"대리님!"

자리에 앉아 있던 새란이 깜짝 놀라 뒤따라왔지만 은재는 멈추지 않고 비서실을 나와 여직원 화장실로 뛰어 들어갔다. 정말 너무 잔인해서 끔찍한 인간이었다.

순식간에 회사에 소문이 돌았다. 대니얼 리 회장에 의해 서은재 대리가 울음을 터트렸다, 그 이유는 전 지사장으로 인해 빚어진 일들에 대한 감사 때문일 것이다, 제멋대로 추측과 루머가 난무했으나 결론은 모두 그녀를 동정했다.

그의 키스에 흥분했다 밀쳐진 진실을 말할 수 없는 은재는 제멋대로 부풀려지는 소문을 내버려 두었다. 분리시켜 둔 휴대폰 배터리를 장착한 후 전원을 켜자 태호로부터 온 문자 메시지와 음성 메시지가 각각 열 통이 넘었다.

모든 게 엉망진창이야.

은재는 두 손에 얼굴을 묻었다.

"대리님. 전태호 씨란 분이 전화하셨어요. 대리님 전화가 연결이 안 된다고 전화해 달라고 하시던데요?"

"새란 씨, 미안하지만 다시 전화 오면 회장님 모시고 외근 나갔다고 해 줄래?"

"어려운 일도 아닌데요, 뭘. 그렇게 할게요. 복잡한 일이신가 봐요."

"조금 그래."

"염려 마세요."

눈치가 조금 둔한 편인 새란이 더 묻지 않는 걸 보니 오늘 그녀의 상태가 충분히 끔찍한가 보다.

혼란한 하루를 보낸 그녀의 발걸음은 무거웠다. 푹푹 찌는 더위를 느끼며 오피스텔 건물 안으로 들어서려는데 태호가 그녀의 앞을 막아섰다. 갑작스럽게 태호를 본 은재는 한기를 느끼며 뒷걸음질 쳤다. 그런 그녀의 행동이 마음에 들지 않는지 태호가 눈살을 찌푸리며 물었다.

"왜 이래?"

은재는 더없이 냉담하게 물었다.

"그 질문이 너무 늦었다는 생각 들지 않니?"

"널 때린 것 때문에 이러는 거라면……."

"사과하지 마."

고개를 저으며 할 말을 찾던 태호가 그녀의 싸늘한 말을 듣고 멍하게 되물었다.

"뭐?"

"네 사과 안 받을 거야. 그러니 하지 마."

그러자 태호가 절망스럽게 소리쳤다.

"은재야, 너 정말 왜 이러는 거야? 우리 결혼할 거잖아!"

"난 내 입으로 결혼하겠다고 한 적 없어. 싫다고 말했고, 안 한다고 말했어. 더 얼마나 말해야 내 거절을 받아들일 거니?"

"대체 뭐가 문제야? 우리 엄마 때문에 이러는 거야?"

"아니야. 내가 너와 결혼하고 싶지 않은 게 문제야. 그런데 넌 내 말이 이해가 안 되니?"

"너 정말……!"

이번이 마지막 거절이야. 더는 거절을 할 만큼 너에 대한 예의가 남지 않았으니까. 은재는 태호의 눈을 똑바로 들여다보며 천천히, 또박또박 말했다.

"좋아. 결혼하고 싶은 마음도 없지만, 나, 분명히 말할게. 설령 결혼할 마음이 있었다 해도 네 어머니 때문에 안 해. 난 네 어머니가 싫어. 됐니?"

하지만 태호는 여전히 이해를 하려고 들지도 않았고, 이해를 하지도 못했다.

"우리 엄마 같은 사람이 어디 있다고 그래? 우리 엄마, 널 배려해서 집에서는 식사조차 안 하시는 분이야. 너 몸보신시킨 다고 식사 대접까지 하는 분이라고! 넌 그런 생각조차 해 본 적 없잖아!"

"애초에 내가 왜 네 어머니와 식사를 해야 해? 우리가 그럴 사이는 아니잖아. 그리고 너, 내가 닭 싫어하는 거 알고는 있 니?"

"그래, 그게 뭐!"

유치원생도 아니고, 이렇게 치사한 말싸움이라니!

은재는 갑자기 이 모든 게 우스워졌다.

"됐어. 그만하자. 네 말처럼 내가 문제야. 배려할 줄 모르는 내가 문제라고. 그러니 이제 그만해."

하지만 끝낼 마음이 전혀 없는 태호가 강제로 그녀를 잡아 차에 태우려고 했다.

"왜 이래! 이거 놔!"

"내가 널 이대로 보낼 것 같아?"

"이거 놓지 못해!"

은재는 있는 힘을 다해 태호의 손아귀에서 빠져나왔다. 평소 와는 강도가 다른 그녀의 거부 앞에, 태호는 실성한 듯 풀어진 눈으로 다가와 그녀를 강제로 안으려고 했다.

"나 너 사랑해. 은재야, 나 너 사랑한다고."

그녀는 귀를 틀어막았다.

"그만해!"

"우리 같이 자자. 나 너랑 자고 싶어."

결국 태호가 원한 건 그거였나? 참을 수 없어진 은재가 태호 의 뺨을 세차게 때렸다.

"너 정말 쓰레기야. 내가 너 같은 인간이랑 알고 지냈다는 게 부끄러워질 만큼, 너 쓰레기야."

"서은재!"

"내 이름 부르지 마. 난 네게 어떤 부채감이나 책임감도 느 끼지 않아. 왜 내가 네 감정의 희생양이 되어야 하지? 난 널 사 랑한 적도, 사랑한다고 말한 적도 없어. 난 최대한 정중하려고 노력했어. 하지만 나의 그런 노력을 물거품이 되게 만든 건 너 야! 그러니 더 이상 추한 꼴 보이지 말고 꺼져."

차갑게 일갈한 은재가 뒤돌아섰다. 넋이 나간 듯 그녀를 바라보던 태호가 은재의 등을 와락 껴안았다.

"난 너 없으면 안 돼."

"이거 놔! 놓으란 말이야!"

있는 힘껏 태호를 뿌리친 은재가 뒤돌아서 냉정한 눈으로 노려보았다.

"그건 네가 알아서 해야지. 내가 해결해 줄 수 없는 일이야. 넌 이미 정도를 넘었어. 너 때문에 내 삶이 흔들리고 있다고! 그러니 제발, 이러지 마!"

자신에게로 다가오는 태호의 가슴을 밀친 채 오피스텔 건물 안으로 뛰어 들어갔다. 숨을 몰아쉬며 집까지 뛰어 들어온 그녀는 현관 옆의 불을 켰다. 주저앉은 은재는 두 팔로 부들부들 떨리는 몸을 끌어안았다. 온몸이 경련을 일으키듯 떨렸다. 그때 현관문이 떨어져 나갈 듯 요란하게 울리며 태호의 고함이 들려왔다.

"서은재, 문 열어!"

태호의 목소리에는 광기가 가득 차 있었다. 소스라치게 놀란 그녀가 벌떡 일어나 앉았다.

"너 지금 문 열지 않으면 죽여 버릴 거야! 너도 죽고, 나도 죽어! 문, 열어!"

은재는 벌컥 문을 열었다. 주먹으로 현관문을 내려치려던 태호가 주춤거리는 것을 본 은재가 소리 질렀다.

"그래, 죽여."

"뭐, 뭐……?"

"왜, 칼 가져다줄까?"

북풍 한파도 내칠 것 같은 차갑고 매서운 은재의 모습에 태호는 기가 질린 듯, 한 발자국 물러났다.

"당장 날 죽여야 할 거야. 안 그러면 내가 널 죽일 테니까."

"너, 너 정말……."

"경찰에 신고하기 전에 꺼져! 꺼지라고!"

마침내 폭발한 은재가 악을 쓰듯 비명을 내질렀다. 그 바람에 건넛집 현관문이 열리더니, 하나둘 문이 열리고 인상을 쓴 사람들이 모습을 드러내기 시작했다.

"야밤에 무슨 일입니까?"

"신고 대신 해 드려요?"

이웃이 끼어들자 태호도 어쩌지 못하는 모양인지 주춤거리며 뒷걸음질 치기 시작했다. 그것을 본 은재가 이웃에게 말했다.

"알아서 갈 거예요. 소란하게 해서 정말 죄송합니다."

이웃들에게 사과를 한 그녀가 차가운 눈으로 태호를 노려보았다.

"지금 가지 않으면 어떤 일이 일어날지 알 수 없어. 감당할 자신 있으면 계속해 보든지."

그녀는 경고를 남긴 뒤 문을 닫았다.

정작 자신은 아무것도 아니면서, 고위 공무원 부친과 변호사 어머니의 체면을 제 체면처럼 생각하는 인간이니, 경찰에 연행되어 갈 정도로 무모한 짓은 하지 못할 것이다. 그리고 그녀의 생각이 맞았다. 현관 밖은 고요해지고, 집 안은 정적을 되찾았다. 너무 지쳐 버려 누우려는데, 다시 문이 쾅쾅 울렸다. 설마 아직도 안 간 거야? 그녀는 벌컥 문을 열며 소리쳤다.

"정말, 원하는 게 뭐야!"

순간 눈에 보이는 것은 태호보다 더 끔찍한 사람, 의재였다.

"내가 원하는 게 있는지 어떻게 알았어?"

의재는 그녀를 밀치고 마치 제집처럼 오피스텔 안으로 들어 왔다. 오피스텔 주소를 가르쳐 준 적이 없는데, 어떻게 온 거 지? 불안과 당혹감이 그녀를 지배했지만 그것을 드러내서는 안 됐다. 은재는 불안하게 떨리는 마음을 가다듬고 의재를 보았다.

"여긴 어쩐 일이야."

"야, 너 결혼 안 한다면서? 그럼 그 돈 나 좀 주라."

은재는 공허하게 되물었다.

"무슨 돈?"

그러자 의재가 상스럽게 침을 탁 뱉으며 말했다.

"씨팔, 야, 몰라서 묻냐? 너 시집가려고 모아 둔 돈 있잖아. 설마 맨몸으로 그 대단한 집에 시집가려고 했던 건 아닐 거 아 니야, 어? 어차피 안 간다면서 그 돈 가지고 있어 봐야 뭐해? 사이좋게 나눠 쓰는 거지. 응? 안 그러냐?"

의재가 능글능글한 웃음을 지으며 그녀의 어깨를 툭툭 밀쳤 다.

"좋은 말로 할 때, 그 돈 나눠 쓰자, 어? 괜히 버티다가 몸 상한 뒤 나눠 쓰면 너만 손해야."

은재는 두려움을 드러내지 않기 위해 최선을 다해야 했다.

그녀가 두려움을 드러내는 순간, 승리는 의재에게 돌아간다. 그녀는 최대한 침착하게 말했다.

"서의재. 그럴 만한 돈 없다는 거 네가 제일 잘 알 텐데? 아버지 수술비와 병원비로 다 들어갔어."

"야!"

의재가 버럭 소리를 질렀다.

"아오, 이게 정말! 안 그래도 병원에서 나더러 아버지 이식해 주고 남은 간 없어서 어지간하면 스트레스 받지 말라고 하던데, 너 지금 나 스트레스 엄청 받게 하고 있는 거 알고 있지? 오피스텔 있잖아, 오피스텔! 보증금 있는 거 다 아는데 왜 이래?"

십 일 남짓 남은 오피스텔의 계약 기간이 끝나면 부모님 집으로 들어가야 한다. 보증금을 빼 대출금을 상환해야 하기에 내린 결정이었다. 십 일 후면 그녀만의 평화를 누릴 수 있는 작은 호사도 사라진다. 그래서 더 화가 났다.

"대출금 갚을 거니까 그 돈은 꿈도 꾸지 마."

"에이, 씨팔! 너 정말 이럴 거야! 어? 아버지 수술비 할 돈은 있는데, 나한테 줄 돈은 왜 없어!"

은재가 냉정한 눈으로 의재를 노려보며 물었다.

"내가 왜 너한테 돈을 줘야 해? 내가 네 돈 빌렸어?"

"경우가 그렇잖아, 경우가! 아버지랑 엄마 퍼 줄 돈은 있고 왜 나 퍼 줄 돈은 없는 거냐고! 에이, 쌍!"

은재의 냉담함에 순순히 줄 리는 없음을 깨달은 의재가 패악을 떨기 시작했다. 화장품 병을 들어 바닥에 패대기치며 화장대를 쓸어 버렸다. 날카로운 유리 파편이 사방으로 튀며 오피스텔 안은 순식간에 난장판이 되어 버렸다.

하지만 이런 건, 한 번 두 번 당할 때나 울며불며 그만하라고 매달리는 거다. 매달리면 매달릴수록 더 의기양양해지고 난폭해진다는 것을 다년간의 경험으로 아는 은재는 무표정한 얼굴로 서 의재가 하는 양을 쳐다보기만 했다.

"어디 마음대로 해 봐. 나한테서 그 돈 가져갈 수 있을지 없을지 해 보라고."

"에이 씨팔, 이런 식으로 나올 거야?"

성큼성큼 다가온 의재가 그녀의 멱살을 움켜잡아 제 눈높이로 들어 올렸다. 발이 허공에 뜨고 숨이 막혀 왔지만, 은재는 그만하란 말을 하지 않았다.

죽이고 싶으면 죽여.

그녀의 차가운 눈이 그렇게 말했다. 더는 줄 것도, 더는 당할 것도 없는 이 판국에 죽이고 싶으면 죽이라고!

결국 의재가 그녀를 멱살을 놓고 확 밀쳤다. 은재는 심하게 벽에 부딪쳐 그대로 주저앉고 말았다.

"으아악, 씨팔! 뜻대로 되는 게 하나도 없어!"

의재는 주방의 냄비며 가재도구를 박살을 내며 발광을 하다, 결국 제풀에 지쳐 오피스텔을 나가 버렸다. 은재는 홀로 남아서야 졸린 목이며, 벽에 부딪쳐 욱신거리는 등을 어루만질 수 있었다.

배다른 동생의 폭력은 점점 그 수위가 높아만 간다. 옥선은 결혼을 요구하고, 의재는 돈을 요구한다. 그 둘의 요구가 모두 맞아 들어가는 것이 바로 태호와의 결혼이었다.

난…… 난 왜 이렇게 사는 거지? 대체 왜 이렇게 살고 있는 거지?

공허한 눈으로 난장판이 된 오피스텔 안을 둘러보았다. 그녀의 의지와는 전혀 상관없는 이 모든 일들을 왜 방관하고 있는 걸까.

더는…… 이렇게 못 살아. 정말…… 이렇게는 못 살겠어!

울분에 찬 은재의 내면에서 피맺힌 절규가 터져 나왔다.

❇

아무 일도 없었다는 듯 다음 날이 밝았다. 세상은 늘 그랬다. 그녀와 상관없이 평온하게 제 시간을 살아갔다. 이제 나도 그러고 싶어. 정말…….

가슴속에 간절한 소망을 품은 은재는 평소와 다름없이 단정한 얼굴로 출근을 해 지사장실 방을 노크했다. 그리고 대답을 기다리지 않고 문을 열었다. 창밖을 응시하던 그가 힐끗 뒤를 돌아보았다.

"무슨 일이지?"

"단지 몇 달이라고 하셨습니까?"

거두절미한 그녀의 물음에 그가 미간을 좁히며 되물었다.

"뭐?"

하지만 은재는 되풀이해 말하는 대신 제 말을 이어 나갔다.

"회장님 제안 받아들이겠습니다."

신욱이 흠, 하며 턱을 쓰다듬었다.

"이렇게 쉽게 받아들일 거란 생각은 못 했는데, 어째서지?"

"그 이유까지 말씀드릴 필요는 없을 것 같습니다. 먼저 제안하신 건 회장님이시니 제가 싱가포르에서 체류할 수 있도록 모든 준비를 해 주시겠죠?"

그가 고개를 까닥거렸다.

"그럼 그렇게 알고 있겠습니다."

은재는 신욱을 향해 인사한 뒤 지사장실을 나왔다.

4.

차에서 내린 은재는 고개를 들어 압도적인 저택을 올려다보았다.

싱가포르 시내에서 20여 분 거리에 있는 센토사 섬, 그중에서도 고급스런 저택이 많기로 유명한 센토사 코브에 당당히 자리한 대저택은 보는 이를 압도하기에 충분했다. 하얀 대리석의 외관이나 거대한 정원의 분수도 유명한 관광지에 구경을 온 기분이 들게 했다. 그녀가 6개월 전 감탄했던 것 그대로 다시 한 번 저택의 위용에 감탄을 하고 서 있는데, 안쪽에서 흰머리가 희끗한 동양인이 걸어 나왔다.

「어서 오십시오.」

사무적인 미소를 머금은 사내의 친절한 인사에 은재도 정중히 답례했다.

「안녕하세요.」

「오실 거라는 연락은 받았습니다. 저는 첸 쿠이라라고 이 저택의 집사입니다.」

「서은재라고 합니다. 앞으로 잘 부탁드릴게요.」

「저도 잘 부탁드립니다. 그럼 이쪽으로 들어오시겠습니까.」

「네.」

유창한 영어를 자랑하는 집사가 그녀를 저택 안으로 안내했다. 저택의 외관을 장식한 하얀 대리석이 실내 또한 차지하고 있었는데 사방이 트여 있었다. 고풍스러움을 강조하면서, 열대성 기후 특유의 더위와 습기를 막기 위한 수단 같았다. 타원형 계단을 따라 삼 층으로 올라간 집사가 그녀에게 안내한 방은 정원의 분수가 한눈에 내려다보이는 방이었다. 응접실과 드레스 룸을 포함한 침실이었다.

「저녁 식사는 6시 30분입니다. 회장님께서도 참석하실 테니 시간 맞춰 1층으로 내려오시면 메이드가 식당으로 안내해 드릴 겁니다.」

「네, 감사합니다.」

「그럼 그동안 편히 쉬십시오.」

그녀를 향해 정중히 인사한 집사가 문을 닫고 나갔다. 잠시서 주위를 둘러보던 은재는 어깨에 걸쳤던 숄더백을 내리며 소파에 앉았다.

한국을 떠나겠다는 결정을 내린 지 삼 일 만에 그녀는 싱가포르 센토사 코브에 도착했다. 삼 일 동안 4년을 산 오피스텔을 정리하고 보증금을 빼 대출금을 갚았다. 정리한 짐은 트렁크 두 개가 전부였지만, 그나마 옷과 책 외의 생필품이었다. 그것까지 싱가포르로 가져갈 필요를 느끼지 못해 진주네에 잠시 맡겨 두기로 했다.

은재는 휴대폰을 꺼내 분리했던 배터리를 다시 장착했다. 전원을 켜자 부재중 메시지가 수두룩하게 액정 화면에 떴다. 집, 의재, 태호였다. 탑승 수속을 하기 10분 전, 부모님께 한국을 떠난다는 소식을 알렸다. 그녀가 마음 편하게 싱가포르를 향해 날아오는 동안 의재와 태호에게 연락이 갔나 보다. 은재는 회사 사정으로 당분간 해외 출장을 간다는 말을 했을 때, 옥선이 제일 먼저 한 말을 떠올렸다.

'어딜 가? 네가 지금 제정신이야? 그럼 나랑 네 아버진! 아직 몸도 성치 못한 네 동생은 어떡하라고 네가 거길 가!'

이제 각자 알아서 살 수밖에.

은재의 표정이 더없이 냉담해졌다.

삶은, 저마다의 무게가 따로 있는 법. 개개인에게 할당된 무게를 대신 짊어지겠다는 생각을 한 것부터가 잘못된 것이었다.

'부모 형제 버리고 저 혼자 살겠다고 가? 이런 망할 년을 봤나! 그럼 전 서방은 어쩌고 가는 거야! 의재는!'

그 태호와 의재가 싱가포르행의 마음을 굳힌 결정적 계기가 되었음을 옥선은 절대로 이해하지 못할 것이다. 은재는 더는 예전처럼 살고 싶지 않았다. 의재가 친 사고 뒤치다꺼리를 하고 옥선이 요구하는 돈을 마련해 주며, 태호의 집착 어린 사랑

에 진저리 치면서도 현실적인 안주에 눈이 멀어 싫다 말하지
못하는 어리석은 사람으로 살고 싶지 않았다. 은재는 소파에
깊이 기대앉으며 등받이에 머리를 기대었다.

너무 늦었지, 너무 늦게 이 모든 걸 깨달은 거야.

그녀는 노크 소리를 듣고 눈을 떴다. 깜빡 잠이 들었던 것을
깨달은 은재가 시간을 확인했다. 6시 35분이었다. 얼른 소파에
서 일어난 그녀가 응접실의 문을 열자 하얀 블라우스에 검은
스커트를 입은 메이드 차림의 젊은 여성이 정중하게 고개를 숙
였다.

「회장님께서 찾으십니다.」

「네, 지금 갈게요.」

「제가 안내해 드리겠습니다.」

은재는 머리를 매만지며 방을 나왔다.

식당으로 가는 길은 야외 테라스와 연결이 되어 있었는데,
정원에서 핀 이름 모를 붉은 꽃이 화려한 향기를 뿜어냈다. 밤
나무 빛깔의 식탁 상석에 신욱이 신문을 편 채 앉아 있었다. 인
기척을 느꼈는지 신문을 내린 그의 미간이 좁아졌다.

"늦었군."

"죄송합니다."

"앉아."

"네."

그녀가 식탁 의자에 앉자 대기 중이던 메이드가 뜨거운 커피

를 따라 주었다. 은재는 메이드를 향해 미소와 함께 감사를 전했다.

「고맙습니다.」

그런 그녀에게 메이드 역시 고운 미소를 되돌려 주었다.

커피를 한 모금 마시는 사이, 신선한 샐러드와 해산물 요리가 그녀 앞에 세팅되었다. 무척 맛있어 보였지만 피곤해서인지 그다지 먹고 싶다는 식욕이 생기지 않았다. 그때 그가 신문을 내리며 그녀를 똑바로 응시했다.

"회계사 시험은 왜 포기한 거지?"

샐러드를 뒤적거리던 은재의 포크가 멈칫했다. 아주 오래전 사라졌다 생각한 자신의 노력이 방심한 순간 들춰지자 잠시 아무 생각도 나지 않았다. 그래서인지 상황을 미화할 적절한 대답을 찾을 수가 없었다. 포크를 내려놓은 은재가 그를 쳐다보았다.

"제 뒷조사도 하셨나요?"

그러자 그가 지독하게 오만한 얼굴로 반문했다.

"당연한 거 아닌가?"

그가 원두커피를 한 모금 마시며 대답을 종용했다.

"대답해 봐."

"개인적인 일 때문에 더는 시험공부를 할 수가 없었습니다."

"개인적인 일?"

뒷조사를 했다면 이유도 알고 있지 않나?

"동생이 한 명 있습니다. 그 무렵, 이런저런 안 좋은 일을 많이 하고 다녔어요. 뒷감당할 돈이 필요했고, 가족 중에 그만한 돈을 벌 수 있는 사람은 저밖에 없었습니다. 그래서 시험을 포기하고 취직을 하게 된 겁니다."

그녀의 간결한 설명을 들은 그가 딱 한 마디 신랄한 말로 상황을 정리해 주었다.

"희생양이군."

사실은 늘 가슴을 쓰라리게 한다. 미사여구를 써서 자신의 희생을 포장하기 싫고, 동정을 받기는 더욱 싫은 그녀가 고개를 저었다.

"다른 이야길 하면 안 될까요?"

"너와 나 사이에 무슨 이야기를 하지?"

그러게, 당신과 나 사이에 할 이야기가 뭐 있어?

빈정거림이 다분한 신욱의 질문을 받은 은재는 무릎을 덮었던 냅킨을 들어 테이블 위로 올렸다.

"하실 이야기가 없으면 그만 일어날게요. 입맛이 없어 더 먹기는 곤란하겠습니다."

"좋을 대로."

신욱은 은재가 일어나는 것을 지켜보았다. 그녀는 커피 한 모금, 음식 한 입 제대로 먹지 않은 채 식당을 나갔다.

선인장이군. 온몸에 돋은 가시 때문에 저조차 말라죽고 말, 선인장.

무미건조한 얼굴로 신문을 접은 뒤, 메이드를 향해 가볍게 손짓했다. 그의 손짓을 알아챈 메이드가 뜨거운 커피가 든 잔으로 얼른 바꾸었다. 지독하게 쓴 커피가 담긴 잔을 반쯤 비웠을 때, 크리스가 다가왔다. 신욱은 한가하게 앉아 식사를 즐길 때가 별로 없기에 식사 중일 때는 가급적 방해를 하지 않는 것이 원칙이었음에도 불구하고 크리스는 난처한 표정으로 다가와 그를 쳐다보았다.

「무슨 일이지?」

「지나 최가 회장님을 뵙길 여러 번 청했습니다.」

지나 최의 이름을 듣는 순간 신욱의 표정이 싸늘해지는 것을 크리스는 놓치지 않았다.

「그것 하나 제대로 처리하지 못해서 그 이름이 내 귀까지 들어오게 해야겠나?」

「죄송합니다.」

「만날 일 없으니, 알아서 처리해. 내 눈에 띄는 날엔 자네나 경호팀 모두 해고야.」

「명심하겠습니다.」

「가 봐.」

그는 원래 다감한 성격이 아니었다. 돌아가신 부친의 말에 의하면 아주 어렸을 때부터 건조하고 애교 없는 성격이었다고 했다. 그가 가장 사랑했던 부친의 입에서 그런 말이 나올 정도니 얼마나 무뚝뚝했을지 상상하는 건 어렵지 않았다. 그런데 그런 성격이 지금처럼 차갑고 냉혹해진 것에는 부인할 수 없는 외부 요인이 작용했다.

신욱의 시선이 서은재가 사라진 문을 향했다.

한국에서 데려온 여자.

정신을 차려 보니 서은재가 그를 따라 싱가포르까지 와 있
다. 여자란 믿지 못할 종족임을 알면서도 직접 이곳까지 데리
고 온 것이다. 하룻밤 정사가 그렇게 만족스러웠던가?

그의 입매가 신랄하게 비틀렸다.

거리낄 것이 없는데, 굳이 욕망을 부인할 필요는 없겠지. 겸
손하거나 도덕적인 성격도 아니니 즐길 수 있을 때 즐기는 것
도 나쁘지 않을 거야.

식당을 나간 신욱은 은재가 머무는 응접실 문을 두드렸다.
곧 비죽 문이 열리고 작고 하얀 얼굴이 모습을 드러냈다.

"수영복 가져왔나?"

"네?"

커다란 눈이 의문을 담고 더욱 커다래졌다. 그 눈을 보자 입
안이 말랐다.

"있으면 갈아입고 나와."

"저기, 회장님, 전……."

"덥잖아. 나와."

그의 말에는 거절할 수 없는 힘이 담겨져 있었다. 하긴, 그의
제안을 받아들인 순간부터 그녀는 그의 말을 거절할 수 없게
됐다. 깜박 잠이 들어 미처 정리하지 못했던 캐리어를 들어 침
대 위에 올렸다. 그녀의 결정을 지지해 주었던 진주가 짧은 작
별 선물이라며 준 비키니 수영복이 포장도 뜯지 않은 케이스에

담겨 있었다. 파란색 비키니 수영복은 은재가 한 번도 입어 보지 못한 과감한 스타일이었다. 뭐 어때……. 일탈을 경험하기 위해 도망쳐 온 곳이잖아.

한국에서 그녀를 옥죄던 모든 것을 벗어던지고 오롯이 자신만을 위해 살겠다고 떠나온 곳이었다. 싱가포르에 머무는 단 몇 달 동안만이라도 타인의 시선이나 자신의 도덕적 잣대에 기대어 스스로를 옭아매고 싶지 않았다.

손끝에 닿는 비키니 수영복의 느낌이 아주 매끄러웠다. 은밀한 살에 닿으면 더 매끄럽겠지. 마음속 동요가 가느다란 진동이 되어 손끝에 내려앉았다. 수영복으로 갈아입은 후 비치가운을 걸치고 응접실을 나오자 메이드가 기다리고 있었다.

「제가 안내해 드리겠습니다.」

그녀는 메이드의 뒤를 따라 걸었다. 정원 반대편 하얀 대리석 건물에 둘러싸인 야외 수영장은 사방의 기둥 위로 돔이 덮여 있었다. 수영장 주변으로는 이국적인 꽃들이 피어 아찔한 향기를 뿜어내고 있었다.

은재는 힘차게 물을 가르며 수영 중인 신욱을 보았다. 그가 팔을 움직일 때마다 구릿빛으로 잘 그을린 등 근육이 꿈틀거렸다. 문득 다리 사이로 저릿한 느낌이 들었다. 단 한 번, 이신욱과의 정사를 경험했을 뿐인데, 그녀는 여자가 되어 있었다.

"들어와."

비치 타월을 벗어 의자에 걸쳐 놓은 뒤, 수영장에 조심스럽게 걸터앉아 다리를 담그자 시원한 물이 찰랑거리며 종아리를 감쌌다. 끈적끈적하게 달라붙는 공기와 사뭇 달랐다. 비행기에서 차로, 차에서 저택으로 이동하는 동안 아주 잠시 실온에 노출되었을 뿐이지만 그럼에도 이 나라가 열대성 기후라는 것을 아주 확실하게 인식할 수 있었다.

"수영을 못하는 건 아니겠지?"

"수준급은 아니에요."

"가라앉지만 않으면 무슨 문제야."

그의 신랄한 말을 들으며 똑바로 서자 물은 그녀 가슴 위까지 찰랑거렸다.

부드럽게 팔을 젓자 하얀 물보라가 스쳐 지나갔다. 뜨거운 바람, 시원한 물. 문득 은재는 자신이 이토록 평온한 자유를 느껴 본 지가 언제인지 떠올려 보았다. 단언컨대 지금이 처음이었다.

그가 그녀를 스쳐 앞서 나갔다. 따라올 수 있다면 따라와 보라는 듯 그녀를 힐끗 스쳐보며…… 이상한 경쟁 심리가 든 건 그의 눈빛 때문이었다. 그녀를 낮춰 보는 것만 같은 오만한 시선.

은재는 심호흡을 한 뒤 전력을 다해 그의 뒤를 쫓기 시작했다. 하지만 게임이 되지 않는다. 팔다리의 길이부터가 너무 차이가 나는 데다, 체력의 우위에서 밀려 아무리 용을 써도 그를 따라잡을 수가 없었다.

한국을 떠나기 전부터 시작된 불면증과 식욕 저하로 수영장 반대쪽에 도달하기도 전에 지쳐 버렸다. 가쁜 숨을 몰아쉬며 멈춰 바닥에 다리를 짚는 순간, 찌릿한 통증이 엄습했다. 갑작스럽게 무리한 탓에 다리에 쥐가 난 것이다. 가장자리로 다가가지 못하고 괴로워하는데, 갑자기 몸이 들어 올려졌다. 깜짝 놀라 허둥거리다 신욱의 목을 껴안았다. 귓가로 화가 난 그의 음성이 쏟아졌다.

"소리라도 질러야 할 거 아니야!"

수영장 밖으로 나온 그가 성큼성큼 걸어 비치 체어에 그녀를 내려놓았다. 그도 벤치 아래쪽에 앉아 피가 통하지 않아 파래진 다리를 주무르기 시작했다.

"괘, 괜찮아요."

통증과 민망함이 뒤섞여 주위를 둘러보며 다리를 빼내려고 했지만 그가 놓아주지 않았다. 그의 맹렬한 비난이 이어졌다.

"괜찮은 것과 괜찮지 않은 것을 구분할 줄도 모르나? 바보야?"

그의 커다란 손 사이에서 마찰된 피부가 차츰차츰 온기를 머금었다. 통증이 사라질 무렵, 그도 그것을 느꼈는지 종아리를 스치듯 지나쳐 허벅지 아래의 부드러운 살을 주무르기 시작했다.

"스스로를 혹사시켜 남는 게 뭐지?"

그가 차갑고 신랄하게 물었다. 은재는 시선을 비킨 채 중얼거렸다.

"……아무것도 없더군요."

"깨달았으니 됐군."

그의 손이 노골적으로 그녀의 하얀 허벅지를 어루만졌다. 그의 구릿빛 손이 하얀 살결을 스치고 지나가는 것을 내려다본 은재가 그의 손목을 잡은 채 올려다보았다. 새카만 눈이 그녀를 내려다보았다.

"이곳에서 난, 죄책감 따위 가지지 않을 거예요."

그녀의 말뜻을 이해하지 못한 듯 그의 미간이 좁혀졌다.

"책임감, 도덕심, 윤리. 그런 것 생각하지 않을 거라고요. 난 내 욕심만 채울 거예요. 내가 하고 싶은 것만 할 거예요."

"안 된다고 한 적, 없는 것 같은데."

"허락하지 말아요. 당신의 허락이 없더라도 난 그렇게 할 거니까."

그의 입매가 비틀렸다.

"마음대로 해 봐."

은재는 자칫 베일 것 같은 그의 턱에 떨리는 손끝을 가져다 댔다. 면도를 했지만 푸르스름한 턱은 까칠한 감촉이었다. 그녀는 천천히 턱 선을 어루만지다 고개를 들어 그의 육감적인 입술에 부드러운 입술을 댔다. 그의 입술은 그의 성정만큼이나 차가웠다. 갑자기 그가 고개를 돌려 버릴까 봐 겁이 났다.

입술을 뗀 은재가 그를 보았다.

"하나만 물어볼게요."

그가 눈썹을 치켜떴다.

"왜 나죠?"

치밀하게 얽혀 들지도 않았고, 불꽃이 튀지도 않은 미적지근한 여자와 남자. 그런데 섹스를 했고, 그를 따라 싱가포르까지 왔다. 왜 그녀였을까.

"남자는 자신의 유혹에 넘어올 여자를 본능적으로 아는 법이지."

그 말은 그녀가 아니어도 상관없었다는 뜻……?

"지금 넌 내 앞에 있고, 지금 당장은 너여야 해. 답이 됐나?"

지금은…….

대니얼 리, 이신욱 IE 그룹 회장에게 미래까지 요구하는 건 무모한 일.

은재는 고개를 끄덕거렸다. 그의 고개가 서서히 아래로 내려왔다.

"싱가포르에 온 첫날을 기억하게 해 주지."

그의 긴 손가락이 그녀의 동그란 턱을 치켜 올렸다. 잠을 잘 자지 못해 파리하고 해쓱한 얼굴은 보호해 주고 싶을 만큼 애틋한 분위기를 풍기고 있었다. 그는 은재의 커다란 눈 밑에 드리워진 그림자하며 앙증맞은 콧등을 지나 귀여운 인중, 도톰한 입술까지 모두 살폈다.

작고 단아하며 아름다운 여자였다. 살이 조금만 더 찌면 좋을.

그녀의 볼을 감싼 채 키스하기 시작했다. 부드러운 아랫입술을 물고 빨아들이자 그녀에게서 긴 한숨이 새어 나왔다. 무엇을 느끼는지 다 드러내는 정직한 얼굴을 하고서도 신음을 감추려고 애쓰는 것을 발견할 때마다 더 괴롭히고 싶어졌다.

그의 커다란 손이 다리 사이를 덮었다. 그녀가 밀어내기도 전에 힘껏 압박하여 잡자, 발끝까지 저릿한 쾌락을 느꼈다. 한 번, 두 번…… 그녀의 다갈색 눈동자를 들여다보며 그가 압박하자, 은재는 숨도 제대로 쉴 수가 없었다.

비키니 수영복의 팬티를 벗기려 하자, 은재의 작은 손이 그의 손을 막으며 숨 가쁘게 속삭였다.

"누가 보면……!"

"아무도 안 와."

그녀를 안심시킨 그가 팬티를 가늘고 매끄러운 다리 아래로 벗겨 버렸다. 탱탱한 가슴을 가린 브래지어를 밀쳐 손으로 주물거리며 납작한 아랫배에 얼굴을 묻자, 은재가 어쩔 줄 몰라 버둥거렸다.

"가만히 있어."

성급한 마음에 목소리가 거칠게 흘러나왔다. 이미 한 번 맛본 적 있음에도, 이상하게 마음이 조급해졌다. 딱 한 번 맛본 달콤함을 기억하는 육체가 이성을 배반하고 초조해 어쩔 줄 몰랐다. 그 맛을 알아 더 들끓는 것 같았다.

이런 감정을 처음 느끼는 신욱은 당혹스러웠다. 한 번도 여자를 가짐에 있어 초조하거나 성급한 마음을 느껴 본 적이 없었다. 자꾸만 움츠러드는 하얀 다리를 벌리자 그 사이 숨겨진 은밀한 속살이 눈앞에 드러났다.

"……이러지 말아요."

당혹감에 얼굴과 목덜미, 가슴까지 희미하게 달아오른 은재가 다리를 잡은 손을 밀치며 애원했다.

"내게 명령하지 마라."

그는 한 번도 누군가에게 명령을 들어 본 적이 없었다. 그런 만큼 은재의 말을 들어줄 생각 또한 당연히 없었다.

검은 음모를 헤치고 수줍게 모습을 감춘 클리토리스를 찾아냈다. 조가비 같은 질구를 혀로 쓰윽 문지르자, 은재는 저도 모르게 비명을 내지르며 상체를 벌떡 일으켜 세웠다. 하지만 신욱은 사악한 그의 입술에서 벗어나기 위해 버둥거리는 그녀의 허리에 팔을 두르고 납작한 아랫배를 눌러 자신의 입술을 자세히 느낄 수 있도록 했다.

"제발, 제발 하지 마요."

은재가 울 것처럼 애원했지만 소용없었다. 그는 그녀의 다리 사이에 얼굴을 묻은 채 제 것처럼 탐하기 시작했다. 그녀의 체취는 달콤했고 청량했다. 촉촉하게 젖기 시작하는 속살을 빨아들였다. 그의 원초적인 애무를 견디지 못해 은재는 거미줄에 사로잡힌 나비처럼 바르작거리며 신음하고 애원했다. 뾰족하게 솟은 음핵을 날카로운 이로 깨물자, 그녀의 허리가 활처럼 휘어졌다.

"아앗! 아아……!"

결국 오르가슴에 도달한 그녀의 질이 말간 애액을 뿜어냈다. 만족스러운 듯 그것을 보다 그가 젖은 입술을 닦으며 고개를 들었다. 다리를 벌린 채 방만하게 흐트러진 도홧빛 여체는 그 자체로 꽃이었다.

"내 욕심을 채웠으니, 네 욕심도 채워야지."

그가 그녀의 허리를 잡아 자신의 아래로 자리 잡게 했다. 검붉게 팽창한 페니스가 끄덕거리다 그녀의 동그란 턱을 쳤다. 당황할 사이도 없었다. 눈앞이 핑핑 돌며 흐릿한 그녀의 눈에 그는 지독하게도 사악해 보였다.

"할 줄 모른다는 핑계는 사양하지. 네 멋대로 하면 돼."

그의 허스키한 음성이 그녀의 충동을 부채질했다.

수치심이나 부끄러움은 끼어들 자리가 없었다. 자유분방하게 남자를 탐하는 여자, 서은재만 있을 뿐이었다. 작은 한 손으로 다 감아쥘 수 없어 보이는 페니스를 보다, 손등으로 쓸어내렸다. 위협적인 모습과 달리 페니스의 감촉은 살결과 다름없이 부드러웠다.

"부드러워요."

아이처럼 놀라움을 감추지 못한 채 페니스를 만지기 시작하는 그녀를 보다, 빛이 나는 은재의 검은 머리카락에 손을 찔러 넣었다. 물에 젖었지만, 감촉을 즐기기에 부족함이 없었다. 천천히 그녀의 손이 움직이기 시작했다. 손을 동그랗게 감아 페니스를 쓸어내렸다. 깃털처럼 가벼운 손짓이었으나, 신욱은 그 가벼움에 머리끝이 설 만큼 강한 쾌락을 경험했다.

마음을 주지 않은 여자에게서 왜 이토록 강한 쾌락을 느끼는 것인지, 그는 그 이유를 알지 못했다. 한국에서 하룻밤 정사를 나눈 여직원을 데리고 싱가포르까지 온 일, 그것은 신욱에게도 처음인 일이었다.

은재가 음낭을 주물거리며 페니스 끝에 분홍빛 혀를 댔다. 그 순간, 생각은 사라지고 그의 허리가 조금 들썩거렸다. 이유라면 단 하나, 서은재가 유혹에 넘어올 여자임을 알아차린 순간 그의 이성이 사라진 것이다.

당분간 천국의 쾌락을 선사하는 서은재의 손끝과 혀끝을 뿌리치고 싶지 않다. 질리도록 탐하고 나면, 헤어질 관계. 그러니 그동안 마음껏 탐하고 마음껏 소유하리라.

은재의 작은 입이 그를 물고 혀를 움직이기 시작했다. 똑똑한 여자답게 학습력이 탁월했다. 작은 입이 품기에 페니스가 너무 커서, 그녀의 이가 그를 건드리고 말았다. 날카로운 자극을 받은 페니스가 하마터면 그녀의 입안에서 사정을 할 뻔했다.

그는 재빨리 그녀를 당겨 위로 끌어 올렸다. 은재가 붉게 상기된 얼굴만큼 붉어진 입술을 다물지 못한 채 어리둥절한 눈으로 그를 보았다. 건조하고 사무적인 여자의 이면에는 이토록 무방비해 보이는 아이의 모습이 숨겨져 있다. 그녀의 순진한 모습에 사나운 욕망이 들끓는다.

그녀를 밀어 눕힌 그가 종아리를 잡고 자신에게로 확 잡아당겨 다리를 벌렸다. 붉은 속살이 고스란히 그의 눈앞에 노출됐다. 그녀의 입이 더욱 크게 키운 페니스를 잡아 질구에 마찰시켰다.

"아……."

삼삭이 바늘 끝처럼 예민해진 탓인지, 그녀에게서 곧장 신음이 새어 나왔다. 그는 참지 못하고 뭉툭한 끝을 밀어 그대로 쑤셔 넣었다. 입구가 벌어지나 싶더니 뜨거운 속살이 일제히 그를 감싼 채 더 이상의 침입을 허용하지 않겠다는 듯 힘껏 밀어 냈다. 페니스를 끊어 놓을 것 같은 힘에, 머리끝까지 저릿한 쾌락을 느꼈다.

"아…… 아앗……."

이미 한 번의 오르가슴을 경험한 은재는 반쯤 이성을 잃었다. 불기둥 같은 페니스가 사정없이 들쑤셔 대는 것을 오롯이 받아 내는 것만으로도 벅찼다.

그의 긴 손가락이 그녀의 입안으로 파고들어 왔다. 기댈 것이 필요했던 그녀가 매끈한 혀를 더듬는 손가락을 빨았다. 젖은 입안은 그녀의 질 안 같았다. 쪽쪽 빨아들이는 힘이, 마치 그의 페니스를 끊어질 듯 물고 놓아주지 않는 속살 같았다. 등줄기를 타고 쾌락이 뭉글뭉글 뭉치더니, 저도 모르게 광포해져 사납게 허리를 들쑤셨다.

"으읏!"

은재에게서 교성이 터져 나왔다. 물고 있던 그의 손가락을 놓고, 날카롭게 엄습하는 쾌락을 이기지 못해 헐떡거렸다. 그녀의 교성은 그를 더욱 난폭하게 만들었다. 리드미컬하던 움직임이 거칠고 사나워졌다.

목덜미에 입술을 묻자 맥박이 빠르게 뛰고 있는 게 느껴졌다. 실리콘 인형처럼 건조해 보이던 여자를 생생히 살아 숨 쉬게 만들었다는 쾌감. 그는 맥박이 뛰는 그녀의 목덜미를 지그시 깨물어 입안으로 빨아들였다. 그러자 그녀가 파르르 떠는 게 느껴졌다.

성감대인가?

혀로 쓸어내리자, 그녀의 몸이 바르작거리며 뒤틀렸다.

맞군.

그의 입술이 비릿하게 휘어졌다. 조금 작은 듯하지만 탱탱하고 탄력 있는 가슴을 주무르다 유두를 힘껏 비틀었다. 곧장 흐느낌 섞인 신음이 새어 나왔다. 미치겠다. 이 여자를 더 괴롭히고 싶어서 미칠 것 같다. 잔인하고 사나운 본능이 마구 꿈틀거린다.

그와 의자 사이에 갇힌 채, 그의 몸짓을 전부 견디어 내는 동안 은재의 다리 사이가 허벅지 근육이 당길 만큼 계속해서 조여들었다. 그가 으르렁거리더니 그녀의 엉덩이를 잡아 자신에게로 더욱 힘껏 잡아당겼다.

"힘 빼."

"모, 모르겠어요. 어떻게 하는지……."

"빌어먹을……."

나지막하게 욕설을 내뱉은 그가 그녀의 허리를 잡고 강하게 움직이기 시작했다. 그가 허리를 치켜 올릴 때마다 그녀를 잡아당기자, 절구와 절굿공이처럼 마주치는 속살의 쾌락이 너무 날카로워 주체할 수 없을 지경이었다. 머리끝까지 쿵쿵 찧어 대는 것 같은 느낌……. 참을 수 없게 계속해서 이어지는 날카로운 통증을 견디다 못한 은재가 커다란 비명을 내지르며 절정

111

에 다다랐다.

"아앗!"

그는 이를 사리문 채 더욱 사납게 그녀의 속살을 들쑤셨다. 오르가슴에 다다른 그녀의 몸이 가늘게 진동하는 것이 속살까지 전해졌다. 더는, 더는 그도 견딜 수가 없다. 첫 정사를 치른 뒤부터 이어진 욕구 불만이었다. 그는 그녀의 엉덩이를 확 잡아당겨 마지막 피치를 올렸다. 젖은 살이 쾅 하고 부딪치는 순간, 그도 절정을 맞았다. 뜨거운 정액이 마구 뿜어졌다. 신욱은 가쁜 숨을 몰아쉰 채, 그녀의 얼굴 옆에 한 팔로 몸을 의지해 자신의 무게를 덜어 주었다.

젠장할, 콘돔을 잊었다. 숨 막히는 해방감을 만끽하는 것도 잠시, 사정 후에 비로소 콘돔 생각이 났다.

"약, 먹었어요."

그새 반쪽이 된 얼굴로 그의 아래에 깔린 은재가 중얼거렸다. 그의 기분을 기민하게 알아차리는 여자가 못마땅했다. 좀 눈치가 없어도 좋으련만. 의자가 불편한 듯 은재가 몸을 뒤척거리자 그가 여전히 결합되어 있던 페니스를 빼냈다. 그러자 불을 품고 있던 다리 사이가 헛헛해진 느낌에 상실감마저 들었다.

이토록 음란했던가.

의문을 가지는 사이 그가 비치가운을 가져와 걸쳐 주었다. 한 손으로 파란 비키니 수영복을 주워 들고 나머지 한 손으로는 그녀를 잡아당겼다.

나신임을 의식하지 않는 그가 그녀를 자신의 침실로 데려갔다. 혹시라도 누군가 마주치게 될까 봐 그녀가 더 걱정했지만 그런 일은 일어나지 않았다. 신욱은 침실에 도착해 그녀를 밀어 넣고 문을 닫았다. 어두워지기 시작한 창가에 긴 그림자가 드리워졌다.

그녀가 후들거리는 다리에 힘을 주어 그를 보았다. 거침없이 다가온 그가 비치가운을 벗긴 뒤 그녀를 침대로 밀쳤다. 속절없이 넘어진 그녀는 새까만 눈을 빛내며 자신의 위로 올라오는 남자를 쳐다보았다. 노예처럼 사로잡혀 버렸다.

……몇 번이지……?

은재는 뒤에서부터 뭉근하게 밀고 들어오는 남자를 느끼며 생각했다. 검은 밤, 협탁 위의 주홍빛 스탠드 불빛에만 의지한 채 넘실거리는 욕망에 길을 잃고 표류 중이었다.

그의 움직임에 그녀의 몸이 나룻배처럼 흔들린다.

자궁 끝까지 치닫는 페니스의 뭉툭한 끝이 송곳처럼 느껴진다.

"아아, 아앗…… 아……!"

그가 힘껏 파고들어 들쑤실 때마다 이성을 통해 걸러지지 않은 신음이 제멋대로 새어 나갔다. 미칠 것만 같다……. 세상이 그의 몸짓에 점점 작아져, 지금 그녀에게 존재하는 것은 이제 이신욱밖에 없었다. 그가 그녀의 허리를 잡고 사납게 들쑤신다. 격정을 참지 못한 은재는 긴 목을 쥐며 날카롭게 신음했다.

"아아……!"

정말 미칠 것만 같다…….

신욱은 헤드보드에 기대앉아 은재의 탐스런 검은 머릿결이 베개 위로 부채처럼 펼쳐진 장면을 지켜보았다. 모로 누워 아기처럼 양손을 포갠 채 색색 잠든 모습이 더없이 평화롭다. 서은재의 잠든 모습은 그로 하여금 애틋함과 더불어 편안함을 불러일으켰다. 방어적이지만 때로 공격적이고, 고지식하지만 때로 놀랄 만큼 파격적인 모습을 보여 준다. 어느 것이 서은재의 진짜 모습일까. 신욱은 서은재란 여자가 궁금해지기 시작했다.

❀

유수의 금융 회사들이 밀접한 마리나 베이 지역에 IE 그룹 싱가포르 지사 건물이 있었다. 로비에 줄지어 선 임원들의 인사를 받으며 지사로 들어선 신욱은 특유의 차갑고 신랄한 표정으로 회장실로 올라갔다. 그 뒤를 수행 비서들과 은재가 따랐다. 지난밤의 열정은 없었던 것처럼 사무적인 모습이었다. 그가 장난감처럼 가지고 놀던 인형처럼 버려져도 상관없지만 사회생활을 하려면 관계는 비밀에 부쳐져야 했다.

그가 싱가포르 지사장과 임원들의 업무 보고를 받으러 회의실에 들어간 사이, 은재도 비서실 사람들과 통성명을 했다.

「회장님께서 한국에서 친히 데려온다는 얘기 들었습니다. 이렇게 다시 보게 되니 참 반갑습니다.」

「저도 만나 뵙게 돼서 반갑습니다, 실장님.」

크리스가 햇볕에 전혀 타지 않은 핑크빛 손을 내밀었다.

「앞으로 잘 부탁합니다.」

「제가 부탁드려야죠. 잘 부탁드립니다.」

은재의 대답을 기분 좋게 들은 크리스가 비서실 식구들을 소개해 주었다.

「여긴 닉, 제인, 이분은 서은재. 회장님이 싱가포르에 체류하는 동안 회장님을 함께 모실 사이니 인사들 하세요.」

크리스가 말한 닉과 제인이 입을 모아 새처럼 합창을 했다.

「네, 알겠습니다.」

「그럼 나는 회의실에 잠깐 다녀올 테니 얘기들 해요.」

얀이 비서실을 나가자마자 빨간 머리에 주근깨가 오소소 뿌려진 젊은 여성이 쾌활한 웃음을 머금은 채 인사를 건넸다.

「난 제인이라고 해요. 반가워요.」

제인이 내민 손을 잡으며 은재도 미소를 담뿍 베어 물었다.

「서은재입니다. 정말 반가워요.」

제인이 호기심을 드러냈다.

「정말 한국에서 왔어요?」

「네.」

보통 서양인은 타인의 사생활에 대해 묻지 않는다는데 제인은 달랐다.

「그럼 이디에서 살아요?」

「저는…… 의전 비서여서 회장님 저택에 머뭅니다.」

제인의 파란 눈이 휘둥그레졌다.

「어머, 센토사 코브의 그 저택 말이에요?」

「네.」

「어머, 어머! 정말 좋겠다.」

호들갑이라고 하기에는 너무나 부러움이 섞인 제인의 경탄에 당혹감을 느낀 은재는 얼른 고개를 가로저으며 대답했다.

「저뿐 아니라 얀 실장님도 함께 머무시는 걸로 아는데요.」

「그러니까 얼마나 좋아요! 같은 비서인데, 정말 이건 차별 아니에요? 정말 부럽다.」

제인이 손뼉을 치며 부러워하자 은재는 몹시 난처해졌다. 그러자 점잖게 서 있던 싱가포르인 닉이 끼어들었다.

「하지만 생각해 봐요. 은재 씨가 회장님 개인 의전 비서인데 다른 곳에 머물게 한다는 건 어불성설이죠.」

「흠, 하긴 그건 그래요. 게다가 회장님 엄청 날카롭고 까다로우셔서 요구 사항도 많을 텐데. 그 정도 메리트는 줘야죠.」

제인의 말을 들은 닉이 천천히 고개를 저었다.

「나는 딱히 메리트라는 생각은 안 들 것 같은데. 아무리 저택이 크다 해도 결국은 한집 아닙니까? 결국 24시간 근무라는 거죠.」

「에이, 엄밀히 말해 비서면, 24시간 근무가 아닌 사람이 어디 있어요? 닉, 그리고 은재 씨. 우리가 왜 월급을 많이 받는지 생각해 보라고요.」

제인의 시원시원한 말에 닉과 은재는 고개를 끄덕거릴 수밖에 없었다.

비서 생활 7년 차였지만 의전 비서만으로 근무하는 것은 처음이었다. 의전 비서 업무는 의복, 음식, 비서 예절을 포함해 행사 의례까지 포함되어 있었다. 말하자면 대인 업무와 서무 업무가 특별히 강화된 비서 업무였다. 회사에서 주최하는 각종 세미나나 회의, 그리고 연회에 필요한 지원을 해야 했지만, 가장 중요시되는 것이 이신욱의 개인 보좌였다. 따라서 그녀가 가장 먼저 알아야 할 것도 이신욱의 기호였다.

그녀가 의전 비서로 한국에서 동행하기 전까지 상당 부분 신욱의 개인 의전 업무를 보았던 크리스가 설명을 해 주었다.

「회장님이 싱가포르에 머무는 동안 크고 작은 회의와 연회가 반복될 겁니다. 싱가포르 경제청에서 주최하는 만찬에 참석이 예정되어 있으십니다.」

「네.」

「우리가 연회를 주최할 때는 화려한 치장을 원치 않으시니 그걸 명심하십시오. 드레스 코드도 심플한 것을 선호하십니다. 색상은 다크 네이비나 블랙을 선호하시며, 신발은 10년째 한 브랜드만 신으십니다. 브랜드만 알면 곤란을 겪을 일은 없을 겁니다.」

은재는 크리스가 빠르게 하는 말을 받아 적었다.

「그리고 회장님께서는 실수를 용납하시는 분이 아니니, 특별히 신경 써야 할 겁니다.」

「명심하겠습니다.」

능숙하게 영어를 구사할 수 있다고 해도, 한국어로 생각난 것을 영어로 해석해 말하는 것부터가 쉽지 않은 긴장의 연속이다. 새삼, 한국에서의 익숙한 업무가 그리웠지만, 이내 그런 생각을 떨쳐 버렸다. 평생 지사장과 비서실장의 그늘에서 살 수는 없는 노릇이니까.

신욱과는 달리 서글서글한 웃음을 머금은 크리스는 보이는 것처럼 호락호락한 인물이 아니었다. 웃으며 조곤조곤, 아주 치밀하게 방대한 지시 사항을 한꺼번에 전달하는 능력이 탁월했다.

오전 내내 크리스가 하는 말을 받아 적느라 손이 다 아플 지경이었다. 점심시간이 되어서야 겨우 비서실 한편에 마련된 자리에 앉을 수가 있었다. 그녀를 향해 제인이 다가와 물었다.

「점심 같이 할래요?」

밥 생각은 별로 없었지만, 회사 동료와의 유대 관계가 회사 생활에 미치는 영향력에 대해 잘 알고 있는 은재는 거절하지 않고 고개를 끄덕거렸다.

「네.」

제인이 가방을 챙기며 은재에게 물었다.

「참, 싱가포르 관광은 했어요?」

「아니요, 전 어제 도착해서…….」

「볼 게 굉장히 많은데. 날 한번 잡아서 같이 구경 갈래요?」

「그렇게 해 주실 수 있어요? 피곤하실 텐데.」

「에이, 나도 할 일 별로 없어요. 집에 가면 텔레비전이나 보는걸요. 가요, 우리.」

제인이 윙크를 하며 손짓을 했다. 사람을 기분 좋게 만드는 제인의 웃음에, 은재의 얼굴에도 모처럼 미소가 어렸다.

제인은 그녀를 싱가포르에서 가장 맛있다는 샌드위치 가게로 데려갔다. 짧은 거리를 걸었을 뿐인데도 땀이 났다.

「싱가포르는 걸어서 구경하기에도 충분할 만큼 작은 도시라는데, 나의 문제는 조금만 걸어도 너무 덥다는 거죠. 이렇게 더운데, 어떻게 걸어요?」

캐나다 퀘백 출신이라는 제인은 자신이 더위에 너무 약하다고 투덜거렸다.

「한국도 이렇게 더워요?」

은재가 고개를 끄덕거렸다.

「한국 여름도 만만찮게 뜨거워요. 지금 한국도 엄청 덥거든요. 그래도 이곳 더위가 더 견디기 힘든 건 사실이네요.」

곧 7월이 시작되고 장마가 끝나면 여기만큼 뜨겁겠지. 이곳이 습도가 높은 것이 좀 더 흠이라면 흠이랄까.

「제인!」

「어? 재키!」

민소매에 반바지 차림을 한 금발 머리의 남자가 그녀들을 향해 환하게 웃으며 걸어왔다.

「오랜만이야. 식사 중? 오, 여기 아름다운 분은 누구야?」

「오늘 새로 온 우리 회사 동료. 은재 씨, 인사해요. 내 친구

재키예요. 원래 이름은 윌리엄 브라이어인데 재키 챈을 너무 좋아해서 이름도 재키로 바꾼 엉뚱 보이랍니다. 영국 사람이에요.」

범람하는 다국적 문화에 충격을 받기에는 이미 혹독한 오전 시간을 보냈다. 은재는 예의 바른 미소를 지은 채 금발 머리의 미남에게 인사했다.

「안녕하세요.」

「오, 꼭 인형 같아요. 예쁜 동양인형. 나, 싱가포르에 오기 전에 한국에 갔었는데, 이렇게 예쁜 한국 사람은 은재 씨가 처음이에요.」

진심으로 경탄을 표하는 재키의 말에 은재가 살짝 얼굴을 붉혔다. 그녀를 뚫어져라 보던 재키가 제인에게 귓속말을 했다. 그러자 제인이 진저리를 치며 재키를 밀어냈다.

「어우, 그런 걸 왜 나한테 물어? 은재 씨한테 직접 물어야지.」

「야아.」

「은재 씨, 재키가 관심 있대요.」

시크한 제인의 말을 들은 은재가 당황했다.

「네?」

「야!」

재키가 얼굴을 붉히며 제인의 머리카락을 삐죽 당겼다.

「아얏! 아프잖아!」

「이 못된 심술쟁이!」

제인과 재키의 모습이 개구쟁이 아이 같아 은재는 웃고 말았다.

「저기, 우리 나중에 같이 식사할 수 있어요?」

「제인이랑 같이 먹어요. 싱가포르에 온 기념으로 제가 살게요.」

「오케이, 접수했습니다.」

재키는 식사를 마친 제인과 은재를 회사 앞까지 따라왔다. 내내 유쾌한 언변을 자랑했고, 그녀는 빠른 영어에 혼란을 느낄 틈도 없이 웃고 있는 자신을 발견했다.

「야, 우리 늦었어. 빨리 들어가야 해.」

「다음에 봐요.」

「넵!」

재키가 거수경례를 하고 뒤돌아섰다.

「얼른 가요. 회장님보다 늦으면 큰일 나요.」

제인의 독촉을 받은 은재가 황급히 건물 안으로 들어갔다. 에어컨이 가동된 로비의 시원한 공기가 피부에 닿자 그제야 살 것 같았다.

검은 차의 뒷좌석에 탄 신욱은 은재를 향해 노골적인 추파를 던지는 금발 머리의 남자를 주시했다. 차림으로 보아 회사 사람은 아니었다.

「저 친구, 누구지?」

크리스의 명민한 눈빛이 은재 옆에서 알짱거리는 남자를 향했다.

「알아보겠습니다.」

신욱은 은재가 저렇게 환하게 웃는 것을 한 번도 본 적이 없었다. 기분이 나쁘다, 짜증스럽게도……

「됐어.」

기분이 나쁘다.

5.

대니얼 리, 이신욱의 의전 비서가 되는 일은 막중한 업무량을 뜻했지만, 망중한을 호화롭게 즐길 수 있는 특권 또한 주어졌다. 은재는 수목원을 방불케 하는 화원을 둘러보았다. 이국적인 꽃들이 매무새를 뽐내며 아찔한 향을 뿜어내 오래 있을 수는 없었지만, 하얀 대리석 저택에서 온실이 가장 마음에 들었다.

몇 송이 꺾어 가도 좋다는 정원사의 허락을 미리 받았기에, 은재는 마음에 드는 꽃을 한 송이 꺾었다. 향기를 느끼기에 한 송이면 충분하다. 더 많은 꽃은 필요가 없다.

탐스럽고 붉은 큰 꽃송이에 만족하며 삼 층 응접실로 들어서던 그녀의 발걸음이 흠칫 멈췄다. 신욱이 서 있었던 것이다.

"어쩐 일이에요?"

그와 두 번의 밤을 같이 보냈지만 여전히 그를 마주 보는 것이 어색했다. 시선을 회피한 채 소파 테이블 위의 화병에 꽃을 꽂는 그녀에게로 그가 다가왔다. 그가 그녀의 탐스럽고 긴 머리카락을 말아 쥐더니 뒤로 확 당겨 버렸다. 순간 머리채가 뽑히는 아픔에 은재가 탄식을 내질렀다. 갑작스런 공격이 당혹스러웠다.

"왜 이러는 거예요?"

"네가 잊고 있나 본데, 넌 내 인형으로 여기 온 거야."

그의 눈동자가 그녀로서는 이유를 알 수 없는 분노로 번뜩거렸다. 문득 그가 이대로 자신을 다치게 만들지도 모르겠다는 생각이 들었다. 사납고 광포한 분노를 고스란히 담은 새까만 눈동자 앞에서 밀려드는 두려움을 떨쳐 버리기가 쉽지 않았다. 은재는 목소리가 떨리지 않기를 바라며 그를 똑바로 쳐다보았다.

"난 당신 인형이 아니에요. 당신과 나의 요구가 맞았기 때문에 내가 여기 있는 것 아닌가요?"

그가 그녀의 목을 꺾을 듯 머리채를 더욱 뒤로 당겼다.

"여자들이란."

그의 말 속에 어린 차가운 경멸에 소름이 돋았다.

"지독히 이기적이고 속물적인 동물들이지."

그는 그녀를 침실로 밀어 넣었다. 그를 피해 뒷걸음질 치던 그녀는 침대 난간에 걸려 넘어지고 말았다. 침대 위로 올라온 그가 거침없이 그녀 위를 올라탔다. 블라우스를 벗기려는 그의 손을 피하며 소리쳤다.

"싫어요!"

"넌 선택권이 없어."

"하지 말아요!"

"가만히 있어!"

그의 우악스런 손놀림에 블라우스가 찢겨지듯 벌어졌다. 브래지어를 밀어 올리고 탱탱한 가슴을 마구 주무르는 손길을 피해 버둥거렸지만 소용없었다. 그녀의 두 팔을 등 뒤로 돌려 한 손에 잡고서 꼼짝도 하지 못하게 했다. 은재는 신욱이 왜 이렇게 거칠게 행동하는지 이유를 알 수가 없었다. 혼란한 마음을 뚫고 분노가 솟구쳤다.

왜 날 함부로 대하는 거지?

부모도 그랬고 동생도 그랬으며, 심지어 태호마저 그랬다. 그것을 피해 싱가포르까지 왔는데, 이제 이 남자가 함부로 행동한다. 두 팔이 뒤로 잡혀 손을 쓸 수 없게 된 은재는 악이 났다. 머리로 그의 턱을 강하게 치자, 그가 숨을 들이마시는 소리가 들렸다. 갑작스런 공격에 손힘이 약해진 틈을 타 버둥거려 풀려났다.

"난 당신 기분대로 휘둘리는 장난감이 아니야!"

그가 턱을 문지르며 신랄한 표정으로 그녀를 비웃었다.

"착각을 하고 있군. 넌 내 장난감으로 여기 있는 거야!"

"나쁜 자식!"

"훗, 그래?"

신욱이 냉랭한 웃음을 지었다. 하지만 차가운 겉모습과는 달리 속마음은 용암처럼 활활 타올랐다. 잔인한 흥분으로 피가 끓는다. 전혀 순종적이지 않은, 그래서 얼굴을 붉히며 그를 노려보는 여자가 그를 달아오르게 했다. 처음 든 이 감정이, 그를 살아 있는 남자로 느끼게 해 주었다.

그는 거친 손짓으로 그녀의 가느다란 발목을 잡아 자신에게로 확 잡아당겼다. 무게감이 전혀 느껴지지 않는 작은 체구의 그녀가 와락 당겨 왔다.

"얼마나 견딜 수 있는지 두고 보지."

그 말과 함께 블라우스와 마찬가지로 타이트한 검은 스커트를 찢어 버렸다. 쫘아악. 천이 찢어지는 소리가 그들을 둘러싼 긴장과 흥분을 더욱 고조시켰다. 그의 손이 팬티 라인을 더듬다 안으로 들어와 다리 사이의 음핵을 건드리자, 그녀의 얼굴이 창백해짐과 동시에 어깨가 움찔거렸다.

"겨우 이렇게 무너지는 건가?"

따끔거리는 감각이 그의 손짓이 계속될수록 엄청난 쾌락이 되어 전신으로 퍼졌다. 여성이 젖어 드는 것을 느낀 그가 빈정거렸다.

"더 저항하기에는 늦은 것 같군."

분함과 수치, 그리고 흥분이 뒤섞인 묘한 감정이 그녀를 지배했다. 자신의 몸이 아닌 것처럼 그의 난폭한 행동에 반응을 보였다. 그녀의 다리를 넓게 벌린 그가 전희도 없이 곧장 사납게 파고들었다. 맞지 않은 옷을 억지로 입은 것처럼 속살을 찢을 듯 쑤셔 넣는 그의 움직임에 은재는 크게 비명을 내질렀다.

"아앗!"

그는 사나웠다. 푹, 푹, 소리를 내며 미처 들어가지 못한 페니스를 밀어 넣느라 허리에 잔뜩 힘을 주었다.

"으읏, 읏……."

은재는 계속해서 억눌린 비명을 토해 냈다. 그녀가 비명을 내지를 때마다 그의 행동이 거칠어진다. 그가 제 전부를 쑤셔 넣고 허리를 돌리자 은재는 통증과 비례한 엄청난 쾌감을 느꼈다.

어떻게 이런 상황에서 느낄 수가 있는 거지?

머릿속이 핑핑 도는 가운데, 은재는 자신의 반응이 수치스러웠다. 그가 뿌리 끝까지 페니스를 뺐다 단숨에 쿵 박아 넣자, 은재는 강한 쾌감에 어쩔 줄 몰라 바르작거렸다.

속도와 충격의 크기를 조금도 늦추지 않은 채, 계속해서 페니스를 쑤셔 넣었다. 장기가 밀려 올라갔다 내려가는 느낌……. 고요한 호수에 던진 돌이 넓게, 넓게 일으킨 파문처럼 쾌락이 전신으로 퍼져 나갔다, 맞닿은 성기 사이가 좁아진다. 미칠 것만 같다. 더는, 더는 견딜 수가 없다.

그때 그가 그녀의 엉덩이를 힘껏 움켜쥔 채 자신에게로 와락 당겼다. 젖은 살이 강하게 부딪치는 소리와 함께, 그녀는 절정의 오르가슴을 느꼈다. 그와 함께, 신욱 역시 사정을 했다. 뜨뜻한 기운이 아랫배를 가득 채웠다. 신욱은 그녀의 엉덩이에 멍이 들 만큼 힘껏 잡은 채, 몸을 떨며 자신의 전부를 토해 냈다. 아주 철저하게 제 욕심을 채운 뒤에야 비로소 그가 그녀에게서 떨어졌다.

"명심해. 넌 날 위해 여기 존재하는 거라는 걸. 너도 싫지 않잖아?"

나쁜 자식.

인간적인 면은 조금도 없는, 지독히도 잔인한 남자였다. 부들부들 떨며 시트를 끌어당겨 벗은 몸을 가리는 은재를 버려두고 신욱은 침실을 나왔다.

여자들이란 전부 똑같다. 이기적이고 속물적인, 사내로 하여금 믿음을 주고 뒤돌아서 배신을 하는 족속들.

신욱은 이를 사리물었다. 그래서 죄책감 따위 느끼지 않는다.

❀

싱가포르 지사에서 아시아 지사들의 임원회의가 소집됐다. 참여 임원이 50여 명이 넘는 대규모 회의인 데다 만찬을 겸한 디너파티가 회사 별관의 파티 홀에서 치러질 예정이라 준비할 게 무척 많았다. 그 와중에 은재는 어깨가 으슬으슬 떨리고 머리가 지끈거렸다. 두드려 맞은 것처럼 몸이 아팠고, 무겁게 늘어지는 팔다리가 제 것 같지 않았다.

짧은 시간 동안 아주 많은 일이 그녀에게 일어났다. 태호의 무서운 집착과 태호를 지지하는 양친 때문에 지쳐 있었다. 아니, 실은 아버지의 간암 선고가 떨어진 날부터 살얼음판을 걷는 것처럼 매일매일이 긴장의 연속이었다. 그 와중에 신욱을 만났다. 위협을 느낄 만큼 살벌한 그의 눈빛이 떠올랐다. 그런 만큼 몸살이 나지 않는 것이 용했다.

「은재 씨, 괜찮아요?」

지끈거리는 관자놀이를 누르던 그녀가 고개를 들자 제인과 닉이 걱정스러운 듯 그녀를 보고 있었다.

「안색이 창백한데 어디 아픈 것 아니에요? 감긴가?」

「힘들면 의무실에 가서 누워 있어요. 우리 둘만으로 충분히 할 수 있어요.」

제인의 말을 닉이 거들었지만, 은재는 고개를 저었다.

「아무렇지도 않은걸요? 그리고 제가 할 일이 있는데, 어떻게 두 분께 미뤄요? 괜찮으니 너무 염려 마세요.」

「괜찮지가 않아 보이니까 그렇죠. 고향 떠난 사람이 가장 조심해야 하는 게 바로 몸 아픈 거예요.」

제인의 엄마 같은 잔소리에 은재가 미소를 지으며 대답했다.

「명심할게요.」

인내라면 그녀를 따라올 사람이 없다. 생계를 책임져야 했던 지난 13년 동안, 아니, 훨씬 전부터 시작된 험난한 삶의 여정에 반드시 필요한 것이 인내였다.

겨우 이렇게 아픈 것 때문에 사람들의 걱정을 사다니…….
서은재, 사는 게 편안해졌니?

스스로에게 조소를 지으며 의자에서 일어났다. 다리가 후들거렸지만 무시했다. 이 정도로는 죽지 않는다.

회의가 끝난 뒤, 디너파티에 참석해 음식이 서빙 되는 것을 일일이 체크했다. 임원들이 알레르기를 일으키는 음식 재료의 종류는 매우 다양해서, 조금이라도 실수를 하는 날에는 큰 곤란을 겪게 된다. 싱가포르에서 처음 책임지는 의전 행사인 만큼 실수를 해서는 안 됐다.

파티의 호스트답게 이신욱은 밤하늘의 별처럼 빛이 났다. 남들보다 머리 하나는 더 큰 우월한 키에, 완벽한 마스크의 그를 향해 파티에 참석한 여자들의 시선이 쏟아졌다. 특유의 오만하고 냉랭한 분위기가 여자들을 더욱 광적인 분위기로 몰아넣는 것 같았다. 그는 그녀를 향해 시선조차 주지 않았다. 철저히 그림자 취급을 하며 무시했다.

아니, 처음부터 그에게 그녀는 아무 의미도 없는 존재였다. 단지 욕망을 풀어 낼 상대일 뿐, 그것이 아니라면 조금의 가치도 없는 사람인지도 모른다. 이미 다 알고 있는 사실을 되새겼을 뿐인데, 열이 들끓는 몸과 달리 가슴에는 시린 바람이 불었다. 몸이 자꾸만 무겁게 늘어진다.

억겁 같은 시간이 지난 뒤에야 파티가 끝이 났다. 크리스와 경호원들의 가드를 받으며 신욱이 먼저 파티장을 나갔고 그 뒤를 임원들이 따라 나갔다.

다행히 파티가 진행되는 동안 준비의 미숙함이나 소홀함으로 문제가 되는 일은 없었다. 긴장이 풀어지자 본격적으로 몸이 아파 왔다. 그럼에도 은재는 마지막까지 남아, 연회업체 사람들이 파티의 흔적을 치우는 것을 감독했다. 모든 게 끝났을 때 시간은 이미 자정을 지나 새벽 2시에 가까워졌다.

「은재 씨, 내가 태워 줄게요.」

그녀만큼이나 피곤해 보이는 닉이 다가오며 제안했다.

「아니에요. 멀리 돌아가야 할 텐데, 전 그냥 택시 부르면 돼요.」

「이 시간에 불러서 언제 택시가 옵니까? 조금 돌아가면 되니까 그냥 타고 가요.」

「……그럼, 신세 좀 질게요.」

긴말을 하기 힘들 만큼 목이 부어 순순히 닉의 차에 올라탔다.

대리석 저택에 도착해 차에서 내린 은재는 닉에게 감사를 전했다. 닉의 차가 멀어지는 것을 본 은재는 넓은 정원 끝에 보이는 저택을 보고 긴 한숨을 쉬었다. 저기까지 어떻게 걸어가……. 이슬 젖은 잔디밭에 그냥 누워 버리고 싶은 충동마저 들었다.

10분이면 충분할 거리를 30분은 걸은 것 같다. 메이드가 현관문을 열어 주었는데, 고맙다는 인사조차 할 수가 없었다. 곧장 삼 층 방으로 올라온 은재는 그대로 침대에 누웠다.

몸이 너무 아프다…….

까무룩, 까무룩, 자꾸만 정신이 없어진다.

「능력도 야망도 없는 인간들」

저택으로 돌아오는 차 안, 문득 터져 나온 신욱의 살벌한 비난에 크리스가 그의 눈치를 살폈다.

「마음에 안 드시는 거라도 있으셨습니까?」

「제일 잘하는 건 아부밖에 없지.」

어린 나이에 기술을 개발해, 대형 기업에 잡아먹히지 않고 스스로 제국을 건설한 이신욱은 매의 눈과 칼의 혀를 가지고 있었다. 갑부 리스트에 매년 언급되는 부를 축적한 것은 절대 운이 아니었다.

「썩은 건 한국 지사뿐이 아니었어. 대대적인 내부 감사를 벌일 거야.」

「감사팀에 그렇게 지시하도록 하겠습니다.」

아시아에 흩어진 지사를 감사하기 위해서는 자국인을 감사팀원으로 선발하는 것이 신욱의 원칙이었다. 모든 서류가 영문으로 표기된다 해도, 모국어의 미묘한 차이를 자국민만큼 잘 짚어 내는 사람이 없는 까닭이었다.

「그럼 회장님께서 싱가포르에 체류하시는 시간이 길어지시겠습니다. 가을 유럽 출장은 어떻게 하실 생각이십니까?」

「당분간 아시아에 집중할 생각이야. 유럽은 아시아에서의 일이 끝난 다음 생각하도록 하지.」

「알겠습니다.」

그때 차가 저택에 도착했다. 대기 중이던 집사가 기사보다 먼저 뒷좌석의 문을 열어 주었다. 차에서 내린 그는 시선을 삼층 창가로 향했다. 불이 꺼져 있었다. 손목시계를 확인하자 새벽 2시 30분이었다.

「퇴근 전인가?」

신욱의 시선이 향하는 곳을 눈치챈 크리스가 뜸들이지 않고 대답했다.

「아닙니다. 퇴근했습니다.」

「그래?」

「밤이 늦었는데 쉬십시오.」

크리스의 인사에 무뚝뚝하게 고개를 끄덕거린 그가 저택 안으로 들어왔다. 탁 트인 전망이 가장 아름다운 침실로 들어선 그는 곧장 드레스 룸으로 들어갔다. 재킷을 벗고 커프스단추를 풀었다. 셔츠 단추를 다 풀지 않고 머리 위로 벗으려다 인상을 쓰며 다시 입었다. 인정하기 싫지만 신경이 쓰였다. 서은재를 향해.

작은 얼굴 가득 그를 향한 비난과 원망이 가득하던 서은재는 파티가 진행되는 동안 철저히 제 본분만을 다할 뿐, 그의 옆으로는 오지도 않았다. 그 꼿꼿한 자존심이 어제의 그를 나무라는 것만 같았다.

이런 비난의 시선이 익숙하지 않은 신욱으로서는 짜증이 났다. 서은재에게 휘둘리는 것 같아 일부러 신경 쓰지 않으려 해도, 그럴수록 비난 어린 작은 얼굴이 떠올랐다. 그는 이를 사리 문 채 방을 나왔다. 타원형의 계단을 올라가 서은재의 방 앞에 선 그는 가볍게 노크했다. 대답이 없었다.

문을 열자, 안에서 잠기지 않은 문이 열렸다. 방은 한 치 앞도 볼 수 없게 어두웠다. 문 옆에 있던 스위치를 켜 응접실의 불을 밝힌 그는 조금 열린 침실 문을 보았다. 역시 어두웠다. 조용히 서은재의 침실로 들어간 그는 응접실에서 스며 들어오는 빛에 의지해 협탁 위의 스탠드 불을 켰다. 그러자 재킷조차 벗지 않고 쓰러져 잠이 든 은재의 모습이 보였다. 그 모습이 몹시 작고 애처로워 보였다.

난 왜 매번, 저 여자를 향해 애처로움을 느끼는 거지?

신욱은 스스로에게 반문했다.

그는 여자를 믿지 않는다. 어제의 난폭했던 행동에 대해 죄책감도 느끼지 않는다. 그런데 왜 애처로움을 느끼는 것일까.

재킷을 벗겨 주기 위해 손을 대던 그는 창백한 얼굴에 맺힌 땀방울을 발견했다. 그의 눈이 날카로워졌다. 얼굴에 손을 대자, 불처럼 뜨거운 체온이 느껴졌다. 등줄기가 서늘해진 그는 얼른 은재의 코 밑에 손을 댔다. 약한 숨결이 느껴졌다. 금방이라도 꺼질 것처럼 약한 숨결을 느낀 그가 침실과 응접실을 나와 집사를 소리쳐 불렀다.

「첸!」

야심한 시각, 때아닌 소동이 일어났다. 신욱에게 불려 온 집사가 사태의 위급성을 깨닫고 주치의에게 연락했고, 즉시 응급조치로 차가운 얼음주머니를 준비했다.

급한 부름을 받고 달려온 주치의가 은재를 진찰하는 동안, 신욱은 미동조차 하지 않고 그 옆을 지켰다.

「열이 심하시군요. 하지만 급성으로 시작된 건 아닙니다. 만성적인 미열이 있었을 텐데, 그동안 환자에게서 별다른 징조를 못 느끼셨습니까?」

안색이 좀 창백한 것 말고는 별다른 징조를 보이지 않았다.

「꽤 오래 몸이 안 좋았을 텐데, 누적된 과로와 더불어 스트레스를 심하게 받은 것 같습니다.」

신욱의 이마가 찌푸려졌다.

「과로와 스트레스?」

「네, 영양 상태도 썩 좋으신 편은 아니군요. 이러면 대사 질환이 오기 쉬운데, 일단 고열을 해결하는 게 시급하니 해열제를 투여하겠습니다. 열이 좀 가라앉으면 정밀 검사를 받아 보는 게 좋을 것 같습니다.」

그에게 설명을 한 주치의가 간호사에게 링거와 약제를 오더했다. 주변 사람들이 부산하게 움직이는 와중에도 은재는 정신을 차리지 못했다. 작은 얼굴이 한층 더 작아졌고 눈 밑은 푸르죽죽했다. 계속해서 흐르는 식은땀과 하얗게 열꽃이 핀 입술이 상태가 좋지 않음을 단적으로 말해 주었다.

그럼 어제 그가 밀어붙이기에는 그녀의 몸 상태가 좋지 않았다는 말이 된다. 아프면 아프다고 말을 해야 할 것 아닌가! 제 몸이 이 지경이 될 때까지 방치하다니, 신욱은 은재의 미련함이 못 견디게 화가 났다.

눈을 뜨기 전에 희미한 의식이 먼저 돌아왔다. 몽롱한 감각이 전신을 지배했다. 그래서인지 눈이 단숨에 떠지지 않는다. 속눈썹을 힘겹게 파들거리다 마침내 눈을 뜬 그녀는 천천히 주위를 둘러보았다. 싱가포르, 그녀의 방.

고개를 돌리는 것조차 쉽지 않은 그녀의 시야에 검은 그림자가 들어왔다. 커프스단추를 푼 셔츠 차림의 그가 허리 위로 손을 올린 채 그녀를 내려다보고 있었다.

"어, 어떻게……?"

"제정신이 아니지?"

그의 차가운 비난을 받은 은재가 마른침을 삼키며 힘겹게 대답했다.

"……이 정도는 괜찮아요. ……늘 그랬으니까……."

신욱은 40도 가까이 되는 고열에도 괜찮다 말하는 여자를 때리고 싶은 충동이 들었다.

"죄송합니다. 온 지 며칠이나 됐다고…… 이렇게 누워선……."

신욱은 거칠게 머리를 쓸어 올리며 은재에게서 뒤돌아섰다. 그러지 않는다면 서은재를 일으켜 세워 목이 꺾일 만큼 거칠게 흔들어 버릴 것만 같았다.

"더는 한 마디도 하지 마라."

그의 경고가 아니더라도 은재는 목이 부어 말을 할 수가 없었다. 해열제와 진통제 때문인지, 은재는 또 정신을 잃듯 잠이 들었다.

늘 그랬다는 건 무슨 뜻일까?

늘 아팠다는 것일까, 아니면 늘 혼자 감당했다는 뜻일까.

둘 중 무엇이라도 기분이 좋지 않았다. 또 그것을 기분 나빠하는 자신이 못마땅했다. 여자에게 낭비할 감정 따윈 이미 사라졌다고 생각했는데, 그게 아니었나 보다.

주치의의 진찰과 처방을 받았음에도 은재의 고열은 이틀이나 지속됐다. 그동안 신욱의 신경은 칼끝처럼 날카로워져 저택과 회사를 가리지 않고 모두 그의 심기를 건드리지 않기 위해 숨죽여야 했다.

은재의 상태가 심상치 않은 것을 느꼈는지, 주치의가 병원으로 갈 것을 권했다.

「그럼 진즉 가자고 해야 할 것 아니야!」

신욱이 불처럼 분노를 터트리고 나서야 은재는 병원으로 옮겨졌다.

병원에 입원하여 검사를 비롯한 집중치료를 받고, 조금의 시간이 지나자 상태가 호전되기 시작했다. 그럼에도 목이 부어 유동식조차 넘기는 게 부담스러웠다. 하지만 그보다 더 부담스러운 것은 이신욱이었다. 못마땅한 얼굴을 하고서 그녀를 내려다보는 그를 볼 때면 그나마 조금 남아 있던 식욕도 달아났다. 견디다 못한 그녀가 애원하듯 말했다.

"혼자 있을 수 있어요. 그냥 가세요."

하지만 그는 묵묵부답이었다.

때마침 주치의가 결과지를 들고 병실을 찾았다. 검사 결과 그녀의 몸은 여기저기 상태가 좋지 않았다. 그중에서도 신장

기능에 특히 문제가 있음이 드러났다. 이번 고열의 원인도 신장에서 비롯됐다고 했다. 당분간 약을 복용하며 경과를 지켜봐야 한다는 의사의 말에 은재는 당혹스러워졌다. 이대로 방치했다간 신장이 완전히 제 기능을 잃을 수도 있다는 말까지 듣자, 그야말로 황당해졌다. 지금껏 건강한 몸밖에는 재산이 없다고 생각했는데 그게 아니었다. 그것도 한국이 아닌 싱가포르까지 와서.

주치의가 나가자, 무표정하게 입을 다물고 있던 그가 침묵을 깼다.

"당분간 출근하지 마."

은재는 놀란 얼굴로 그를 보았다.

"그게 무슨 말이에요?"

"병자를 상대로 놀음하고 싶은 생각 없어."

그가 신랄하게 빈정거렸다. 그러사 그를 보던 은재는 그만큼이나 냉랭하게 응수했다.

"그럼 난 싱가포르에 있을 이유가 없어요."

"애초에 계약하길 널 직원이 아닌 여자로 계약했어. 잊었나? 싫증이 날 때까지라는 조건을? 난 이제 시작이야. 싫증이 나려면 멀었으니, 회사를 쉬어. 아니면 넌 해고야."

"정말 나한테 왜 이래요! 왜 자꾸 알고 싶지 않은 걸 알게 만들어 주냐고요!"

신장이 망가질 수도 있다니…….

정말 알고 싶지 않았다. 때로 모르고 지나가는 게 나을 때도 있다. 전전긍긍해도 결국 정해진 끝이라면 그대로 될 테니까. 아버지처럼…….

하지만 그는 잔인했다.

"내가 널 동정하길 바라나? 천만에. 난 그저 네 몸에 관심이 있을 뿐이야. 그리고 내가 네 몸을 탐하려면 네가 건강해야 해. 지금 한국에 돌아간들 네 상황이 나아졌을 리는 없을 테지. 잔말 말고 시키는 대로 해."

제 할 말을 마친 그가 병실을 나갔다.

여우를 피해 도망쳤더니 호랑이를 만났다. 한국을 떠나면 나아질 거라 믿었던 것들이 실은 조금도 나아지지 않고 그녀를 점점 더 수렁으로 몰아넣는다. 늪에 빠져 서서히 빨려 들어가는 기분이었다.

은재는 창턱에 앉아 들창으로 된 창문을 열었다. 습도가 높은 후덥지근한 공기가 밀려들었다. 퇴원을 한 지 삼 일째, 그녀는 삼 층의 침실과 응접실을 제외하고는 밖으로 한 발자국도 나갈 수가 없었다.

회사를 쉬라는 것은 빈말이 아니었다. 기운이 없어 제대로 일어나 앉을 수도 없었을 땐 몰랐는데, 어느 정도 회복이 되니 무료함이 상상 이상으로 커 그녀를 힘들게 했다. 철이 들고부터는 일을 하지 않은 적이 없어 갑자기 주어진 시간을 어떻게 써야 할지 알지 못했다.

입술을 잘근거리며 창밖을 보던 은재는 더는 견딜 수 없다는 결론을 내렸다. 뭐든 하지 않으면 이대로 미쳐 버릴 것만 같았다.

긴 머리를 하나로 묶은 그녀는 드레스 룸으로 들어가 네이비 빛깔의 민소매 원피스를 찾아냈다. 상체가 붙는 대신 치마는 플레어로 퍼지는 형태여서 입으면 굉장히 여성적으로 보였다. 옷 욕심이 없는 그녀가 가장 좋아하는 옷이기도 했다. 얇은 카디건 하나를 백에 넣고 챙이 넓은 모자까지 챙겨 응접실을 나왔다. 타원형 계단을 내려가자 첸 집사가 그녀의 앞을 막았다.

「회장님께서 나가시면 안 된다고 말씀하셨습니다만.」

「주위를 둘러볼 생각이에요. 그건 일을 하는 것도, 몸을 혹사시키는 것도 아니니까 나가 볼게요.」

「하지만…….」

은재는 부드러운 표정으로 집사를 설득했다.

「일을 해선 안 된다는 말만 들었지, 놀러 나가선 안 된다는 말은 못 들었어요. 다녀올게요.」

하지만 여전히 미심쩍은 표정으로 쳐다보는 집사를 지나쳐 얼른 저택을 나왔다. 스프링쿨러에서 뿜어져 나온 물이 후끈 달아오른 공기를 더욱 덥게 만들었다. 현관에서 정원을 가로질러 거대한 철문까지 나오는 데 10분이 걸렸다.

짧은 시간에 지나지 않았지만 벌써 볼이 달아올랐다. 아직

밖을 다니는 것은 무리인 걸까, 심각하게 고민하는 사이 그녀 앞에 검은 세단 두 대가 멈춰 섰다. 그중 뒤차의 뒷좌석 창문이 스르르 내려가더니 신욱의 모습이 보였다. 근사한 슈트 차림의 남자는 이 지독한 더위를 느끼지 않는 것처럼 완벽했다.

"어딜 가는 거지?"

하필이면 딱 마주친 상황이 곤혹스러웠지만 은재는 동요한 마음을 들키지 않은 채 대답했다.

"아무 곳이나요."

그녀는 아직 난폭했던 그날 밤의 이신욱을 용서하지 않았다. 오만한 눈으로 그녀를 바라보던 그가 간결하게 말했다.

"타."

"혼자 갈 수 있어요."

하지만 그는 아무 말 없이 창문을 올렸다. 조수석에서 건장한 체구의 사내가 내려 뒷좌석의 문을 열어 주었다. 은재는 별수 없이 차에 올라타야 했다.

은재는 의구심을 숨기지 않은 채 주위를 둘러보았다. 그가 데려온 이곳이 어디인지 정확히 알 수가 없었기 때문이다. 클럽 같기도 하고, 여자들의 파우더 룸 같기도 한 실내의 소파는 붉은색이었다. 벨벳으로 된 부드러운 천이 조금도 부담스럽지 않은 것은, 추위를 느낄 만큼 강력한 에어컨 바람 덕택이었다. 그에게 먼저 말을 걸고 싶지 않았지만, 별수 없이 물어보고 말았다.

"여기가 어디예요?"

"기다려 봐."

그는 손수 소파 테이블 위에 놓인, 허브티가 가득 담긴 주전자를 들어 우아한 크리스털 잔에 따라 주었다.

"마셔."

하릴없이 차를 한 모금 마시자 향긋한 로즈마리의 향이 입안에 감돌았다. 허브티 때문인지 조금 마음의 안정을 되찾길 잠시, 갑자기 문이 열리고 여러 명의 여자들이 런웨이를 걷는 모델처럼 들어와 그들 앞에 섰다. 이게 무슨 영문인지 몰라 바라보기만 하는 그녀 대신, 소파에 느슨하게 기대앉아 있던 신욱이 이것저것 손가락질했다. 그 광경을 본 은재는 이곳이 명품 브랜드 샵이었다는 것을 비로소 깨달았다.

진주빛 펄이 들어간 우아한 롱 드레스와 붉은 꽃무늬가 프린트된 노란 민소매 원피스, 다홍빛 스커트와 파란색 7부 바지, 민트 빛깔의 악어가죽 클러치 백과 샌들 등등 그의 손가락질에 의해 많은 옷과 소품들이 결정됐다. 은재는 아파트 전셋값은 족히 될 만큼의 값비싼 물건들의 구매가 그의 손가락질에 의해 결정되는 광경을 믿을 수 없는 눈으로 보았다.

"이 많은 걸 사겠다는 거예요?"

"옷 입는 감각이 형편없으니까. 내 수준에 맞춰야지."

무심하고 신랄한 그의 말을 듣자 결국 참고 참았던 분노가 폭발하고 말았다.

"날 왜 이렇게 모욕하는 거예요?"

그녀는 모델들이 보고 있든 말든 진심으로 분노했다. 그러자 그가 희미하게 인상을 쓰며 그녀를 돌아보았다.

"왜 그래?"

"내가 당신을 따라 싱가포르에 온 건 당신과 나 사이에 성립한 계약 때문이었어요. 서로 간에 싫증이 나기 전까지."

"무슨 말을 하고 싶은 거지?"

은재가 새빨개진 얼굴로 소리쳤다.

"당신이 날 정부 취급하고 있다는 거요!"

신욱은 은재의 논리를 이해할 수 없었다.

"지금 무슨 소리야?"

"내가 왜 이런 걸 받아야 해요? 사 달라고 한 적도 없는 이따위 물건들을 왜 사 주는 거냐고요!"

"이상한 걸로 화를 내는군."

"이신욱 씨! 당신에게 날 함부로 대해도 좋다고 한 적, 한 번도 없어요. 계속 이런 식이면, 싫증이 나기 전에 끝내야 할 거예요."

그녀의 새파란 분노 앞에 그가 빈정거렸다.

"내게 원하는 게 아무것도 없다, 이 말인가?"

"당신, 정말 끔찍한 사람이에요."

은재가 숨을 몰아쉬며 그를 비난했다. 신욱은 입술을 말아 올린 채 작은 가슴을 들썩거리는 그녀를 모호한 눈으로 응시했다. 그러다 그들의 대화를 듣지 않은 척 무표정한 얼굴을 유지하는 쇼퍼에게 고갯짓을 했다.

「사이즈에 맞게 포장해. 입조심시키는 것 잊지 말고.」

「명심하겠습니다.」

쇼퍼와 모델들이 모두 나가는 것을 본 은재가 발을 구르며 말했다.

"그만두지 못해요?"

"너야말로 그만두지 못해? 그만하면 충분해. 더는 사람들 앞에서 추태 부리는 걸 받아 줄 수 없어."

하…… 정말……!

결국 셀 수도 없는 쇼핑백들이 경호원의 손에 들려 차에 실렸다. 신욱은 적잖은 충격과 분노 속에서 갈피를 잡지 못하는 그녀를 돌아보았다.

"좋아, 이제 네가 원하는 걸 말해."

내가 원하는 것은…… 그냥 평범한 일들.

평범한 연애, 평범한 데이트, 평범한 사람.

내가 꿈꿔도 괜찮을 사랑.

하지만 그는 절대 평범한 사람이 아니다. 그녀에게 평범한 연애와 평범한 사랑을 경험하게 해 줄 사람이 절대 아니었다.

"당신은 내가 원하는 걸 들어줄 수 없어요."

"증세를 보아하니 안정제가 필요하군."

은재가 오만하게 말하는 그를 살벌하게 노려보자, 그가 어깨를 으쓱거렸다.

"좋아, 아무 곳이나 가 보도록 하지."

기사가 차를 세운 곳은 싱가포르의 유명한 식물원 보타닉 가든이었다. 그가 먼저 차에서 내려 그녀가 따라 내리는 것을 보았다. 그러다 그녀가 신고 있는 샌들에 시선이 멎었다.

"그걸 신고 걷겠다고?"

"여자를 너무 무시하시는군요."

은재는 그를 지나쳐 앞장섰다. 열대 우림들과 더불어 탁 트인 잔디밭이 음울하던 마음을 단숨에 날려 버리게 했다.

"이건 화해의 제스처인가요? 하지만 어쩌죠? 난 당신을 용서할 생각이 없는데?"

그녀가 가시를 세운 채 뾰족하게 말했지만 그는 조금도 동요하지 않았다.

"마음대로 생각해."

무슨 말로 이 오만하고 거만한 남자를 이겨. 은재는 자포자기한 심정으로 보타닉 가든을 둘러보았다. 싱가포르행 비행기에서 읽은 관광지 안내서에서 보타닉 가든에 대한 설명을 읽긴 했지만 글로 읽은 것과 눈으로 보는 것의 차이는 엄청났다.

이곳은 정말 아름다운 곳이었다.

커다란 숄더백에 넣어 두었던 모자를 꺼내 쓰고 이곳에 어울리지 않는 완벽한 슈트 차림을 한 신욱이 따라오든지 말든지 상관하지 않고 앞장서 걷기 시작했다. 상쾌한 숲 냄새가 무척 청량했다. 그는 그녀의 뒤를 따라 걸을 뿐, 그녀의 평화를 방해하지 않았다. 방해하게 내버려 두지도 않겠지만 말이다.

한참을 거닐다 백조의 호수 앞에 멈춰 섰다. 흐드러지게 핀 붉은 꽃들 사이로 백조가 유유히 떠 있었다. 아주 어렸을 때, 세상이 보이는 것보다 훨씬 팍팍하다는 것을 미처 깨닫기 전 가족이 처음이자 마지막으로 함께 놀러 갔던 동물원이 생각났다.

그때도 마냥 행복하지는 않았지만, 적어도 걱정거리는 없었었지……. 아버지 건강은 어떠실까…….

그러자 그의 목소리가 불쑥 들려왔다.

"적당히 하지 그래?"

"무슨 말이에요?"

"덥고 짜증나. 적당히 둘러봤으면 그만 가자고."

자신의 말처럼 인상을 쓰고 있는 그를 본 은재는 한숨을 쉬었다.

"표정 좀 풀 수 없어요?"

"너무 많은 걸 바라지 마라."

하지만 그의 바람을 쉽게 이뤄 줄 수는 없을 것 같았다. 동화 속에서나 봄직한 커다란 아름드리나무를 본 은재가 탄성을 터트렸다.

"정말…… 너무 근사해요!"

수천만 원짜리 드레스를 보고는 그렇게 화를 내더니 이 여자, 좀 이상하군.

하지만 그의 생각을 알 길 없는 은재가 나뭇가지에 앉아 사진을 찍는 사람을 부러운 눈으로 쳐다보았다.

"사진이 정말 예쁘게 나올 것 같아요."

"부러우면 찍든지."

그의 말을 들은 그녀가 흠칫 뒤로 물러나며 고개를 저었다.

"됐어요."

신욱의 미간이 좁혀졌다.

"뭐야, 그 태도는?"

"난 사진 찍는 거 별로 안 좋아해요. 어색하고 이상하게 찍히거든요."

"그렇게 말하니 더 찍어 보고 싶군. 가서 앉아 봐."

은재가 질색을 해 고개를 저었다.

"싫다니까요."

저러니 더 골려 보고 싶다.

그가 눈썹을 치켜뜨며 다가서자 은재가 경계 어린 눈으로 보며 뒷걸음질 쳤다.

"절대 안 돼요."

"글쎄…… 절대라는 말을 너무 맹신하지 마."

그가 먹이를 낚아채는 매처럼 그녀의 허리를 잡았다. 겨드랑이 근처에 그의 손이 닿자 그녀는 간지러움을 참지 못하고 버둥거렸다.

"하지 마요."

미꾸라지처럼 버둥거려 저만큼 멀리 도망친 그녀를 보며 그가 싱긋 웃었다.

"마음만 먹으면 언제든지 잡을 수 있어."

"그랬단 봐요. 호수에 빠뜨려 버릴 테니까."

은재가 적잖이 마음이 상했는지 붉게 달아오른 얼굴로 선언했다. 그는 무표정한 가면을 벗어던진 은재의 모습을 처음 보았다. 그때 뒤뚱뒤뚱 걸어오던 아기가 그녀 앞에서 넘어졌다. 으앙, 울음을 터트리는 아기를 얼른 안아 일으켜 주었다.

「괜찮니?」

「으앙, 아아앙.」

걸음마를 겨우 뗀 아기는 제 설움에 북받쳐 목청껏 울어 젖혔다. 부모인 듯 보이는 젊은 남녀가 사색이 되어 뛰어오는 게 보였다. 은재는 아기를 아기 엄마에게 건네주었다. 아기는 엄마 품에 안기자, 엄마 옷에 눈물을 쓰윽 닦더니 그녀를 향해 배시시 웃어 주었다. 그 모습이 영락없는 천사여서 은재는 마주 웃어 주었다.

고맙다는 인사를 한 부모가 아기에게 뭐라고 속삭이자, 아기가 부끄러운 듯 그녀를 향해 고사리 같은 손을 흔들었다. 꼭 깨물어 주고 싶을 만큼 귀여운 모습이었다.

「잘 가. 넘어지지 말고.」

은재도 손을 흔들어 주었다.

"친절하군."

그녀는 뒤를 돌아 신욱을 보았다.

"몹시 친절해."

"무슨 뜻이에요?"

"상대가 오해하기 딱 좋을 만큼 과하게 친절하단 뜻이야."

은재는 기가 막혔다.

"지금 저 아기가 무슨 오해를 했을 것 같은데요?"

"아이가 문제가 아니라, 아이 아빠가 문제지."

애 아빠는 내내 은재의 웃는 얼굴을 힐끗거렸다. 아기에게 정신이 팔려 아이 아빠를 보지 못했던 은재는 그를 공격해 왔다.

"가끔씩 정말 이상한 거 알아요?"

"너처럼 진실을 부정하진 않아."

기가 막혀선. 은재는 말이 통하지 않는 그의 모습에 고개를 절레절레 흔들었다.

"이신욱 씨는 조금의 틈도 없어요. 난 상대에게 어떤 틈도 허락하지 않는 것보단 과한 친절이 더 낫다고 생각해요."

"관점의 차이지. 헤퍼 보일 수 있으니까. 그리고 조금 전 너도 헤퍼 보였어."

"뭐라고요?"

은재는 태어나 지금껏 헤프다는 소리를 그에게서 처음 들었다. 어떻게 그런 말을 아무렇지 않게 할 수 있는지, 정강이를 걷어차 줄 요량으로 한 걸음 다가서자 그가 미간을 좁히며 뒤로 물러났다.

"난 네가 침대에서만 난폭했으면 좋겠는데."

결국 화가 난 그녀가 그의 이름을 크게 불렀다.

"이신욱 씨!"

한가롭게 걷던 사람들이 깜짝 놀라 그들을 쳐다볼 만큼. 하지만 이신욱은 그런 것에 연연해할 만큼 연약한 신경의 소유자가 아니었다.

"그만 가지."

그는 얼굴이 붉게 달아오른 그녀를 내버려 두고 홀로 돌아섰다. 마치 벽을 보며 혼자서 얘기하고 화를 내는 기분이었다.

저택으로 돌아오는 내내 은재는 말을 하지 않았고, 그것은 신욱 또한 마찬가지였다. 방에 틀어박혀 나오지 않는 그녀를 불러낸 것은 저녁 식사가 준비됐다는 메이드의 노크 때문이었다. 은재는 내키지 않는 걸음으로 방을 나왔다. 그런데 식당에 가까이 가지도 않았는데 된장찌개 냄새가 났다.

청양고추를 송송 썰어 넣은 게 분명한 매콤한 냄새.

저택과 어울리지 않는, 저택에서 한 번도 맡아 보지 못한 된장찌개 냄새였다. 식당으로 들어가자 정말 근사한 냄새를 풍기는 된장찌개가 뚝배기에 담겨 있었다. 언제나처럼 신욱이 먼저 자리를 차지하고 있었다.

"앉아."

"당신도 이런 걸 먹나요?"

"아버지가 좋아하셨지."

하지만 기쁜 마음으로 된장찌개를 앞 접시에 덜려는 그녀의 손을 신욱이 막았다.

"넌 안 돼."

이건 또 무슨 소리야?

"식탁에 차려 놓고 안 된다니요?"

"신우염엔 염분 섭취가 제한되는 거 몰라?"

은재는 짜증이 났다. 너무너무 짜증이 났다. 평소 끼니를 걸러도 크게 배고픔을 느끼지 않을 만큼 식탐이 없었는데, 눈앞의 된장찌개는 너무 먹고 싶었다. 호되게 아프고 나서인지 한국 음식이 너무 그리웠던 것이다.

"그럼 내 앞에 이런 걸 왜 놓은 거예요?"

"상이라도 엎을 기세군."

"정말 그러고 싶어요."

"진정해."

그의 손짓을 받고 다가온 메이드가 장국을 그녀 앞에 놓아주었다.

"싱겁게 먹어야 좋다더군. 그걸로 만족해."

상대로 하여금 전혀 고마움을 느끼지 못하게 만드는 오만한 말투와 행동이었지만 그래도 그만의 배려임에는 분명했다. 오히려 마음이 상하는 그녀 자신이 더 치사한 것이다. 식욕이 전혀 느껴지지 않는 희멀건 장국을 본 은재의 말투가 뾰족해졌다.

"당신 같으면 눈앞에 진수성찬을 두고 이게 넘어가겠어요?"

그러자 그가 식탁 위에 팔꿈치를 올려 턱을 괴더니 그녀를 찬찬히 살펴보았다.

"넌 이상한 곳에서 허점을 보여. 알고 있어?"

"몰라요."

이 순간 자신이 얼마나 유치한지 은재 스스로도 알고 있었다. 하지만 먹는 걸로 치사하게 군 건 저 남자가 먼저였다. 순간 그가 싱긋 웃었다. 입가에만 머물던 웃음이 아닌, 눈까지 휘어진 진짜 웃음이었다. 그가 메이드를 손짓해 불렀다.

「치워.」

그의 말이 떨어진 즉시 된장찌개가 식탁에서 자취를 감췄다.

"이젠 평화롭게 식사를 할 수 있겠지?"

이런 걸 원한 건 또 아니었다. 이신욱이란 남자는 처음과 끝 사이에 중간이 존재한다는 걸 모르는 게 분명했다. 마음이 불편해진 그녀가 어물어물 말했다.

"……당신은 그냥 먹어요."

"됐어. 식탁 앞에서 우는 여자, 달래는 취미는 없을뿐더러 우는 걸 지켜볼 인내도 없어."

네, 네. 참 잘나셨어요.

은재는 입술을 비죽거리며 하얀 쌀밥을 한 숟가락 퍼 입에 넣었다. 된장찌개 때문에 마음은 상했지만 빵이나 스튜, 스테이크 같은 음식만 먹다 싱가포르에 온 뒤 처음으로 쌀밥을 먹으니 그 자체로도 맛이 있었다.

은재의 몸이 회복되면 가급적 익숙한 음식을 저염식으로 먹이는 게 좋겠다는 주치의의 조언에 신욱은 주방에 일러 당분간 한식 위주의 식단을 명령했다. 확실히 지금의 은재는 그동안보다는 먹는 모양이 나았다. 그런데 부지런히는 먹는데, 먹는 양이 너무 적었다. 활동량이 많아 식사량도 남들의 두세 배는 거뜬한 그와 달리, 은재는 제 몫조차 제대로 먹지 못했다. 신욱은 은재가 반이나 남긴 밥을 보며 인상을 썼다.

"다 먹어."

그의 명령에 은재가 고개를 저었다.

"배불러요. 더는 못 먹겠어요."

"겨우 그거 먹고 못 먹겠다니, 식탁 붙잡고 울 태세였던 게 맞긴 해?"

"난 원래 식사를 제때 챙겨 먹는 편이 아니어서 하루 세 끼를 다 먹는 게 버거워요."

"왜?"

그의 물음을 받은 은재가 이해를 하지 못하고 되물었다.

"네?"

"왜 세 끼를 제때 챙겨 먹지 않았는데?"

"그건……."

일을 하다 보면 끼니때를 놓치기 일쑤였으니까. 아르바이트를 할 때나 IE 한국 지사 비서실에서 일을 할 때나, 그녀의 업무 강도는 언제나 최고였다.

"습관이에요."

신욱은 대충 말을 얼버무리는 그녀를 날카로운 눈초리로 쳐다보았다. 은재는 시선을 피한 채 물 잔을 들고 홀짝거렸다. 서은재의 모든 것이 그를 신경 쓰이게 했다. 타인에게 세심한 편이 아님에도 서은재에 관련된 일은 그냥 지나치지 못했다. 이런 집착이 절대 원치 않는 것임에도…….

6.

　저녁 식사를 마친 뒤 방으로 올라온 은재는 왼쪽 옆구리에서 뭉근한 통증을 느꼈다. 외출을 마치고 돌아왔을 때부터 희미하게 시작된 통증이었지만 식사를 하기 전까지는 별로 심하지 않아 내내 무시했었는데, 식사를 마친 지금은 미간을 찌푸릴 만큼 심해졌다.

　신우염이 다 나은 줄 알았는데 외출 한 번에 다시 증세가 시작될 정도라니, 은재는 한숨이 절로 나왔다. 사이드 테이블의 서랍을 열어 먹다 남은 약을 찾는데 노크 소리가 들렸다. 깜짝 놀란 은재는 얼른 서랍을 닫고 대답했다.

　「네, 들어오세요.」

　단정한 차림의 메이드가 침실로 들어왔다.

　「무슨 일이에요?」

「회장님께서 비서님에게 당분간 음용하라고 지시하신 차입니다.」

「네?」

「결명자차라고 하면 아신다고 하셨습니다.」

말을 마친 메이드는 쟁반 위의 잔을 받아 들고만 있는 은재를 바라보았다. 마시는 것을 확인하고 나가야 함을 알아차린 은재는 얼른 결명자차를 마셨다.

「고맙습니다.」

「별말씀을요. 그럼 안녕히 주무세요.」

「네, 안녕히 주무세요.」

공손한 인사를 되돌린 은재는 메이드가 나가는 것을 본 뒤 침실 문을 닫았다. 옆구리의 통증은 더욱 심해져 혼자가 되자마자 절로 인상이 찌푸려졌다. 그녀는 얼른 사이드 테이블을 열어 항생제와 진통제를 찾아 입안으로 털어 넣었다. 미니 냉장고에 들어 있던 생수병을 꺼내 물을 마셔 알약을 삼킨 뒤 푹신한 침대에 앉았다.

기후가 바뀌어 체력이 빠르게 고갈된 것이 문제인 걸까, 아니면 마음의 긴장이 풀어진 것이 문제인 걸까.

지난 13년 동안 노동 강도는 한결같았다. 그런 만큼 신우염이란 병의 증세가 어느 날 갑자기 나타날 리는 없었을 텐데, 왜 하필 한국을 떠난 지금 이렇게 발병해 사람을 곤혹스럽게 만드는 것인지 모르겠다. 의지할 사람이라고는 아무도 없는 타국에서, 철저하게 이신욱의 도움을 받을 수밖에 없는 상황을 만들고 있었다.

차츰차츰 통증의 강도가 약해지는 것을 느낀 은재는 매트리스 위에 누웠다. 몸의 굴곡에 따라 부드럽게 휘어지는 매트리스는 더없는 안락함을 선사했다. 싱가포르에 온 뒤로 지금껏 그녀가 누려 보지 못했던 호사스러움을 매일 밤 느꼈다. 은재는 확신했다. 체력의 고갈이 문제가 아니라, 마음의 긴장이 풀어진 탓이 크다고.

이곳에서는 옥선의 악다구니와 의재의 폭력적인 행동에 노출되지 않아도 됐다. 아버지 광석의 무능력함을 답답해하면서도 자식 된 도리를 해야만 하는, 결코 사라지지 않을 멍에를 짊어지고 피곤해도 쉬지 못하고 일을 할 필요가 없는 곳. 그래서 이곳에서는 그 어느 때보다 그녀의 마음이 편했다. 팽팽하게 당겨진 기타 줄처럼 아슬아슬한 긴장을 유지하고 살 필요가 없다는 것이 얼마나 행복한 일인지……. 그녀는 정말 처음으로 행복을 만끽하는 중이었다.

약의 기운을 빌려 그대로 잠이 들었나 보다. 아주 멀리서 들려오는 것 같은 희미한 굉음 소리에 그녀는 서서히 깊은 수마의 수면 위로 떠오르고 있었다. 그때였다. 그녀 바로 옆으로 떨어져 내리는 것처럼 엄청난 굉음의 천둥 벼락이 친 것은.

쾅! 콰쾅!

심장이 멎을 듯 놀란 그녀는 벌떡 일어나 앉아 본능적으로 귀를 틀어막았다.

열대기후 특유의 폭우가 시작된 것이다.

콰쾅, 쾅, 쾅!

연거푸 벼락이 친다. 커다란 창을 통해, 잔뜩 먹구름이 드리워진 검은 밤하늘이 일순간 밝아지며 두 갈래로 갈라진다. 거대하고 광포한 자연의 횡포를 눈앞에서 본 은재는 비명을 삼켰다.

그녀가 일곱 살 때였다. 옥선과 광석은 세 살이 된 의재만을 데리고 옥선의 친정이 있는 가평으로 내려갔다. 그날 밤, 서울엔 천둥 벼락을 동반한 많은 비가 내렸다. 벼락이 송전탑 위로 내리꽂혀 일대가 암흑으로 뒤덮인 밤, 일곱 살이었던 은재는 그 검은 밤을 오롯이 혼자 견뎌야 했었다. 그때 이후로 그녀는 천둥 벼락이 치는 밤을 무서워했다. 무려 23년이나 지났음에도 여전히, 아직도 심한 공포를 느꼈다. 도저히 이대로는 참을 수가 없었다.

콰쾅!

자신의 머리 위로 내리꽂히는 것만 같은 은빛 천둥 벼락을 본 은재는 공포에 사로잡혀 그대로 침실을 뛰쳐나왔다.

열대성 기후 특유의 천둥 번개가 밤하늘을 갈랐다. 열어 둔 창문을 통해 회오리바람이 몰아치며 빗방울이 들어와 후두두 떨어졌지만 모니터를 바라보는 신욱의 무심한 표정에는 변화가 없었다. 해마다 겪는 싱가포르의 폭우에 이골이 났기 때문에 그에게는 조금도 특별할 것이 없는 밤이었다.

콰쾅, 쾅, 콰쾅!

연달아 세 번의 천둥 벼락이 밤하늘을 가를 때였다. 갑자기 서재 문이 벌컥 열리고 은재가 들어왔다. 거대한 마호가니 책상에 앉아 있던 그의 표정에 처음으로 균열이 생겼다. 신욱은 의아한 듯 그녀를 쳐다보았다. 콰쾅!

"엄맛!"

은재는 그 자리에 주저앉아 귀를 막았다. 황당한 듯 그녀를 보던 신욱이 책상을 돌아 그녀 앞으로 걸어왔다.

"지금 뭐하는 거야."

은재가 그의 바지 자락을 움켜잡았다.

"나, 나 여기 좀 있을게요."

신욱은 눈앞의 광경이 믿기지가 않아 허리를 굽혀 앉으며 물었다.

"설마 천둥이 무서워서 여기 있겠다는 건 아니지?"

그러자 그녀가 미친 듯이 고개를 끄덕거렸다.

"미안한데, 맞아요."

천하의 이신욱 앞에서도 제 할 말 따박따박 다 하는 여자가 고작 천둥 번개가 무섭단다. 신욱은 기가 막혀 헛웃음이 다 나왔다.

"이건 색다른 유혹 방법인가? 그러기에는 너무 고전적이지 않나?"

"그러니까요. 너무 고전적인 방법이라 민망하네요."

은재가 파랗게 질린 입술로 말대꾸를 할 때, 다시 천둥이 쳤다. 은재는 제 귀를 틀어막고 눈까지 꼭 감았다.

"아아! 정말! 왜 끝도 없이 이러는 건데! 이렇게 천둥이 치는 곳인지 알았으면 싱가포르 안 왔어!"

유혹도, 장난도 아닌 실제 상황임을 그제야 알아챈 신욱이 귀를 틀어막은 은재의 손 위에 자신의 손을 포개었다.

"진정해."

"어떻게 진정을 해요! 하늘이 무너질 것 같은데!"

참을 수 있는 한도를 넘어섰는지 지금의 은재는, 그가 처음 보는 강도의 히스테릭한 모습이었다. 조금만 더 심해지면 이대로 정신을 놓을 수도 있을 것만 같았다. 사태의 심각성을 알아차린 그는 그녀의 작은 머리를 당겨 그의 가슴에 안았다. 그녀의 귀가 그의 심장 바로 위에 닿았다.

쿵, 쿵, 쿵. 일정한 리듬의 심장 박동이 들렸다.

천둥 번개가 조금씩 소강상태에 접어들고, 그의 심장 소리가 주는 안정감에 은재는 정신을 차렸다. 정신을 차리자 이 상황이 몹시 민망해졌다. 흠, 흠. 헛기침을 하며 그의 품에서 물러나자 그가 순순히 그녀를 놓아주었다. 카펫 위에 주저앉은 그가 그녀를 평가했다.

"겉으로 보이는 것과 달리 허술한 면이 참 많군."

그녀는 산발이 된 게 분명한 머리카락을 손가락으로 쓸어내리며 태연한 척 응수했다.

"겨우 천둥 하나 무서워한다고 그런 말을 들어야 하나요?"

"부기보다 말대꾸도 잘하고. 순종적인 줄 알았더니."

민망함에 희미하게 얼굴을 붉힌 그녀가 그를 흘겨보며 사과했다.

"미안해요. 순종적이지 않아서."

"됐어. 나름대로 재미있어 좋아."

말대꾸를 잘한다는 그의 말에 보답을 하려면 끝까지 응수해주어야 한다.

"칭찬 고마워요."

그가 날카로운 눈썹을 치켜떴다.

"그냥 무서워할 리는 없을 것 같고, 이유가 있나?"

"남들처럼 그런 이유예요."

"무슨 이유?"

집요해. 은재는 별수 없이 어깨를 으쓱거렸다.

"어렸을 때, 초등학교에 들어가기 전이었던 것 같아요. 집에 혼자 있었는데, 그때도 지금처럼 천둥 번개가 쳤어요. 어린 마음에 너무 무서워서 울지도 못했던 기억이 나요."

"가족은 어디 있었는데?"

은재가 머뭇거리는 것을 본 신욱이 다시 한 번 물었다.

"초등학교에 들어가지도 않은 여자애를 혼자 집에 두고 네 부모는 어디 있었냐고."

"외갓집에 가셨어요."

"넌 왜 데려가지 않았지?"

"거긴…… 내 외갓집이 아니었거든요."

"그게 무슨 뜻이지?"

신욱의 이마가 찌푸려졌다.

"지금 엄만, 아버지랑 재혼하신 분이에요. 친어머니는 제가 태어나고 얼마 지나지 않아 돌아가셨다 그리고, 남동생은 지금 엄마가 낳은 애예요."

"그럼, 어린 널 혼자 두고 갔단 말이야?"

은재는 어쩐지 그를 향해 변명을 해야 할 것만 같았다.

"난 원래 철이 일찍 들어서 혼자 있어도 괜찮았어요. 천둥만 빼면……."

그녀의 말이 채 끝나기도 전에 신욱이 버럭 소리를 지르며 화를 냈다.

"헛소리 집어치워! 혼자 있어서 괜찮을 애가 어디 있어!"

은재는 입술을 잘근잘근 깨물며 할 말을 찾았지만, 마땅히 할 말이 없었다. 그의 말처럼 혼자 있어 괜찮을 아이는 세상 어디에도 없다. 실은 그녀도 괜찮지 않았으니까.

쾅, 콰쾅!

소강상태였던 천둥 번개가 또다시 세상을 부술 듯 요란하게 울려 퍼졌다. 은재가 어깨를 움찔거리며 귀를 막는 것을 본 신욱은 더 화가 났다. 그녀의 유년에서 자신의 유년을 발견했다. 다른 게 있다면 그에게는 아버지가 있었다는 것뿐.

신욱은 그의 눈치를 보며 떨리는 손으로 귀를 막는 은재를 덥석 들어 품에 안았다. 여전히 이런 식의 스킨십이 익숙하지 않은 그녀가 본능적으로 그를 밀어내려고 하자, 신욱은 그녀를 안은 팔에 더욱 힘을 주었다.

"다 나을 때까지 섹스할 생각 없으니 염려 마. 네가 하고 싶다면 또 모를까."

은재가 이를 악문 채 그를 밀었지만, 그는 놓아주지 않았다.

"일해야 하는 거 안 보여? 소파에 누워서 빨리 자지 않으면 쫓아낼 줄 알아."

그의 협박을 받은 은재의 기세가 눈에 띄게 꺾였다.

"아, 알았어요."

신욱이 서재에 있으리라 생각한 것은 본능이었다. 그가 실제로 잠이 든 것을 본 적이 없는 은재는 보이는 것만큼 안락하고 푹신한 소파 깊숙이 파고들었다. 그녀 위로 얇은 모포를 덮어주던 신욱이 빈정거렸다.

"소파를 뚫을 기세로군. 그런다고 천둥소리가 안 들릴 것 같나?"

지금은 그가 아무리 못된 말을 해도 상관없었다. 은재는 아직도 이 순간을 믿을 수가 없었다. 지난 23년간 천둥 치는 밤은 손에 꼽을 정도였지만 매번 그 밤을 홀로 견디어야 했던 그녀로서는 오늘 이 밤이 낯설었다.

천둥 치는 밤이면 귀를 막고 기도했었다.

제발, 이 밤의 공포를 물리칠 수 있도록 누군가 함께하게 해 달라고.

그런데 그 누군가가 신욱이 될지는 정말 예상하지 못한 일이었다. 삶이란 얼마나 놀랍고도 우스운 것인지 모르겠다. 그녀를 소파에 눕혀 놓고 그는 다시 마호가니 책상 의자에 앉았다. 은재는 문득 궁금해졌다.

"당신은, 안 자요?"

"유혹인가?"

은재는 자신의 처지를 잊어버리고 크게 한숨을 쉬었다.

"당신은 뭐든 그쪽으로 연결시켜요?"

그러자 신욱이 어깨를 으쓱거렸다.

"안 될 건 뭐지?"

은재는 입술을 앙다물었다. 정말, 비협조적이야.

"다시 물을게요. 그렇게 일만 하고, 쉬는 건 언제 쉬어요?"

"그게 왜 궁금하지?"

"당신이 급사해서 내가 돈주머니를 잃을까 봐서요."

그가 미간을 찌푸렸다.

"뭐?"

은재가 비스듬히 누워 어깨를 들썩거렸다.

"왜요? 당신처럼 대답해 준 건데, 놀랐어요? 그렇게 일만 하고 쉬지 않다가 갑자기 죽어 버리면 나는 한국으로 돌아가야 하잖아요. 여긴 조금만 아파도 일하지 못하게 하는 천국인데, 난 이런 천국에서 쫓겨나고 싶지 않다고요."

왼손에 느슨히 턱을 괸 그가 만년필을 든 오른손으로 그녀를 가리켰다.

"넌 혀에 가시가 있어. 조심해, 가시를 뽑으려다 혀까지 뽑힐지도 모르니. 그러는 넌 왜 옷을 갈아입지 않은 거야? 너도 임음 했나?"

그의 빈정거림을 들은 은재가 그를 흉내 내어 시크하게 대답했다.

"어쩌다 보니 그냥 잠이 들었어요. 그게 왜 궁금해요?"

"날 기다린 건가 해서."

"어머? 기 막혀."

그녀의 새침한 코웃음에 신욱의 찌푸림이 더욱 심해졌다.

"점점 버릇이 없어지는군."

"흥."

그녀는 돌아눕는 것으로 못마땅한 마음의 대답을 대신했다. 밖은 귀청이 떨어져 나갈 것 같은 굉음이 여전했지만 곧 서재 안에 고요한 정적이 차츰차츰 내려앉기 시작했다. 한참을 작게 뒤척거리던 은재는 겨우 잠이 들었다.

신욱은 그녀가 아기처럼 느리게 잠에 빠져드는 것을 놓치지 않고 모두 지켜보았다. 그녀는 여전히 천둥 번개가 칠 때마다 흠칫흠칫 놀랐지만 다행히 잠에서 깨지 않았다. 그는 은재가 편히 잘 수 있도록 쿠션으로 머리를 받쳐 주었다.

세상엔 부모라는 이름이 아까운 사람들이 있지. 그런데 왜 하필, 네 부모가 그런 사람들이지? 그리고 또 왜 하필 내 부모일까.

신욱은 천둥이 칠 때마다 아기 새처럼 어깨를 떠는 은재를 보았다. 그는 다 괜찮을 거라고 말해 주고 싶은 충동을 가까스로 억눌러야 했다.

그의 어머니는 그가 열일곱 살 되던 해 떠났다. 공식적으로 신욱의 곁을 완전히 떠난 건 그해였지만 실은 오래전부터 어머니와 아버지는 정상적인 부부의 모습은 아니었다. 마치 주종관계 같았다고 할까?

이민을 온 한국인이 미국에서 할 수 있는 일은 제한되어 있었고, 한국에서는 고등학교 국어 교사였던 부친은 미국 땅에서 세탁소 잡부가 되었다. 부친은 하루 17시간씩, 먼지가 풀풀 나는 좁고 어두운 세탁소에서 일을 했다.

하지만 그렇게 힘들게 번 돈은 허영심 강한 어머니의 치마자락 안으로 흘러들어 갔고, 한 번 들어간 돈은 다시는 나오지 않았다.

어린 그의 눈에도 부친은 일만 하는 불쌍한 사람으로, 모친은 부친을 부려먹는 사람으로 인식이 됐었다. 고된 노동을 하면서도, 부친은 미국 땅에서 태어난 하나뿐인 아들의 교육에 관해서는 무엇보다 열심이었다.

미국 이민을 선택하게 된 것도, 숨조차 제대로 쉬기 힘든 열악한 환경의 세탁소에서 노동을 하는 것도 모두 하나뿐인 아들, 바로 신욱을 위한 선택이었으므로.

다행히 그는 부친의 고된 노동이 헛되지 않을 만큼 똑똑했다. IQ 162의 수재 소리를 들으며 월반을 거듭했고, 열여섯 어린 나이에 대학에 진학할 수 있었다. 그 무렵 아버지도 본인의 세탁소를 가질 수 있게 되었다.

세탁소의 주인이 되고 얼마 있지 않아 아들의 대학 합격서를 받던 날, 부친의 주름진 얼굴에 어리던 환한 웃음을 신욱은 여전히 기억했다. 아무리 어려운 수학, 물리 문제도 부친의 노동만큼 어렵진 않을 거라 생각했다. 부친의 기대에 부응하기 위해서라면 더 오래, 더 많이 공부해야 했다.

그러나 행복은 오래가지 않았다. 아버진 당신의 청춘을 바친 세탁소에서 폐암을 얻은 것이다. 발견 당시는 이미 손쓸 수 없을 만큼 폐뿐 아니라 다른 장기에도 암세포가 전이가 된 상태였다. 방사선 치료나 수술은 무의미한 치료일 뿐, 병원 측에서는 부친의 편안한 임종을 위해 호스피스 시설을 권했다.

그런데 청천벽력 같은 소식에 망연자실한 부친과 그를 버려두고, 모친은 아버지의 청춘이 고스란히 담긴 세탁소와 집을 팔아 부자의 곁을 떠났다. 최소한의 치료비나 생활비조차 남겨주지 않은 채.

충격을 이기지 못한 아버지는 암 선고를 받은 지 정확히 37일 만에 세상을 떠났다. 모든 게 너무나 갑작스럽고 빠르게 진행된 일들이었다. 어머니는 심지어 아버지의 장례식에조차 나타나지 않았다.

신욱은 암보다도 평생을 함께 산 여자에 대한 배신감이 아버지를 죽게 했다고 믿었다. 어려서부터 보아 온 어머니의 소비벽과 무절제함을 은연중에 경멸하던 신욱은 아버지의 죽음 이후, 어머니의 존재 자체를 부정하기에 이르렀다.

그 여자, 신욱은 모친을 그렇게 불렀다. 그 여자는 수완이 좋았다. 세탁소에서 먼지를 마시며 고생만 한 아버지와 달리 그 여자는 자신을 치장하고 가꾸는 데 평생을 바쳤고 그 덕에 나

이보다 어려 보이는 화려한 외모와 날씬한 몸매를 가질 수 있게 됐다. 그 여자는 몸뚱이를 밑천 삼아 새 남편을 얻는 데 성공했다. 돈 많고 나이 많은 새 남편을.

풍문으로 그 여자의 재혼 사실을 들었을 때, 그는 안도했다. 돈 많은 새 남편을 얻었으니 다시 그 뻔뻔하고 가증스러운 여자를 볼 일은 없을 거라고.

그런데 문제는 그 여자와의 인연이 거기서 끝이 나지 않았다는 것이다. 아버지가 돌아가신 1년 뒤, 대학 측과 함께 공동으로 연구하던 신욱의 기술이 대형 기술 업체에 엄청난 가격으로 팔리자 그 여자가 그를 찾아왔다.

신욱은 아버지의 세탁소와 집을 판 돈을 가지고 도망친 것도 모자라 재혼까지 했음에도 불구하고, 다시 찾아온 여자를 진심으로 경멸했다. 그리고 그것은 여전히 현재진행형으로 계속되어 신욱에게 여자란 종족 자체에 대한 경멸을 갖게 만들었다.

여자. 어떠한 형태로든 남자를 불행하게 만들어 종래에는 절벽 아래로 밀어뜨리고 마는 사악한 존재.

그는 더없이 어두운 눈빛으로 잠든 은재를 바라보았다. 뒤척이느라 등 돌렸던 자세가 그를 마주 보는 자세로 바뀌어 있었다. 더없이 순진하고 아름다운 천사의 얼굴을 가졌지만, 그녀 역시 여자란 근본적인 종족에서 크게 벗어나지 않을 것이다.

폭우는 꼬박 닷새 동안 계속되는 중이었다. 잠시도 쉬지 않고 똑같은 굵기의 빗줄기가 땅 위의 모든 것을 쓸어 갈 기세로 세차게 내렸다. 마치 하늘에 구멍이라도 뚫린 것만 같았다.

한국의 장마철에도 몇 날 며칠 비가 내리긴 했지만 잠시의 소강상태도 없이 내리는 비를 구경하기는 또 처음이어서 은재는 창가에 앉아 맥없이 먹구름 낀 하늘만 올려다보았다. 그나마 작은 위안거리가 있다면 첫날 이후 더는 천둥 번개가 치지 않는다는 것이었다.

건기와 우기에 익숙한 저택의 현지인들은 비를 피해 할 만한 일을 찾거나, 그마저도 없다면 모처럼의 한가한 시간을 보냈다.

이런 날씨에는 파전에 동동주가 딱 제격인데. 하지만 난 먹을 수가 없어.

은재는 창가에 이마를 부딪치며 좌절했다.

결명자차도 모자라 이제 옥수수염차까지 마시며 신우염을 앓는 자신의 상태를 매순간 절감해야 하는 은재였다. 적어도 결명자차를 마실 때는 이곳이 서울인지 싱가포르인지 구분이 되지 않아 좋긴 했다. 그녀는 비 내리는 날 한가하게 놀면서 전을 부쳐 먹은 적이 한 번도 없었다. 그런데 왜 지금 이 순간 눈물 나게 그리운 건지 이해가 되지 않았다.

하지만 먹고 싶어, 먹고 싶어……!

좌절과 상심을 거듭하며 창가에 이마를 찧는데, 문득 탄력 있는 피부의 느낌이 들었다.

응?

깜짝 놀라 고개를 들자, 신욱이 인상을 쓴 채 서 있었다.

"이렇게 박아서 이마가 깨질 것 같나?"

은재는 얼른 창턱에서 내려섰다.

"노, 노크도 없이 여긴 어쩐 일이에요? 여긴 내 방인데?"

"엄밀히 말해 내 방이지. 내 집이니까."

치사하게.

은재가 살짝 흘겨보자, 그가 세로줄이 뚜렷하게 난 그녀의 하얀 이마를 검지로 쓸어내렸다.

"피를 보려면 그냥 칼로 긋고 말지, 번거로운 수고를 하더군?"

"만지지 마요."

그녀는 못된 말만 골라서 하는 그가 미워 손을 치우게 했다.

"창밖으로 곧 몸이라도 던질 것 같던데, 왜지?"

"생각보다 눈치는 있으시군요?"

그러자 그가 그녀 이마에 난 세로줄 무늬를 꾹 눌렀다. 아얏, 소리가 절로 나온 은재가 이마를 손으로 가린 채 뒤로 물러났다.

"자꾸 이럴 거예요?"

"넌 자꾸 그럴 거야?"

"내가 뭘요."

"자꾸 앙앙거릴 거냐고."

앙앙이라니! 내가 고양이도 아니고! 은재는 그의 표현에 분개했다. 하지만 그가 한발 더 빨랐다.

"항의는 사양하지. 3초를 줄 테니, 이유나 말해."

그녀는 비밀이 아닌데 말싸름을 하면서까지 숨길 필요를 느끼지 못했다.

"비가 계속 오니까 향수병에 걸렸나 봐요. 갑자기 별로 즐기지도 않던 파전과 동동주가 먹고 싶어졌어요."

그는 은재의 하얀 얼굴을 보았다.

'모든 질병이 다 그렇지만 특히나 신장 질환이 무서운 이유는 증세가 감기와 비슷해 급성 질환인 경우 치료 시기를 놓치게 되기 때문입니다. 급성신부전 질환도 마찬가집니다. 단 며칠, 몸살이라고 생각해 방치하다 병원을 찾았을 때 두 개의 신장이 모두 기능을 잃은 뒤인 경우도 많습니다. 이 아가씨가 앞으로 계속해서 신우염 같은 신장 질환을 앓는다면, 그런 증상들을 주의 깊게 관찰해야 할 겁니다.'

그녀가 앓던 당시 신욱의 주치의가 은재에게 조심시키라며 했던 경고였다.

신장 이식을 신청했을 때 수혜 혜택을 받게 되기까지 5년에서 10년의 시간이 걸린다. 최근에는 맞교환이 가능해져 공여자가 있는 경우 피공여자의 빠른 이식이 가능해졌다고는 하지만, 모든 수술이 백 퍼센트 성공하지는 않는다. 가장 좋은 것은 병을 앓지 않게 사전에 예방하는 것이다.

신욱은 단호하게 고개를 저었다.

"안 돼."

"안 되는 건 나도 알고 있어요."

은재는 더없이 침울한 표정으로 다시 창턱에 올라앉았다.

"여기서 어떻게 파전을 먹어요?"

일단 여기는 서울이 아니다. 그리고 향수병이라니, 우습지도 않다.

"나도 이런 내가 너무 황당해요. 난 서울에 그리워할 건 하나도 없거든요. 그런데 무슨 향수병이에요? 그건 외국만 나오면 저절로 걸리는 병이에요?"

호강에 겨워 아주 별짓을 다 한다. 이건 모두 돈을 벌려고 아등바등하지 않아도 월급을 주는 이신욱 탓이다. 은재는 신욱을 보며 강한 어조로 말했다.

"당장 출근할 거예요. 새벽부터 자정까지 정말 일만 할 거예요. 그러면 빌어먹을 파전 생각은 나지도 않을 거라고요. 서울 생각은 나지도 않을 만큼 열심히 일할 거예요."

아버지를 생각하며 죄책감을 느끼지 않을 것이다. 난 정말 할 만큼 다 했으니까. 이제 옥선과 의재가 아버지 광석을 위해 나서겠지. 난 할 만큼 했어.

갑자기 그녀의 머릿속을 지배하기 시작한 아버지 생각에 왈칵 눈물이 났다. 은재는 자신의 심각한 감정 기복에 당황해 얼른 눈가를 가렸다.

미쳤나 봐. 내가 왜 이러는 거야? 이렇게 아버지 생각만 해도 눈물이 날 만큼 효녀는 아니었어.

눈가를 뜨겁게 한 눈물을 훔쳐 낸 뒤 고개를 들자 그가 몹시 황당한 듯 그녀를 바라보고 있었다. 왜 아니겠어? 나도 이런 내가 황당한데.

은재는 급히 사과했다.

"미안해요."

"뭐가?"

"지금 내가 히스테리를 부리나 봐요. 정말 미안해요. 다신 이런 모습 보이지 않을게요."

그녀는 대니얼 리 회장의 의전 비서로서 싱가포르에 온 것이지, 이신욱에게 응석을 부리러 온 것이 아니었다. 하지만 정작 그런 그녀의 모습을 본 신욱은 심각하게 고민하기 시작했다.

"너, 정신과 가 본 적 있어?"

그러자 은재가 착하고 고분고분한 얼굴로 고개를 저었다.

"없어요."

은재 이마의 붉은 자국이 서서히 옅어지면서 제 피부색이 돌아오는 것처럼 이성도 돌아오는 모양이다. 아니, 사라지는 중인가?

신욱은 눈앞의 착하고 반듯한 표정을 보며 헷갈리기 시작했다. 그의 35년 평생 동안 무언가 헷갈린 것은 지금 이 순간이 처음이라고 자신 있게 말할 수 있었다.

"대체 왜 그러는 거야?"

질문을 받은 은재의 예쁜 얼굴이 왼쪽으로 비스듬히 기울어졌다.

"뭐가요?"

됐다. 말을 하지 말아야지.

이를 사리문 그가 고갯짓을 했다.

"나와."

"네?"

"나오라고."

토끼처럼 귀엽게 동그래진 눈으로 은재가 그를 보았다.

"이거 정말 먹어도 되는 거예요?"

"먹어."

"하지만……."

"그냥 갈까?"

그의 협박을 들은 은재가 얼른 나무젓가락을 들었다. 그리고 눈앞에 놓인 파전을 먹기 시작했다. 한인 타운의 좁은 가게 안과 어울리지 않는 차림의 그들을 사람들이 연방 힐끗거렸다. 재킷을 입지 않은 슈트 차림의 신욱과 초록빛 민소매 원피스를 입은 은재는 관광객이라고 하기엔 몹시도 이질적인 차림이었기 때문이다.

신욱은 은재가 먹는 것을 지켜볼 뿐 먹지 않았다. 아버지가 살아 계실 때, 한 달에 17시간의 노동을 하지 않는 유일한 하루였던 셋째 주 월요일 오후가 되면, 아버지는 어린 그를 데리고 한인 타운을 찾아 이렇게 모국의 음식을 사 주곤 했었다. 전이 될 때도 있었고, 비빔밥이 될 때도 있었다.

모친이 있으나 마나 한 상황에서 부친은 어머니의 자리까지 대신 메워야 했지만 언제나 어린 그를 향해 웃음을 잃지 않았다. 그리고 모국을 잊지 않게 하기 위해 애를 썼다. 모국, 그 모국이 당신을 위해 해 준 것이 무엇이라고.

씁쓸함이 온몸을 적실 때, 은재의 젓가락이 불쑥 그의 앞으로 내밀어졌다. 반사적으로 몸이 뒤로 물러났다. 그러자 은재의 하얀 이마가 살짝 찌푸려졌다.

"나 전염병 걸린 거 아니거든요? 그냥 먹어도 돼요."

"뭐야?"

"전염병 아니라고요."

젓가락에 들린 전 한 점과 단호한 은재의 얼굴을 번갈아 보던 신욱은 먹을 수밖에 없다는 것을 알아차렸다. 설령 전염병에 걸렸다 해도 먹을 수밖에 없는 상황이었다. 전혀 원치 않는 전을 한 점 입에 넣자, 그제야 은재의 얼굴에 배시시 미소가 어린다.

은재는 전형적인 도시의 커리어 우먼이었지만 저런 미소를 지을 때면 무방비한 아이처럼 천진해 보였다. 그래서 남자들의 시선을 사로잡는 매력을 가지고 있음에도 본인은 전혀 알지 못했다. 그게 가장 치명적인 매력이었다.

"이런 거 먹어 봤어요?"

그는 묵묵히 고개만 끄덕거렸다. 고소한 기름내가 어린 시절의 향수를 불러일으킴과 동시에 그리운 아버지의 얼굴을 떠올리게 만들었다.

내 아버지⋯⋯.

더 오래, 더 편안히, 더 행복하게 사셨어야 마땅했을 내 아버지⋯⋯.

신욱이 무뚝뚝하게 물었다.

"그거 아나?"

"뭘요?"

"가난한 집안에서는 아이가 너무 똑똑해도 죄가 된다는 걸?"

"글쎄요…….'"

'그걸 내가 모를 리가 없잖아요?' 라고 말하고 싶은 걸 애써 참으며 은재가 흐릿한 웃음을 흘렸다.

"그 아이가 제대로 성공하기 위해 남은 가족들이 치러야 할 대가가 얼마나 큰지, 상상해 본 적 있나?"

"대신 똑똑하게 태어나게 해 줬다는 이유로 그 아이가 남은 가족을 책임져야 할 대가를 치르기도 하죠."

"그런가?"

신욱의 검은 눈이 그녀를 똑바로 쳐다보다, 이내 고개를 끄덕거렸다.

"미안하군. 기껏 데려와 입맛을 잃게 만들어서."

은재는 고개를 저었다.

"아니에요. 애초에 넘치는 응석을 부린 건 저예요. 앞으로는 그런 일 없을 거예요."

뜻밖에도 그의 입매가 부드럽게 휘었다.

"글쎄, 정말 그럴까?"

그러지 말자 했는데, 그의 말은 은재로 하여금 늘 이상한 오기를 불러일으킨다.

"두고 보세요."

잊지 말지, 서은재. 난 대니얼 리 회장의 의전 비서임을!

은재가 두 주먹을 불끈 쥐었다.

그날 밤 은재가 다시 신욱의 서재에 모습을 드러냈다. 신욱
은 반사적으로 창밖을 바라보았다. 하지만 그가 익히 알고 있
었듯 천둥은 치지 않았다.

"무슨 일이지?"

"회장님."

완벽한 비서의 모습으로 은재가 소파를 두드렸다.

"이쪽으로 누우세요."

그는 의자 등받이에 등을 기대며 미간을 좁혔다.

"코스프레 중이야?"

은재가 혀를 차며 고개를 저었다.

"아니에요. 비서로서 저는 회장님께 충분한 휴식을 취하게
해 드려야 할 막중한 책임을 가지고 있어요."

"됐어. 필요 없어."

"그건 회장님이 판단하실 일이 아니죠. 제가 회장님의 비서
가 된 순간, 제게 주어진 특권 중의 하나이니까요."

"나가."

그의 차가운 거절을 들은 은재가 만면에 띠고 있던 미소를
싹 지우고 경고했다.

"이런 식이면 커피에 수면제를 탈 수도 있어요."

"뭐야?"

"물에도 탈 수 있고요."

"서은재."

그녀가 손뼉을 짝 쳤다.

"아, 그럼 아침저녁으로 재울 수 있겠네요."

그의 손에서 마침내 만년필이 떨어졌다.

"이유가 뭐야? 원하는 게 뭐냐고!"

그는 이런 말장난 따위를 할 시간적, 정신적 여유가 없었다.

"좀 쉬세요. 잠 좀 자라고요. 사람이 잠을 안 자니까 틈만 나
면 소리를 지르고, 단칼에 베어 버릴 것 같은 눈으로 상대를 노
려보는 거라고요."

신욱은 무언가 던질 것을 찾아 책상 위를 두리번거렸다. 그
의 사정거리를 피해 바깥으로 도망치며 은재가 소리쳤다.

"폭군!"

그런 그녀의 뒤통수에 대고 신욱도 소리쳤다.

"한 번만 더 이딴 짓 벌이면, 그땐 해고야!"

이런 웃기지도 않은 장난 따위, 받아 줄 생각은 조금도 없었
다. 씩씩거리며 앉아 분을 삭이는데, 갑자기 피식 웃음이 새어
나왔다. 이런 유치하고 어이없는 일에 웃을 수 있다는 게 놀라
웠다.

제정신이 아니야, 서은재. 그리고 이신욱, 너도.

살이 더 찌면 좋겠다. 지금도 피부가 크림처럼 부드러워 손
을 뗄 수가 없지만 살이 쪄서 말랑하기까지 하다면 그때는 정
말……!

밖은 후덥지근하게 더웠지만 냉방이 잘 되는 실내는 얇은 시트를 덮고 있기 적당한 온도였다. 그의 팔 안에서 섬세한 여체가 잠결에 몸을 틀었다. 그 바람에 그들은 얼굴을 마주 보게 되었다. 그의 팔을 베고 있는지도 모르고 편한 자리를 찾아 꿈틀거리는 은재를 위해 신욱은 움직이지 않고 가만히 있어 주었다.

잠시 후, 은재가 그의 턱 바로 아래서 움직임을 멈췄다. 약한 숨결이 그의 피부에 곧바로 닿았다.

확 해 버려?

하지만 아직 몸에서 미열이 느껴진다.

다 나은 것처럼 통통 튀며 엉뚱한 말과 행동을 해도 아직은 체력이 정상으로 돌아오지 않은 것이 분명했다. 신욱은 신사도를 발휘해 참기로 했다. 그때, 은재에게서 가느다란 신음이 새어 나왔다. 깊은 수마에서 깨어나고 있는 것 같았다.

신욱은 즐거움을 놓치지 않기 위해 고개를 뒤로 물리고, 은재가 잠에서 깨어나는 것을 지켜보았다. 이윽고 두 쌍의 시선이 마주쳤다. 그녀의 혼몽하던 눈빛이 서서히 맑아지더니 이내 경악으로 물들었다.

"어, 어······!"

얼마나 당황했는지 말까지 더듬던 은재가 시트를 끌어당겨 가슴을 가린 채 뒤로 확 물러나다 하마터면 침대에서 떨어질 뻔했다. 떨어지기 직전 신욱이 그녀의 팔을 잡아당겨 대형 참사를 피할 수 있었다.

"뭘 그렇게 놀라?"

그는 태연했다. 은재는 벌렁거리는 가슴을 꾹 누른 채 주위를 둘러보았다. 여긴 그녀의 침실이 분명했다.

"여긴 내 침실이잖아요!"

신욱은 은재의 말을 정정했다.

"'내'가 사용하게 해 준 '네' 침실이지."

툭하면 집 가진 유세, 어디 집 없는 사람 서러워서 살겠나! 센토사 코브의 저택이 얼마나 비싼지 잠시 잊은 은재는 신욱을 빈정거리기 바빴다.

"그래요. 당신이 사용하게 해 준 내 침실에서 대체 뭐 하는 거예요? 그것도 당신이 사용하게 해 준 내 침대에서?"

그가 느릿하게 응수했다.

"좀 쉬라면서? 그래서 좀 쉬었지."

"어머머, 기가 막혀서."

그걸 지금 대답이라고 하는 거야? 뻔뻔하게 잠든 여자를 보고 있었으면서?

"잠 깬 거 같으니까 나와. 비도 그친 것 같으니까 산책이나 같이 하지."

으응? 비가 그쳤어?

은재는 얼른 창 쪽으로 돌아보았다. 정말이다. 정말 비가 그쳤다! 무려 일주일 만에 파란 하늘이 모습을 드러냈다.

365일 중 겨우 7일이었다, 연속해서 비가 내린 것은. 그런데 영영 해는 못 볼 것처럼 그렇게 우울했다. 이렇게 싱그러운 아

179

침 햇살을 보니 정말 살 것만 같다.

이미 옷을 갈아입고 침대에 누워 있어 바로 침실을 나간 그와 달리 그녀는 잠옷 대용의 면 셔츠를 다른 옷으로 갈아입어야 했다. 황급히 면 원피스를 입고 얇은 카디건을 걸친 그녀가 저택을 뛰어나왔다. 그가 저만큼 걸어가고 있었다.

"같이 가요."

잰걸음으로 다가간 그녀가 무심코 그의 손을 잡았다. 그가 돌아보자, 그제야 자신의 행동을 알아챈 은재가 당황해 얼른 손을 놓았다. 하지만 미처 손이 떨어지기 전에 그가 다시 잡았다.

"넌 행동에 일관성이 없어."

그녀는 신욱의 커다란 손에 이끌려 정원을 걷기 시작했다. 사각, 사각. 이슬에 젖은 잔디를 밟는 소리가 참 싱그럽다. 폭우가 쏟아진 뒤의 아침 공기는 깨끗했고 시원했다. 그가 알아차리지 못하게 심호흡을 한 은재가 용기를 내어 말했다.

"고마워요."

"뭐가."

"그냥, 이것저것이요."

고마움을 알고 있는 것과 표현하는 것은 엄청난 차이가 있다. 바로 용기라는 차이였다. 하지만 그는 그것을 알지 못한 듯 냉랭하게 말했다.

"난 그렇게 흐릿하게 넘어가는 인간은 딱 질색이야. 요점을 일목요연하게 말하지 못하는 인간은 정말 별로야."

아아, 정말……. 그의 냉랭한 반응에 용기를 냈던 은재는 모든 것을 체념하고 고개를 가로저었다.

"알았어요. 날 배려해 준 게 고맙다고요."

고마운 걸 돌려 말할 필요가 뭐 있어? 단숨에 털어놓고 나니 속이 다 시원했다. 신욱이 처음 듣는 말인 것처럼 되물었다.

"배려?"

"네, 배려요. 아닌 척해도, 배려라는 거 다 알아요. 난 지금처럼 이렇게 아무것도 하지 않으면서 마음이 편안했던 적 한 번도 없어요. 그걸 가능하게 해 준 사람이 당신이라는 걸 알기 때문에 고맙다는 거예요."

부끄럽다. 알몸으로 뒤엉키기까지 한 사이인데, 이런 말을 하는 게 부끄러웠고, 그의 손에 잡힌 손이 부끄러웠다.

"고마우면 빨리 나아서 보답을 해. 여기 온 목적을 잊은 건 아니겠지?"

그러나 이렇게 거만한 대답을 들을 때면 고마움이 반감된다. 여전히 그에게 손이 잡힌 채 앞장선 그녀가 그를 마주 보며 뒷걸음질을 쳤다.

"그냥, 알았어, 라고 말하면 안 돼요?"

"난 원래 이런 사람이야. 고칠 생각 없으니 알아서 새겨들어."

은재는 그의 손에서 손을 비틀어 뺐다.

"당신은 정말 못됐어요."

그리고는 팩 토라져 성큼성큼 앞서 걸었다. 하나로 높이 묶은 머리가 살랑살랑거린다. 그의 입술이 호를 그렸다.

아침 정원은 이슬로 뒤덮여 산책에서 돌아왔을 땐 무릎 위의 원피스 자락이 다 젖은 상태였다. 은재는 욕조에 뜨거운 물을 받아 거품 목욕을 하기로 했다. 저택에서 누리는 특권 중의 하나가 이 거품 목욕이었다. 아무에게도 방해받지 않고 있고 싶은 만큼 욕조를 차지해도 된다는 것이 행복했다. 다만 이런 사치에 너무 길들여지면 한국으로 돌아갔을 때 힘들지 않을까, 걱정이 됐다.

뜨거운 욕조에서 기분 좋게 몸을 담그고 나와 젖은 머리를 말리는데, 노크 소리가 들렸다. 아침 식사가 준비됐다는 메이드의 말에 옷을 갈아입고 방을 나와 타원형의 계단을 내려갔다. 문득 아래를 내려 보니 1층 로비에 낯선 여인이 그녀를 보고 서 있었다. 여인은 가느다란 눈썹을 치켜 올리며 그녀를 살폈다.

「누구지?」

거침없는 여인의 물음에 은재가 잠시 당황하다 침착하게 입을 열었다.

「대니얼 리 회장님의 의전 비서 서은재라고 합니다.」

"서은재면 한국 사람?"

여인에게서 흘러나오는 유창한 한국어에 은재가 고개를 들었다. 여인이 코웃음을 쳤다.

"네가 의전 비서라고?"

"그렇습니다만."

"훗."

싸늘한 웃음을 머금던 여인이 갑자기 그녀의 뺨을 내려쳤다. 뺨을 감싼 은재는 이 상황이 너무 황당해서 여인을 쳐다보았다.

"이게 누굴 똑바로 쳐다봐!"

여인의 손이 다시 허공으로 치켜 올라갔을 때였다.

"뭐하는 짓입니까."

언제 다가왔는지 신욱이 여인의 팔을 잡았다.

"방으로 가. 당장!"

은재는 아무 말도 하지 않고 다시 계단을 올라갔다. 계단을 올라가는 은재의 모습을 본 여인이 신욱을 향해 차가운 웃음을 지으며 물었다.

"저 천박한 계집 때문인 거야?"

신욱은 바지 주머니에 손을 꽂은 채 여인을 노려보다 서재로 돌아섰다. 그의 뒤를 따라오며 여인이 새된 목소리로 물었다.

"지금 저 계집 때문에 미아를 찬 거냐고 묻잖아!"

그는 서재 문이 닫히자 비로소 돌아서 여인을 마주 보았다.

"저속한 건 여전하시군요."

그의 신랄한 비난에도 지나 최, 한국명 최정인의 뾰족한 얼굴에는 미소가 어렸다.

"이런, 내 저속한 피를 너도 물려받았다는 걸 잊지 말려무나."

신욱은 팽팽하게 밀려드는 분노를 드러내지 않고 다스리기 위해 주먹을 틀어쥐어야 했다.

"날 골탕 먹이려는 속셈이었다면 반쯤 성공했다고 치자꾸나. 더위는 질색하는 날 이곳까지 오게 만들었으니, 이번에는 네 승리로 해 주마. 그러니 고집 그만 부려라."

"아직도 사탕을 흔들면 달려가는 어린 사내아이로 보입니까?"

"설마 이 엄마가 널 망치려고 이러겠니? 미아는 널 위한 완벽한 신붓감이야."

"엄마라니……. 18년 전 아버지와 날 버린 그날부터, 당신은 내 어머니가 아니야."

"대체 넌 왜 아직도……!"

신욱은 왜 아직도 그것을 기억하느냐고 소리치려는 게 분명한 최정인을 향해 위협적으로 한 발자국 다가섰다. 그러자 최정인이 저도 모르게 뒤로 물러났다.

"내가 지금 내 눈앞에 선 당신을 참는 이유는 단 하나, 당신의 계략에 넘어간 내 어리석음을 벌하는 중이기 때문입니다. 그러니 더 늦기 전에 내 눈앞에서 사라지는 게 좋을 겁니다."

그의 모욕적인 언사에 최정인은 부들부들 떨었다.

"넌, 결국 미아와 결혼하게 될 거다. 반드시 그렇게 될 거야."

저주와 다름없는 말을 내뱉은 최정인이 찬바람을 일으키며 사라졌다.

신욱은 책상 위를 모조리 쓸어 버렸다. 잉크병과 화병, 책과 파일이 뒤섞여 우당탕 소리를 내며 카펫 위로 떨어졌다.

가슴을 들썩거리며 끓어오르는 분노를 잠재우기 위해 애썼다. 하필 서은재에게 최정인을 들켰다는 게 너무나 수치스러웠다.

벌써 스무 트랙째다. 저러다 심장마비가 올지도 몰라.

은재는 한숨을 쉬며 침실 창을 내다보았다. 정원 분수가 한눈에 내다보이는 응접실 창과는 달리 침실의 서쪽 창에서는 수영장이 잘 보였다. 달빛이 아름다운 밤, 머릿속이 복잡한지 그는 지독하게 몸을 혹사시키는 중이었다.

그녀는 하얀 원피스 잠옷 위로 스웨터를 걸친 채, 밖으로 나갔다. 수영장 근처로 가자 기분이 좋을 만큼 미지근한 수온의 물이 발바닥에 닿았다. 신욱이 반대편에서 그녀 쪽으로 거침없이 팔을 내저으며 다가왔다. 젖은 머리를 쓸어 올리며 그녀를 올려다보았다.

"왜 나왔어?"

은재는 콧등을 찌푸리며 대답했다.

"당신이 물장구치는 소리가 너무 시끄러워서요."

신욱이 인상을 썼다.

"물장구?"

"네."

"이걸 물장구라고 표현하다니, 얼마나 수영을 잘하면 그런 말을 할까? 익히 본 바로는 별로 잘하지도 않던데?"

"뭐, 당신 물장구는 내 수영 실력하고는 상관없잖아요. 시끄러워서 잠을 잘 수 없다는 게 요점이에요."

"잠이 오지 않으면 이리 들어오든지."

"싫어요. 내일 출근하려면 자야 해요."

그가 난간을 짚어 단숨에 위로 올라오며 말했다.

"누구 마음대로 출근을 해? 안 돼."

"일해도 괜찮아요. 공짜 밥, 더는 사양할래요."

"흠, 그건 섹스도 할 수 있다는 소리겠지."

그녀가 질색을 했다.

"정말…… 그렇게 노골적으로 말하지 좀 말아요."

"여기서 할까?"

괜히 나왔다. 은재는 홱 돌아서 건물 안으로 뛰어 들어갔다. 그 모습을 보던 신욱은 커다란 타월을 들어 젖은 머리와 몸을 닦으며 그녀의 뒤를 따랐다.

"잠이 안 오면 차 한 잔 마시고 들어가."

그러자 계단을 올라가던 그녀가 뒤를 돌아보았다. 잠시 그를 바라보다 작은 어깨를 으쓱거리고는 그를 따라 응접실로 들어왔다. 신욱은 소파 등받이에 있던 로브를 어깨 위로 걸치며 물었다.

"아침에 있었던 일은 괜찮아?"

"네, 괜찮아요."

대답은 침착했다. 지난 며칠 동안 엉뚱하고 통통 튀던 모습은 사라지고 다시 가면을 쓴 것처럼 침착해진 은재를 보자 뭐라 설명할 수 없이 답답한 체기가 일었다. 그녀의 말간 얼굴에 붉은 손자국이 선명했다. 그것을 본 신욱은 걷잡을 수 없이 화가 났다.

"괜찮다는 말이 왜 그렇게 쉽게 나와, 넌 자존심도 없어?"

은재의 투명한 시선이 그를 향했다.

"이런 건, 날 상처 입히는 일이 아니에요. 그분 생각과는 달리, 그분은 제게 그럴 만한 영향력이 있는 사람이 아니거든요."

"그럼 누가 널 상처 입히지?"

은재는 작고 가냘픈 어깨를 으쓱거렸다.

"글쎄요."

"말해."

잠시 머뭇거리던 그녀가 한숨을 쉬듯 말했다.

"가족이에요."

"가족?"

"세상 사람 다 날 상처 입히려고 안간힘을 써도, 그들은 날 상처 입히지 못해요. 왜냐하면, 난 그들에게 내 마음을 주지 않았거든요. 하지만 내 가족은 다르죠. 난 내 가족에게 내 마음을 다 주었는데, 그들은 아니었어요."

신욱은 미동조차 하지 않고 그녀를 내려다보았다. 그는 이 작고 가냘픈 여자가 그와 똑같은 상처를 가지고 있을 거란 생각은 한 번도 해 본 적이 없었다. 가장 가까워야 할 사람이 가장 큰 상처를 준다는 게 얼마나 끔찍한 일인지, 신욱은 아주 잘 이해하고 있었다.

응접실의 장식장을 열어 위스키와 함께 글라스를 가져온 그는 술을 따라 그녀에게 내밀었다.

"차보단 이게 더 낫겠어. 한 잔만 마셔."

"고마워요."

한 모금 마시자 얼음을 섞지 않아 몹시 독한 위스키가 입안과 식도를 태울 듯 자극하며 내려갔다.

"어떻게 널 상처 입혔지?"

"그게 왜 궁금하세요?"

"너, 상처받지 않은 것처럼 무심한 얼굴로 상대의 부아를 돋우는 게 특기잖아. 그런데 상처받았다 네 입으로 말하니 궁금할 수밖에."

"내가 그런가요?"

"그래."

은재는 술잔을 감싼 채, 허공을 응시했다.

"우리 아버지는 좋은 분이세요. 법 없이도 살 분이시죠. 지금은 간암으로 이식 수술을 받고 투병 중이세요. 이식 후 경과가 좋으셔서 앞으로도 갑자기 돌아가실 것 같은 걱정은 하지 않아도 될 것 같아요. 하지만 다 좋으신데 좀 무능하세요. 평생 경제적으로 윤택한 삶을 가족들에게 선사하지는 못하셨죠. 그런데 어머니는 전업주부시고, 세 살 아래 남동생은 사고뭉치죠. 현실에 눈이 밝은 내가 돈을 버는 건, 너무 당연한 일이더라고요."

"그런데?"

"그런데…… 그건 언제나 당연한 일이더군요. 생활비를 벌고, 가족을 부양하고, 남동생의 사고 뒷수습을 하는 일 따위는. 회사에 입사한 이래 모은 돈은 전부 아버지 병원비와 치료비에 들어갔는데, 남동생이 간 이식을 해 준 것 하나에 다 묻히더라고요. 생각해 보면 내가 이러는 게 좀 치사하죠. 그런데 섭섭하긴 하더라고요. 나이 먹고, 돈 하나 없이, 조건 좋은 집안의 남자와 결혼을 시키려고 혈안이 되어 있는 모습이, 마치, 날 팔아 넘기려는 모습 같아 끔찍했어요."

"대단하군."

"네, 맞아요. 정말 대단하죠. 그래서 한국을 떠나고 싶었어요. 절실하게."

신욱이 냉담하게 현실을 지적했다.

"문제는 달라지지 않는다는 거지."

그의 말을 들은 은재가 작게 어깨를 떨었다.

"그건 정말…… 끔찍한 말이군요."

"내 말이 맞을 거야."

그녀도 알고 있었다. 그의 말이 맞다는 것을……. 그래서 더 끔찍하게 들린 것이다. 그래서 그녀를 더 비참하고 무력하게 만들었다.

"당신은 어떻게 그렇게 잘 알죠?"

"경험자니까."

그를 가만히 보던 은재가 고개를 숙여 작게 말했다.

189

"……당신도, 끔찍하겠군요."

그는 끔찍이도 화가 나 보였다. 내색하지 않으려고 하지만, 그녀의 눈에는 참으려고 애쓰는 모습조차 전부 다 보였다.

아, 이 남자에게도 역린이 존재하는구나.

그것을 깨닫자 그가 한결 편안해졌다. 너무 완벽해서 바늘구멍 같은 틈조차 없던 사람에게 그녀와 같은 고민이 있다는 것은 작은 동질감을 불러일으키게 했다.

7.

「은재 씨 정말 걱정 많이 했어요. 신우염, 그거 재발 잘 한다
는데, 괜찮아요?」

정 많고 사랑 많은 제인이 은재를 얼싸안고 반가워했다. 그
런 제인을 보며 혀를 쯧쯧 차던 닉도 슬쩍 다가와 인사를 전했
다.

「염려 많이 했어요. 이제 괜찮은 거죠?」

「네, 심려 끼쳐 드려 죄송해요. 이젠 괜찮아요.」

「정말 다행이에요. 너무 무리하지 말고 해요. 우리가 도울
테니까.」

설사 말뿐이라도 너무 고마웠다. 이국땅에서 이렇게 좋은 동
료를 만날 거라고는 생각하지 못했는데, 제인과 닉은 정말 천
사 같은 사람들이었다.

평생 처음이다시피, 아무 일도 하지 않고 푹 쉬었더니 컨디션이 정상으로 회복되었다. 비록 정사의 흔적으로 다리 사이의 은밀한 통증을 느끼긴 했지만 일에 지장을 줄 정도는 아니었다.

연례회의 준비를 맡게 된 은재는 자료실에서 참고 서류를 챙겼다. 욕심을 부리다 보니 생각보다 많은 양의 서류철이 쌓였다. 트레이를 찾았지만 눈에 띄는 것은 하나도 없었다. 별수 없이 은재는 서류철들을 안고 자료실을 나왔다. 그런데 엘리베이터에 타는 순간 먼저 타고 있던 사람에게 부딪쳐 서류들이 바닥에 떨어지고 말았다.

「괜찮으십니까?」

근사한 중저음의 목소리가 먼저 들리고 짙은 블론드 머리카락에 회색 눈동자의 조합이 매우 독특한 조각 같은 미남의 얼굴이 나중에 보였다. 남자의 매력적인 얼굴을 쳐다보던 은재는 자신의 무례를 깨닫고 얼른 사과했다.

「죄송합니다.」

「별말씀을요. 다치진 않았습니까?」

「네.」

은재는 무릎을 굽힌 채 바닥에 흩어진 서류를 챙겼다. 슈트 재킷의 단추를 푼 그가 같이 무릎을 굽혀 줍는 것을 도와주었다.

「감사합니다.」

「천만의 말씀입니다. 도움이 되었다니 기쁘군요.」

「그럼, 안녕히 가세요.」

그녀의 인사에 남자는 살짝 고개를 끄덕거렸다. 자신이 매력적인 것을 잘 아는지, 남자는 마치 모델 같은 모습을 연출했다.

하지만 품에 안은 서류철을 다시 떨어뜨리지 않기 위해 마냥 용을 쓰던 은재는 엘리베이터의 문이 닫히며 남자가 중얼거리는 소리를 듣지 못했다.

「역시…… 대니얼 리의 안목은 탁월하군.」

냉방이 잘 되는 사무실이었지만 점심 식후의 노곤함을 이기기에는 역부족이었다. 설상가상 먹구름이 묵직하게 드리워진 하늘이 사람들의 고단함을 가중시키고 있었다. 쉬지 않고 폭우가 쏟아진 것이 불과 며칠 전의 일인데 또 비가 내릴 모양이었다.

「제가 밖에 나가서 커피라도 사 올까요?」

「됐어요. 탕비실에 쌓인 게 커피인데, 뭐하러 그런 수고를 해요?」

제인이 연방 하품을 하면서도 손짓을 하는 모습을 본 은재가 지갑을 들고 일어섰다.

「제인도 가끔은 다른 사람이 만들어 주는 커피가 마시고 싶지 않아요? 나만 그런가?」

그러자 제인이 배시시 웃었다.

「하긴, 그래요.」

「제가 낼게요. 그동안 제 자리를 메워 주신 것에 대한 약소

한 보답이에요. 나중에 저녁 식사 거하게 쏠게요.」

「그럴 필요 없어요. 정식으로 병가 처리된 건데, 뭐하러 그래요?」

닉의 지적에도 은재의 입장은 강경했다.

「인원 보충이 안 됐던 거잖아요. 그럼 닉과 제인이 의전 행사까지 모두 담당해야 했을 텐데, 보답이라도 하지 않으면 제가 너무 미안해요. 다녀올게요.」

비서실을 나온 은재는 때마침 멈춰 서 있던 엘리베이터를 운좋게 탈 수 있었다. 그대로 한 번도 멈추지 않고 일 층 로비까지 쭉 내려와 막 건물을 나서려는데 후두두 비가 내리기 시작했다. 무겁던 하늘에서 기어이 비가 내리는 것을 본 은재는 막막한 한숨을 쉬었다.

정말 이놈의 비……!

사무실에 가져다 놓은 우산이 있는지 생각하던 그녀 위로 긴 그림자가 드리워졌다. 깜짝 놀라 위를 쳐다보자 커다란 우산을 든 남자가 찡긋 윙크를 했다. 오전에 엘리베이터에서 본 바로 그 백인 남자였다.

「아, 안녕하세요.」

「영화를 보면 남자 주인공은 항상 여자 주인공이 위기에 처한 순간에 등장하는 것, 아십니까? 지금처럼 말이죠.」

그의 농담에 은재가 어색한 웃음을 지었다.

「그런가요?」

「어디 나가는 것 같은데, 마침 잘됐네요. 나도 나가는 길이었거든요. 우리 같이 써요.」

「아니에요. 그러실 필요 없습니다.」

「신사란 곤란한 숙녀를 도와주는 것에 사명감을 가지는 법이
지요.」

장난스럽지만 정중한 남자의 말에 더는 거절을 할 수가 없었
다.

「IE 그룹에 근무하시나 봐요?」

「그렇다고 할 수도 있고, 아닐 수도 있죠.」

「네?」

그가 싱긋 웃었다. 그러자 왼쪽 뺨에 보조개가 쏙 들어갔다.

「동양 사람들은 이런 걸 인연이라고 한다죠? 우연히 두 번씩
이나 마주쳤는데 통성명이나 해요, 우리. 난 마이클 로건이라고
해요.」

「서은재예요. 도와주셔서 감사합니다.」

「아, 그런 말은 안 해도 돼요. 내 기쁨인걸요.」

이 사람은 적당히 상대와의 거리를 조절하는 기술을 가진 남
자라는 생각이 불쑥 들었다. 웃는 모습이 매력적이지만 그래서
더 위험한 사람이었다.

「그런데 나 모릅니까?」

「네? 전, 처음 뵙는데요.」

「이런.」

그가 장난스럽게 심장 위를 움켜잡았다. 왜 그러는 것인지
이유를 몰라 쳐다보자 그녀의 반응이 놀랍다는 듯 아름다운 회

색 눈을 크게 떴다.

「정말 모르나 본데요?」

은재는 난처해져 말을 얼버무렸다.

「네…….」

「할리우드 영화는 안 보나 봐요?」

「영화……배우예요?」

「이런이런. 섹시의 아이콘 마이클 로건도 마침내 한물갔나 보군.」

자괴감에 중얼거리는 남자를 보며 은재는 진심으로 어쩔 줄 몰라 했다.

「죄송해요. 제가 영화에 문외한이라서……. 정말 죄송해요.」

그러자 그가 불쌍한 표정을 지었다.

「그렇게 말하니까 내가 정말 불쌍해지잖아요. 그래도 아직은 섭외 1순위인데.」

「죄송…….」

하다고 말하려다 두 손으로 입을 가리는 그녀를 본 그가 유쾌하게 웃었다.

「은재 씨는 예쁜데 매력적이기까지 하네요.」

당황한 그녀가 뭐라고 하기도 전에, 맞은편에서 여러 명의 관광객이 걸어오는 것을 본 마이클이 이크, 소리를 내더니 얼른 셔츠 사이에 꽂아 둔 선글라스를 썼다.

「은재 씨까지 곤란해지면 안 되니까, 그럼 난 이만 갈게요. 기회가 되면 다시 만나요.」

마이클이 그녀 손에 우산을 쥐여 주었다.

「가져가요.」

「하지만…….」

「다음에 만나게 되면 그때 커피 한 잔 사요. 그럼.」

마이클이 손가락을 이마에 댔다 떼며 왔던 길을 돌아 빠르게 사라졌다. 은재는 귀신에 홀린 기분으로 마이클 로건이 멀어지는 것을 한참 동안 쳐다보았다.

그녀가 커피를 사서 들어가자 제인이 호들갑스럽게 다가왔다.

「갑자기 비가 와서 걱정하고 있었어요. 어? 그 우산 뭐예요? 나갈 때 우산 없었잖아요.」

「우연히 얻었어요. 여기, 커피요.」

「고마워요.」

「그런데 제인, 혹시 마이클 로건이라는 사람 알아요? 배우라던데…….」

「마이클 로건!」

그녀의 말이 끝나기도 전에 제인이 꺅 비명을 내질렀다. 비가 오는 날이지만 조금도 시원하지 않아 아이스커피를 선택한 은재나 제인과 달리, 뜨거운 커피를 마시던 닉이 혀를 데고 말았다.

「앗, 뜨거워!」

「닉, 괜찮아요?」

「네, 네, 괜찮아요. 제인! 갑자기 소리 지르면 어떡해!」

「마이클 로건을 말할 때 비명 빼면 시체지! 어떻게 소리를 안 지를 수가 있어? 은재 씨, 이리 와 봐요.」

갑자기 책상 의자에 앉은 제인이 빠르게 웹 서핑을 해 마이클 로건 사진을 찾았다.

「이 남자 말하는 거 맞죠? 마이클 로건.」

「네……. 맞는 것 같아요.」

그 남자가 분명했다.

「아, 어쩜 좋아. 요즘 할리우드에서 가장 핫한 배우예요. 원래 모델 출신이었는데, 영화로 전향해서 아주 엄청난 인기를 끄는 중이죠. 인터넷 다운로드가 판치는 요즘 세상에서도 영화 DVD 판매율이 가장 높은 배우 중 하나예요. 그를 한 번 본 여자라면 누구나 그를 가지고 싶어지거든요.」

제인이 황홀한 얼굴로 모니터 화면을 가득 채운 마이클 로건의 전신을 쓸어내렸다.

「이렇게 더듬을 수만 있다면!」

그 모습을 본 닉이 본래의 진중한 성격답지 않게 빈정거렸다.

「DVD 끌어안고 있으면 마이클 로건이 품에 안기라고 한대?」

제인이 서류 파일을 닉에게 던졌다.

「마이클 로건을 함부로 말하지 마!」

은재는 닉을 향해 씩씩거리는 제인의 팔을 살짝 잡아당겨 마지막으로 궁금하던 것을 물었다.

「그런 사람은 보통 경호원이랑 다녀야 하지 않나요?」

「어, 그렇겠죠? 그런데 왜요? 혹시 마이클 로건 봤어요?」

제인이 두 손을 가슴 위로 모은 채 기대를 담아 은재를 보았다. 어쩐지 사실대로 말하면 안 될 것 같은 생각이 들었다.

「제가 그런 유명한 사람을 어떻게 봐요.」

「영화 개봉할 때 싱가포르에 왔으면 좋겠어요. 팬 사인회, 반드시 가고 말 거야.」

닉이 한심하다는 듯 혀를 차는 와중에도 제인은 더없이 비장했다. 그때 비서실의 문이 열리고 얀과 함께 신욱이 들어섰다. 시장 바닥 같던 비서실의 분위기가 단숨에 얼어붙었다. 신욱은 시선조차 주지 않고 회장실로 곧장 들어갔다.

「회장님 기분, 너무 저조한 것 같지 않아요?」

제인이 속삭거리다 닉의 옆구리 공격을 받았다.

「제발 입 좀 다물어, 제인. 무슨 비서가 그렇게 입이 가벼워?」

「자긴 만날 나만 뭐라 그래.」

「조용히 하래도.」

신욱을 따라 회장실로 들어가려던 얀이 인상을 쓰며 뒤돌아보자 찔끔한 제인과 닉이 얼른 입을 다물었다.

제자리에 앉은 은재는 자료실에서 가져온 서류를 검토하기 시작했다. 기계적으로 손과 눈은 움직이는데, 머릿속은 여러 생각들로 뒤엉켰다. 동등한 관계에서는 섹스 파트너지만, 한쪽이

다른 한쪽에 비해 월등한 차이가 나면 정부가 된다.

조금 가까워졌다고 생각했는데, 그건 그녀의 오산일 뿐이다. 애초에 그는 그녀의 육체만 원할 뿐이라 말하지 않았던가. 차갑고 냉정하며 날카로운 남자에게 조금의 애정을 바라는 건, 그녀 스스로 상처 입는 지름길이다. 그가 던져 주고 싶을 때 던져 주는 관심의 부스러기만으로도 괜찮다.

어차피 그런 관계였으니까.

사랑하지 않으니 정말 다행이야.

그랬다면 회사에서조차 그의 애정을, 시선을, 관심을 갈구하느라 만신창이가 되었을 테니까.

정말…… 사랑하지 않아 다행이다.

회장실로 들어온 신욱은 들고 있던 파일을 책상 위로 거칠게 내려놓으며 크리스를 보았다.

「비서실 정비를 새로 해야 하나?」

직원들 앞에서는 아무 말도 하지 않았지만 소란스러운 비서실의 분위기에 매우 언짢았음을 그렇게 표시한 것이다.

「주의시키도록 하겠습니다.」

신욱은 의자를 끌어당겨 앉으며 지시를 계속했다.

「지나 최를 싱가포르 밖으로 끌어내.」

「알겠습니다.」

「두 번 다시 지나 최가 내 앞에 나타나 저택에서와 같은 일을 벌인다면 모두 해고야.」

'모두'에는 본인도 포함되어 있음을 크리스는 알고 있었다. 크리스는 묵묵히 고개를 숙였다.

「명심하도록 하겠습니다.」

친모가 다녀간 뒤부터 그는 더욱 냉랭하고 날카로워져 있었다. 조금만 건드리면 온몸에 가시가 돋아 상대를 찌를 것 같은 독기가 흘렀다.

'지금 저 계집 때문에 미아를 찬 거냐고 묻잖아!'

여인이 그랬다.

미아…….그에게 여자가 있었던 걸까? 아내나 약혼녀가 있는 상태에서 이러는 거라면 정말 난 정부가 되는 거야.

생각만으로도 끔찍한 일이다.

정원을 거닐며 허리 높이만큼 핀 이국의 꽃들을 손으로 어루만졌다. 손에 스칠 때마다 아찔한 향기가 사방으로 퍼진다. 싱가포르에 와서 가장 좋은 건 저택의 아름다운 정원을 홀로 거닐 때였다. 비록 그녀의 것이 아니라도 부자가 된 것처럼 마음이 풍요로워졌다.

꽃을 쓰다듬으며 걷는데, 손가락이 가시에 걸리고 말았다.

얼른 손을 떼자 검지에서 붉은 피가 퐁퐁 새어 나왔다. 제법 따끔했다. 흐르는 피를 보다 손가락을 입에 물려는데,

"무슨 짓이야!"

갑작스런 고함과 함께 신욱이 모습을 드러냈다. 손가락에서 흐르는 피보다 그의 등장이 더 놀라워 두 눈을 크게 떴다.

"제정신이야? 독이 있는 꽃이야. 만진 것도 모자라 독을 입으로 빨아들일 작정이었나!"

그가 다가와 피가 흐르는 그녀의 손가락을 아프게 쥐었다. 그 행동에 피가 더욱 많이 스미어 나왔다. 그는 계속 소리를 질러 댔다.

"비명이라도 질러야 할 것 아니야!"

"위험한 꽃인지 몰랐어요."

그러자 그가 한심하다는 듯 그녀를 노려보았다. 찬바람이 쌩쌩 부는 그의 태도에 은재도 슬며시 화가 났다.

"모를 수도 있잖아요. 그런데 왜 그렇게 화를 내는 거예요? 설마 이것 때문에 죽기라도 하겠어요?"

"죽어."

"네?"

"죽는다고, 이 멍청한 여자야!"

그는 그녀의 손을 잡고 저택으로 성큼성큼 걸어갔다. 대기 중이던 경호원에게 빠르게 지시했다.

「주치의 불러. 파상풍 주사와 해독제 준비해서 오라고 해.」

은재는 황당했다. 겨우 가시에 찔린 것 때문에 죽을 수도 있다고는 한 번도 생각해 보지 못했다. 하지만 집사를 비롯한 경호원들의 얼굴에 어린 다급함이 사태의 심각성을 말해 주는 듯했다.

"이렇게 쉽게 죽을 수도 있는 거군요."

놀랍다는 듯이 중얼거리는 그녀를 보며 신욱은 분노를 참기 위해 크게 가슴을 들썩거렸다. 매번 느끼는 거지만 이 여자는 아플 때 좀처럼 소리를 지르지 않았다. 마치 남의 일처럼 덤덤하기만 했다. 딱 한 번, 천둥 치는 소리에 놀라 소리 지른 것 말고는 자신을 위해 소리치는 일이 한 번도 없었다.

대체 왜 이렇게 답답하게 사는 거지?

은재가 그의 굳은 눈가를 손끝으로 만졌다. 그녀의 행동에 신욱이 흠칫 굳어져 뒤로 물러났다.

"뭐하는 짓이야."

"레이저가 쏟아져 나오는 것 같아서 만져 봤어요."

"뭐?"

황당한 그녀의 대답에 신욱이 기가 차 했다.

"나도 당신을 만질 권리가 있잖아요?"

손끝에 닿은 그의 피부는 부드러웠다. 이렇게 부드러운 피부가 어떻게 그렇게 차갑고 날카로워 보이는 건지 은재는 새삼 이해가 되지 않았다.

"잘생기긴 했는데 정은 없어 보여요."

그녀의 냉정한 평가를 들은 그가 이마를 찌푸렸다.

"무슨 말을 하는 거야."

"이신욱 씨가 정 있어 보이는 얼굴은 아니잖아요?"

어깨를 으쓱거리며 하는 말을 들은 그는 그녀의 손을 쳐 냈다. 자신이 얼마나 매력적인지 잘 아는 그로서는 은재의 평가가 마음에 들지 않았다. 마음에 들지 않는 정도가 아니라 자존심이 다 상할 지경이었다.

"미안하군. 정 있어 보이는 얼굴이 아니어서."

가시 돋친 그의 말을 들은 은재가 싱긋 웃었다.

"기분 나빠 할 줄도 아네요?"

"갑자기 무슨 일이지? 그런 건 너답지 않잖아."

"억울한 생각이 들어서요."

"억울해?"

"네, 억울해요. 내 첫 섹스 상대가 당신인데, 당신을 볼 때마다 주눅이 들고 눈치를 살피는 내가 억울해요. 난 당신 정부가 아니잖아요? 저택에 머물게 해 주는 건 정말 감사하지만, 난 당신 돈을 바라지 않아요. 난 당신과 내가 동등했으면 좋겠어요. 비록 현실 가능성은 없겠지만, 적어도 그런 척이라도 했으면 좋겠다고요."

그녀의 의중을 파악하듯 신욱의 눈매가 가느다래졌다.

"그래서?"

은재가 어깨를 으쓱거렸다.

"무슨 계획이 있는 건 아니에요. 난 이런 일이 처음이어서 계획을 세우기에는 경험이 너무 부족요. 아, 경험 얘기가 나와서 말인데 제인이 이번 휴가 때 태국 여행을 가자고 하더라고요. 공짜 비행기 티켓 두 장이 생겼다고 갈 수 있으면 가재요. 거긴 나체 쇼 같은 걸 많이 한다는데 무엇을 생각하든 상상 그 이상이라던데요? 상상 이상이면, 대체 어떤 걸 말하는 걸까요? 게이 쇼? 섹스 쇼? 게이 쇼를 한다는 말은 한국에서도 들어 봤는데."

진지한 그녀의 말을 들은 그의 표정이 눈에 띄게 사나워졌다.

"꿈도 꾸지 마. 넌 절대 태국에 갈 일 없을 거야."

그러자 은재가 부당하다는 듯 항변했다.

"왜요? 남자들은 그런 거 다 보는데? 그리고 제인 말이 남녀를 가리지 않고 관광객들도 전부 본다고 했어요. 그건 이미 관광 상품으로 특화된 거라 절대로 이상한 게 아니라고 했단 말이에요."

"다른 사람은 상관없어. 하지만 넌 안 돼."

"아니, 그러니까, 왜 안 된다는 거예요? 휴가 때 뭘 하든 그건 내 마음이잖아요."

신욱이 버럭 소리를 질렀다.

"안 된다면 안 돼!"

워낙 소리가 커 귀를 틀어막은 은재가 그를 노려보았다.

"집에서까지 부하 취급하듯 그러지 말아요. 집에서 난 당신 부하가 아니잖아요."

조용하고 단아하기만 한 줄 알았던 서은재의 성질은 확실히 보통이 넘었다.

"그 성질, 대체 어떻게 감추고 살았지?"

"그동안은 날 성질나게 만드는 사람이 없었어요."

"당신 가족이 있었잖아."

"그건 이미 체념한 일이라 성질을 낼 필요가 없었어요."

한 마디도 빌리지 않는 그녀의 뚝떨어지는 대답을 들은 그가 빈정거릴 수밖에 없었다.

"대단한 임기응변이군."

"비서로서 특화된 무기이기도 하고요."

그때 뒤에서 인기척이 느껴졌다. 백발의 집사가 다가오는 것을 본 은재는 얼른 입을 다물었다.

「주치의가 도착했습니다.」

아, 주치의!

신욱과 말씨름을 벌이느라 가시에 찔린 걸 까맣게 잊고 있었다. 찔린 자국이 남은 손을 보자 피부가 까맣게 죽어 퉁퉁 부어 있었다. 죽는다던 신욱의 말이 거짓이 아니었음을 깨닫자 모골이 송연해졌다. 은재는 그를 쳐다보며 신기해했다.

"정말 죽는 거였어요. 그렇죠?"

신욱은 소리를 지르지 않기 위해 이를 사리물었다.

꽃이 가진 독에 대한 해독제와 파상풍 주사를 합해 모두 세 대의 주사를 팔에 맞은 은재가 비 맞은 강아지처럼 애처롭게 끙끙거리며 걷어 올렸던 소매를 내렸다.

"요즘처럼 약과 주사에 내 몸 전부를 맡겼던 적이 없었던 것 같아요."

"무책임한 행동에 대한 대가야."

말 정말 못되게 한다. 난 그냥 보기에 예쁜 꽃이 있어 만졌을 뿐이라고. 그게 그렇게 무책임하게 행동한 일이란 말이야?

"남의 나라에서, 잘 알지 못하는 건 함부로 먹지도, 만져서도 안 된다는 것을 배우지도 못했나?"

쳇, 할 말 없게 만드는 데 선수라니까.

입술을 비죽거리는 그녀를 냉담히 노려보던 그가 앞장서기 시작했다.

"따라와."

"난 그냥 내 방으로 갈 거예요."

"두 번 말하게 하지 마라. 잔말 말고 따라오기나 해."

그가 데려간 곳은 저택의 지하 공간에 마련된 영화 감상실이었다. 팝콘과 콜라까지 갖춘 완벽함을 자랑하는 공간이었다.

"넌 죽어도 게이 쇼는 못 볼 테니, 영화 테이프나 골라."

뾰로통하게 빨간 입술을 내밀고 서서 그를 노려보기만 하다 또 소리를 지를 것처럼 그의 표정이 험악해지자 은재는 얼른 흑백 영화 테이프 하나를 골라 내밀었다.

"이거요."

그녀가 고른 영화는 〈로마의 휴일〉이었다. 그의 취미에 썩 어울리진 않지만, 요즘 나오는 가벼운 영화들보다는 이게 나을 것 같았다. 그가 영화를 트는 동안, 다소 기분이 풀린 은재가 종알거리기 시작했다.

"고등학교 때 아르바이트하던 비디오방, 참 좋았어요. 손님이 고르는 영화 틀어 주고, 그 사람들이 나올 때까지 나도 내가 보고 싶은 영화를 마음대로 볼 수 있었거든요. 그때 이 영화를 봤어요. 어릴 때여서, 환상에 사로잡히고 말았죠. 그 뒤로 며칠 동안 밤마다 로마 꿈을 꿨어요. 꼭 한 번은 가 봐야지,

생각했죠."

"그래서 꿈을 이뤘나?"

은재가 그를 보더니 그저 웃고 말았다.

돈을 모으는 것에는 성공했다. 대학교 2학년 여름방학 때, 로마를 비롯한 유럽 배낭여행을 최소한의 돈으로 다녀올 수 있을 만큼의 돈을 아등바등 모았다. 그 돈을 모으느라 먹는 것도 제대로 먹지 않았고, 버스도 타고 다니지 않았었다. 하지만 그 돈은 의재가 오토바이를 타고 가다 보행자를 치면서 합의금으로 모두 쓰이고 말았다. 그 돈으로도 모자라 새 아르바이트를 구해 가불까지 했어야 했다.

"사는 게 계획대로 되는 건 아니더라고요."

그는 냉담히 고개를 저었다.

"그건 무책임한 사람들이 자기변명을 위해 하는 말이야. 최선을 다해 인생을 설계하면, 계획대로 살게 되어 있지."

신욱은 은재처럼 사는 게 계획대로 되는 게 아니란 말을 하는 사람을 혐오했다. 살면서 계획하는 게 아니라 심혈을 기울여 계획하고 최선을 다해 실천해야 그 계획을 이뤄 나가는 것이다.

"당신 같은 사람은 그렇겠죠. 계획대로 살 수 있다는 건 신이 내린 축복 중 하나가 분명해요. 하지만 모든 사람이 그런 건 아니에요. 아무리 노력해도 계획한 대로 살 수 없는 사람들이 있어요."

"모두 핑계일 뿐이야."

아유, 답답해.

벽을 보고 얘기해도 신욱보다는 낫겠다 싶어, 은재는 제 가슴을 쳤다.

"됐으니까 바쁘신 회장님은 그만 나가 보세요."

신욱이 그녀를 노려보았다.

"계획대로 사시려면 일하셔야 하잖아요."

"그렇게 건방지게 굴다 크게 혼날 일이 있을 거야."

"자꾸 날 애 다루듯 그럴 거예요?"

그가 버럭 소리를 질렀다.

"그럼 어른답게 굴든가!"

정말!

팩 토라진 은재가 가슴 위로 팔짱을 낀 채 화면을 주시했다.

오드리 헵번의 낭랑한 음성이 한참 동안 울려 퍼질 때쯤 은재의 머리가 그의 어깨에 스르르 닿았다. 그렇게 팩팩거리다 무슨 일인가 싶어 내려다보자, 그녀는 잠이 들어 있었다. 몸이 회복되자마자 출근을 했으니 피곤하기도 하겠지.

신욱은 은재의 목이 편하도록 어깨를 감싸 기대게 했다. 부드럽고 따스한 체온이 닿자 그 역시 편안해졌다. 시간이 지날수록 감춰 뒀던 새로운 면을 드러내는 은재 때문에 무료하지 않아 좋았다.

문득 그의 표정이 굳어졌다.

속지 말아야 한다. 똑같은 일을 두 번씩이나 당하는 건 자존심이 허락하지 않는다. 그의 얼굴이 더없이 냉랭해졌다

※

게이트의 문이 열리고 화려한 외모의 아름다운 백인 여성이 입국장 안으로 들어섰다. 모래빛깔의 고운 금발 머리에 커다랗고 파란 눈동자 때문에 여자는 마치 인형처럼 보였다. 주변 사람들의 시선을 즐기면서 당당한 걸음으로 공항을 나온 여자는 곧장 대기 중이던 택시에 올라탔다.

호텔에 도착한 그녀가 프런트를 향해 다가갔다.

「미아 메이예요. 예약이 되어 있을 거예요.」

프런트의 직원이 키 카드를 내밀었다.

「고마워요.」

찡긋 윙크를 하며 미소를 던진 미아가 엘리베이터를 향해 다가갔다. 스위트룸으로 들어서자 청명하고 서늘한 공기가 미아의 전신을 감쌌다. 택시에서 내려 호텔로 이동하는 짧은 시간 동안에도 더위와 습도에 노출이 되어 불쾌지수가 치솟았던 미아의 기분을 조금 진정시켜 주었다. 그녀의 이름으로 예약이 된 스위트룸이었지만, 먼저 객실을 차지한 사람이 있었다.

「마이클!」

미아가 환한 웃음을 지으며 다가가 마이클의 품에 사뿐히 안겼다. 봉긋한 가슴이 상복부의 탄탄한 근육에 닿아 지그시 눌리는 느낌에 마이클이 굳어졌다.

「잘 지냈니? 공항까지 나가고 싶었지만…….」

미아가 두 손을 들어 마이클의 말을 막았다.

「알아, 못 나오는 이유. 다 아니까 긴말하지 마. 그나저나아, 미치겠어. 여긴 너무 더워.」

짜증 섞인 투정을 들은 마이클이 미아를 다독거렸다.

「별수 없잖아. 그러게 오지 말라니까.」

「어떻게 안 와? 무슨 일이 있어도 난 반드시 와야 했어.」

미아의 결연한 표정을 본 마이클은 한숨이 나오려는 것을 애써 숨겼다.

「지나는 만난 거냐?」

「런던에서 한 번. 싱가포르로 간다고 하곤 그다음부터 연락두절이야. 마이클한테 혹시 연락 없었어?」

「아니.」

마이클이 고개를 젓자, 미아는 불길한 생각을 지울 수가 없었다.

「이상하네.」

지나와 연락이 닿지 않는 시간이 길어질수록 미아의 불안은 커져만 갔다.

「어쨌든 대니얼부터 만나야겠지?」

다시 대니얼 앞에 서기 위해 미아는 2주 동안 속성으로 몸매를 가다듬었다. 완벽한 S라인으로 재탄생된 몸매를 자랑스럽게 거울에 비춰 보며 자신 있는 미소를 지었다. 그런 미아를 향해 마이클이 물었다.

「무슨 수로? 대니얼이 나리면 아주 정색을 할 텐데.」

그러자 미아가 혀를 찼다.

「마이클. 대니얼은 그렇게 생각할 수도 있겠지만, 다른 남자들은 안 그래. 나 미아 메이야. 내가 작정해서 안 넘어온 남자가 없었다고.」

적어도 그 말의 진실성까지는 부정하지 못한 마이클이 천천히 고개를 끄덕거렸다.

「좋아. 너의 분발을 기대할게.」

「두고 봐.」

햇볕이 쨍쨍한 날이었다. 단지 창밖을 바라보고 있는 것만으로도 눈이 부시고, 온몸이 타들어 갈 것만 같이 태양이 강렬한 날이지만, 신욱의 기분이 좋지 않은 까닭에 비서실의 분위기는 살얼음판과 같았다.

유럽에서 이번 가을 출시가 예정되어 있던 IE New 모델 노트북이 신욱의 심기를 다운시킨 주범이었다. 경쟁사에서 사양과 디자인이 유사한 노트북이 바로 오늘 출시된 까닭이었다. 이렇게 되면 지난 2년 동안 개발한 IE 노트북은 출시와 함께 사장될 가능성이 매우 높았다. 새 모델의 실패 하나로 그룹 전체가 위기에 봉착하지는 않겠지만, 어디서부터 문제가 유발됐는지 정확하게 되짚어 볼 필요는 있었다.

원래 침착하고 과묵한 닉과 후천적으로 단련된 침착함으로 아슬아슬한 위기감을 버티고 있는 은재와 달리 제인은 안절부절못했다. 빨간 머리가 부르르 치솟았다 내려앉기를 반복했다.

신욱이 크리스와 함께 대책회의에 들어간 사이, 제인이 풀이 죽어 속삭거렸다.

「난 애초에 비서가 되지 말았어야 했어요.」

제인의 자기 고백을 들은 은재가 다독거렸다.

「제인만 그런 게 아니에요. 저도 지금 억지로 참고 있는 거예요.」

「그래요? 그래도 그 말을 들으니 위로가 되네요.」

가벼운 미소를 지으며 은재가 오후 스케줄에 맞춰 신욱의 슈트와 타이를 점검하는데, 가벼운 노크 소리가 들렸다.

「네.」

제인의 대답과 함께 문이 열리자, 경비를 대동하고 선 아름다운 금발 머리의 여성의 모습이 보였다. 선약 없이는 함부로 올라올 수도 없고, 선약이 있다 해도 비서실에 연락을 하지 않고 올라오는 경우도 없어 은재를 비롯한 제인과 닉이 모두 의아한 얼굴로 자리에서 일어났다.

「안녕하세요.」

「누구시죠?」

크리스 얀을 제외한 비서실의 가장 연장자인 닉이 물으며 경비를 쳐다보자, 금발 머리의 여성이 아름답게 미소 지었다.

「저분 나무라지 마세요. 날 데려올 수밖에 없었으니까. 당신들도 날 모르긴 마찬가지죠?」

동문서답하는 여성을 향해 닉이 다시 한 번 정중히 물었다.

「누구십니까?」

「미아 메이예요. 오해가 있어 '전' 약혼녀가 됐지만, 곧 다시 제자리를 찾을 거예요.」

미아 메이가 그녀 앞에 섰다.

「그런데 당신은 이름이 뭐죠?」

「대니얼 리 회장님의 의전 비서인 서은재라고 합니다.」

「서은재? 그럼 한국 사람?」

「네. 그렇습니다.」

「그래요?」

미아 메이의 고개가 갸웃거렸다. 그 모습이 인형처럼 사랑스러웠다.

「이상하군요. 대니얼은 한국 사람을 몹시 싫어하는데.」

단정적인 미아 메이의 말에 은재는 아무 대답도 할 수가 없었다. 도도하게 어깨를 으쓱거린 미아 메이가 다가와 은재의 손에 들린 넥타이를 부드럽게 낚아챘다.

「대니얼은 체크무늬가 어울리지 않아요. 본인은 체크무늬를 선호하지만 날카로운 이미지가 더욱 날카로워 보이니까 가급적 체크무늬는 피하도록 해 줘요.」

그때였다. 크리스를 대동한 채 비서실로 들어서던 신욱의 냉혹한 음성이 들렸다.

「여기서 뭐하는 거지?」

「대니얼!」

미아 메이가 반색을 하며 신욱을 향해 뛰어갔다.

「보고 싶었어요. 정말 너무해요. 아무리 그래도 내 얘기도 들어 봐야죠.」

신욱은 자신에게 매달리는 미아 메이를 내려다보다, 성큼성큼 회장실로 들어갔다. 미아 메이가 그 뒤를 따라 들어갔다.

「대니얼, 같이 가요.」

미아 메이가 신욱의 팔을 잡는 것을 본 은재는 입술을 깨물었다. 기분이 나쁘다, 몹시.

문이 닫힌 순간, 신욱은 미아의 팔을 뿌리쳤다.

「대니얼!」

미아 메이의 표정이 흙빛으로 변하며 울음을 터트릴 듯 붉은 입술을 비죽거렸다.

「이제 연극 따윈 통하지 않아.」

「정말 너무해요, 당신. 어떻게 이렇게 매정할 수가 있어? 나한테 해명할 기회는 줘야 하는 것 아니에요?」

「해명?」

신욱은 신랄하게 빈정거렸다.

「그래, 네가 말하는 해명이라는 것 어디 한번 해 봐. 내 어머니란 사람과 짜고 내게 접근한 것에 어떤 해명을 할 생각인지 궁금하군.」

「대니얼, 제발…….」

미아가 제 속마음을 보이듯 양 손바닥을 그에게 보였다.

「대체 어떻게 해야 내 말을 믿겠어요? 그래요. 시작은 분명 당신 어머니가 끼어 있었어요. 하지만 그건 잠시였어요. 난 당

신에게 반했고, 당신에게 한 내 사랑의 고백은 전부 진심이었
어요. 믿어 줘요.」

「정말 진심이었다면, 내가 알기 전에 미리 말했겠지.」

「대니얼…….」

「내 눈앞에 나타난다면 가만히 두지 않겠다는 말, 잊었나 보
군. 난 빈말을 하는 사람이 아닌데, 날 시험하기라도 할 생각인
가?」

「대니얼! 제발 내게 다시 한 번 기회를 줘요. 내 사랑을 증명
할 기회를 한 번만 줘요.」

「네 사랑 따위 필요 없어. 그러니 꺼져. 다신 내 앞에 나타나
지 마.」

그는 직접 로비로 인터폰을 연결했다.

「경비 올려 보내.」

「대니얼!」

미아가 그의 앞에 무릎을 꿇고 바지 자락을 움켜잡았다. 그
를 올려다보는 푸른 눈동자에 눈물을 가득 머금고 애원했다.

「제발 부탁이에요.」

하지만 그는 냉정했다.

「꺼져. 크리스, 뭐하나! 당장 들어와 끌어내지 않고!」

경비가 올라올 때까지 기다리지 못한 신욱이 큰 소리로 크리
스를 불렀다. 회장실의 문이 열리고 들어온 크리스가 얼른 무
릎 꿇은 그녀를 잡아 일으켜 세웠다.

「나가시죠.」

그러자 미아가 몹시 도도한 태도로 크리스의 팔을 뿌리쳤다.

「나갈 테니 이거 놔요.」

그리고 신욱을 향해 흘러넘치는 눈물을 닦으며 말했다.

「당신은 지금 화가 나서 이러는 것뿐이에요. 결국은 다시 내게 돌아올 거예요. 그때까지 기다릴게요!」

그에게 일갈한 미아 메이가 크리스와 함께 회장실을 나갔다. 그런데 비서실을 지나치던 미아 메이의 하이힐이 멈췄다. 미아가 단아하게 선 서은재를 돌아보았다. 자신이 누군지 설명했음에도 동요하는 내색을 하지 않는 이 동양인 계집은 절대 만만한 계집이 아닌 것 같았다.

지나는 잠시의 바람이니 걱정할 필요가 없다고 했지만 미아의 여자로서의 본능이 경고했다. 서은재를 확실하게 짓밟아야한다고……. 미아는 자신이 지을 수 있는 가장 매혹적인 미소를 지으며 당부했다.

「대니얼의 의전 비서라고 했죠? 아까 내가 한 말 명심해요. 저 사람이 날카로운 인상이어서 좀 부드럽게 보일 수 있도록 신경 써 줘요. 원래 내가 해야 할 일이었는데, 서은재 씨의 도움을 받게 됐네요. 앞으로 잘 부탁해요.」

미아는 잘 가꾸어진 손을 내밀었다. 서은재보다 우위에 서 있다는 것을 보여 주기 위한 행동이었다. 은재가 손을 잡자, 미아의 얼굴에 짙은 미소가 어렸다.

난 네까짓 것에게 대니얼을 빼앗기지 않아.

미아는 굳게 다짐했다.

단추를 반쯤 푼 눈부신 하얀 셔츠에 검은 바지를 입고서, 글라스에 얼음을 넣던 마이클은 문이 열리는 소리에 뒤를 돌아보았다. 실리콘 인형처럼 완벽한 여동생 미아가 이마를 찌푸린 채 들어서는 것을 본 마이클이 씩 웃었다.

　「갔던 일이 잘 안 된 모양이지?」

　「비웃는 거야?」

　「미아, 성질 좀 죽여야겠다.」

　하지만 마이클의 충고가 무색하게 곧장 앙칼진 대답이 돌아왔다.

　「짜증나게 왜 이렇게 더운 거야? 머리카락의 컬이 살지가 않아! 난 정말 여기가 싫어!」

　「미아, 애초에 싱가포르에 오자고 노래를 부른 건 너였어.」

　마이클은 새 글라스에 얼음을 넣고 위스키를 따라 미아에게 건넸다.

　「마셔.」

　잠시 유혹을 느끼듯 위스키 잔을 바라보던 미아가 이내 단호하게 고개를 저었다.

　「싫어. 지긋지긋한 중독 치료 다신 받고 싶지 않아.」

　마이클이 어깨를 으쓱거렸다.

　「그러시든지, 그럼. 갔던 일이나 말해 봐.」

　「말할 게 뭐가 있어? 다 내 뜻대로 될 테니 두고 봐.」

　자신 있게 말하는 미아를 보며 마이클이 혀를 찼다.

「대니얼은 그렇게 만만한 사내가 아니야. 믿음을 배신당한 사내가 한 번의 기회를 더 주기란 쉽지가 않지. 미아, 대니얼은 절대 널 쉽게 용서하지 않을 거야.」

마이클의 경고를 받은 미아가 우아한 모습에 어울리지 않게 코웃음을 쳤다.

「날 못 믿어? 그 동양인 계집애한테 밀리지 않을 테니 두고 보라고. 이 미아 메이가 그깟 동양인 계집한테 밀린다는 게 말이 돼?」

「글쎄, 그깟 동양인 계집이라고 하기엔 너무 예쁘던데. 그리고 대니얼도 동양인이라는 걸 잊지 마라, 미아.」

「오빠, 지금 무슨 소리를 하는 거야!」

미아가 짜증을 냈다.

「지나가 내 편이야. 난 반드시 대니얼을 차지하고 말 거야. 그러니까 오빠가 좀 도와줘야겠어.」

「어떻게 말이야?」

「그 계집애를 오빠가 맡아.」

「미아.」

미아가 거절하려는 그의 팔을 잡고 호수처럼 파란 눈에 호소를 담고 그를 올려다보았다.

「오빠, 부탁이야.」

미아 메이, 그의 의붓동생.

사랑이라는 감정을 가장 처음 느끼게 해 준 상대의 부탁이란 언제나 거절하기가 어렵다. 마이클은 위스키 한 모금을 마시며 대답했다.

「예쁜 여자는 항상 내 구미를 자극하지. 일이 아주 재미있어
지겠다, 미아.」

그렇게 말하는 마이클의 입안에 남은 위스키가 유독 썼다.

8.

「아가씨는 저녁 식사를 하지 않으시겠답니다.」

메이드의 조심스러운 보고를 받은 신욱은 빈자리에 놓인 접시를 보았다.

「올려다 줘. 다 먹으라고 말해.」

「알겠습니다.」

신욱의 지시를 받은 주방의 메이드들이 트레이에 은재의 식사를 신속하게 옮겨 담았다. 그것을 지켜보고서야 신욱은 스테이크를 썰기 시작했다.

침착함을 유지하고 있지만 실은 전혀 침착하지 못했다. 머리 끝까지 화가 치밀어 올라 견딜 수가 없었다. 최정인과 미아 메이! 죽여 버려도 양심의 가책 따윈 받지 않을 인간들. 다시는 엮이고 싶지 않다. 그런데 ㄱ 여자들은 수단과 방법을 가리지 않고 그가 쳐 놓은 울타리를 비집고 들어왔다. 그 뻔뻔한 얼굴에 미소를 지은 채.

입맛이 사라진 신욱은 포크와 나이프를 접시 위로 던져 버렸다. 집사와 메이드가 불안한 눈으로 쳐다보는 것도 무시하고 자리를 박차고 일어나 식당을 나왔다. 성큼성큼 계단을 올라가 은재가 사용하는 응접실의 문을 열자, 창가를 내다보고 서 있던 그녀가 놀란 눈으로 그를 쳐다보았다.

그가 문을 닫고 들어서는 것을 본 은재의 눈매가 가늘어지더니, 이내 차갑게 변해 버렸다. 테이블에서 싸늘하게 식어 가고 있는 음식들을 보며 신욱이 말했다.

"궁금한 게 있으면 물어봐."

"없어요."

"정말인가?"

"없다고요!"

은재가 소리를 지르고 말았다. 얼굴을 붉힌 채 노려보는 모습에 신욱은 이마를 찌푸렸다.

"그 날이야?"

"정말……!"

"그 여자가 누군지 알고 싶을 것 아니야."

"알고 싶지 않아요. 나랑 상관없는 여자예요."

"맞아. 너랑 상관없는 여자야."

그게 전부야? 절대로 묻지 않겠다고 다짐했던 것도 잊은 은재가 뒤돌아서 응접실을 나가려는 그의 등 뒤에 대고 말했다.

"좋아요. 그 여자, 누구예요?"

"상관없다며?"

은재는 그를 향해 소파의 쿠션을 내던졌다. 하지만 가뿐히 받아 든 그가 소파에 앉으며 쿠션을 내려놓았다.

"전 약혼녀."

"그건 그 여자한테서도 들었어요. 더 자세한 얘길 해 봐요."

그녀의 요구를 받은 그가 고개를 갸웃거렸다.

"내가 왜 그래야 하지?"

"나한테 싫증이 나지 않았다면 당연히 해야죠."

"그런가?"

날카로운 턱 선을 어루만지던 그가 우아하게 다리를 꼬았다.

"내가 파혼을 선언했어."

"좀 상세하고 자세히 설명해야겠다는 생각은 들지 않나요? 임원들을 나무랄 때처럼 그렇게 소리 질러도 좋으니까 자세히 얘기해 봐요."

"질투하는군."

그녀가 다시 쿠션을 던졌다.

"궁금한 게 대체 뭐야."

"그냥, 이것저것 다요."

이렇게 소리 지를 자격이 없다는 것쯤 그녀도 알고 있었다. 그런데 화가 났다. 한국을 떠나며 더는 가슴에 든 생각이나 말을 참지 않겠다고 생각했고, 지금 그대로 실천하는 중이었다. 자격 여부를 떠나 궁금한 걸 묻는 게 죄는 아니니까.

잔뜩 흥분한 은재를 처음 보는 신욱으로서는 이 상황이 썩 나쁘지 않았다. 미아 메이와의 관계를 말하는 게 불쾌하지 않을 정도였다. 소파에서 일어난 그는 응접실 장식장에서 위스키 병을 꺼냈다.

"마실 거야?"

"안 마셔요."

다분히 반항적인 그녀를 본 그가 피식 웃고 말았다. 십 대 소녀처럼 무조건 싫다는 게 귀여웠던 것이다.

"사랑했던 여자야. 아니, 정확히는 사랑했다고 믿었던 여자야."

은재의 눈이 놀람으로 커다래졌다. 그것을 본 신욱은 위스키를 마셨다.

"문제는 그 여자가 내 생모의 사주를 받고 접근했다는 거지."

"그게 무슨……."

이미 2년 전의 일임에도 말을 하려니 입맛이 썼다.

"간단해. 사랑했다고 믿었는데, 가짜였어. 그래서 파혼했고, 교훈을 얻었지. 난 여자를 믿지 않아."

그 결론을 얻기까지 얼마나 지독한 시간을 보냈는지 그는 말하지 않았다. 지나 최, 최정인은 배경이 부족해 톱 모델이 될 수 없었던 미아 메이를 IE 그룹 회장 와이프로 만들어 주겠다는 말로 사로잡았다. 미아 메이를 발판 삼아 최정인은 그의 재산에 한발 더 가까이 다가설 수 있게 될 것이고, 미아 메이는 그의 와이프가 되는 일생일대의 횡재를 누리게 되는 것이다. 서로가 원하는 목적이 동일했던 최정인과 미아 메이는 두말할 필요 없이 서로의 손을 잡았다.

최정인으로 인해 여자에 대한 불신이 심했던 그를 녹일 만큼 미아 메이는 아름다웠고 순진한 연기에 능했다. 그는 미아 메이를 사랑한다고 믿었고, 그 사랑에 최선을 다하리라 생각했다. 미아 메이가 마이클 로건과 뒹구는 것을 보기 전까지는.

분노와 모멸감이 그의 전신을 지배하자 그는 오히려 더욱 침착해졌다. 크리스를 시켜 미아 메이에 관한 모든 것을 알아 오게 했다. 심각한 알코올 중독과 더불어 십 대 때부터 시작된 의붓오빠와의 성관계, 그리고 최정인과의 관계 모두를 알게 됐다. 그 잔인한 사실에 대한 배신감은 실로 엄청났다.

아버지가 돌아가신 뒤, 처음으로 조건 없이 마음을 준 여자였다. 그런 여자가 그의 뒤에서 온갖 추잡한 짓거리를 다 했다고 생각하자 구역질이 치밀어 올랐다. 그는 더 이상 여자를 믿지 않는다.

심지어 그 여자가 성모 마리아라 해도.

"난 너도 믿지 않아. 네 몸만 원할 뿐이야."

그의 잔인한 말에 은재는 상처받지 않은 척 담담한 표정을 지었다.

"그래요. 나도 당신 사랑 같은 건 바라지 않으니 잘됐네요."

그녀의 대답을 들은 그가 냉혹한 눈으로 그녀를 노려보다 위스기 잔을 내려놓고 응접실을 나갔다. 홀로 남은 은재의 어깨가 가늘게 떨렸다.

사랑, 그게 뭔데?

난 한국을 떠나고 싶었기 때문에 이신욱의 제안을 받아들였어. 그를 사랑해서 싱가포르까지 따라온 게 아니야.

사랑, 그까짓 게 뭐라고…….

은재는 크게 숨을 내쉬었다.

❀

회장실 내 미니 드레스 룸에서 신욱의 타이와 슈트를 점검하던 은재는 낡은 셔츠를 수거함에 넣기 위해 챙겨 들고 비서실을 나왔다. 나온 김에 셔츠도 살 작정이었다. 신욱이 선호하는 브랜드는 회사에서 15분 남짓 걸어가면 나오는 쇼핑센터에 입점해 있어, 산책 겸 다녀오기에 적합했다.

회사를 나와 몇 발자국 걸었을 때 뒤에서 예쁜 목소리가 들려왔다.

「잠깐만요.」

뒤를 돌아보던 은재는 백인 여자가 화보처럼 금발 머리를 휘날리며 뛰어오는 것을 보고 살짝 눈살을 찌푸렸다. 저 여자는 뛰어오는 모습도 예쁘다.

「은재 씨? 서은재 씨라고 했죠?」

미아 메이. 본능적인 적개심이 물밀 듯 가슴 안을 꽉 채웠지만 비서로서 생활한 7년 세월은 절대로 무용지물이 아니었다.

은재는 더없이 정중하게 미아 메이를 향해 인사했다.

「안녕하세요? 그런데 무슨 일이시죠?」

그러자 미아 메이가 인형처럼 예쁘게 웃었다.

「대니얼을 보러 회사에 왔다가 은재 씨가 나오는 걸 봤어요. 우리, 잠깐 얘기 좀 할 수 있을까요?」

「죄송하지만, 전 시간이…….」

그녀의 거절에도 불구하고 미아가 고혹적으로 웃으며 그녀의 팔짱을 꼈다.

「아이, 그러지 말고 잠시만 내게 시간 내 줘요. 저기 카페가 좋을 것 같은데, 저쪽으로 갈까요?」

가장 친한 친구 진주를 제외하고 이렇게 친근하게 팔짱을 낀 사람은 없었던 탓에 은재는 굳어져 뿌리치지도 못했다. 결국 미아 메이가 원하는 카페로 가 앉게 되었다. 이 순간 은재는 자신의 우유부단함이 진저리 쳐지게 싫었다.

「아, 시원하다. 여긴 너무 더워요. 난 더운 건 정말 질색인데. 습도까지 높아서 정말 미칠 것 같아. 은재 씨는 어떻게 견뎌요?」

종업원이 가지고 온 오렌지 생과일주스를 맛있게 마신 미아가 살 것 같다는 표정으로 그녀를 보았다.

「무슨 일이신지 말씀하세요. 오래 있을 수가 없어서요.」

「대니얼의 비서라 그런지 은재 씨도 다르군요. 대니얼도 뜸 들이는 걸 이해하지 못하더라고요. 좋아요. 나, 은재 씨한테 부탁할 게 있어요. 대니얼의 의전 비서라고 했죠? 앞으로 내게 대니얼의 대외 스케줄을 말해 주면 좋겠어요.」

미아의 요구는 믿을 수 없을 만큼 뻔뻔했다. 있을 수 없는 요구를 받은 은재의 표정이 황당해졌다.

「네?」

「은재 씨에게 피해 없도록 할 테니까 그렇게 해 줘요.」

은재는 긴 숨을 내쉰 다음, 조용히 거절했다.

「죄송합니다. 그건 제 소관 밖의 일입니다. 안전 관계상 회장님의 대외 일정을 함부로 말할 수는 없습니다.」

그러자 미아가 호들갑을 떨며 손사래를 쳤다.

「어머, 내 뜻을 잘못 이해했군요. 대니얼과 내 사랑싸움에 작은 도움을 달라는 거지, 대니얼을 해치려는 생각은 없어요. 그건 절대로 오해하면 안 돼요, 은재 씨.」

「사랑싸움이요?」

「네, 처음 봤을 때 얘기했죠? 작은 오해가 있어 전 약혼녀가 되었지만, 난 여전히 그의 약혼녀라고 생각해요. 대니얼을 가장 잘 이해하는 여자이고, 대니얼과 가장 가까운 감정을 공유했던 사이니까.」

미아 메이는 당당했다.

신욱의 설명을 듣지 않았다면 미아의 말을 믿을 수밖에 없을 것 같았다. 하지만 신욱은 미아 메이와의 관계에서 여자를 믿지 않는다는 교훈을 배웠다고 했다. 그럼에도 어떻게 이렇게 당당한 것일까, 은재는 솔직히 이해가 되지 않았다. 미아 메이가 그녀를 살피듯 바라보며 은근히 물어 왔다.

「표정을 보니 우리가 왜 파혼을 하게 됐는지 아는 눈치네
요?」

은재가 대답을 하지 않자, 미아가 어깨를 으쓱거렸다.

「뭐, 은재 씨가 알아도 괜찮아요. 남자들은 다 그런가 봐요.
부모와의 불화를 모든 관계로 귀결시키죠. 그래도 어쩌겠어요?
낳아 준 부몬데. 결국 그도 어머니 뜻을 따를 수밖에 없을 거예
요. 그런 의미에서 난 여러모로 그에게 어울리는 여자죠. 그의
어머니가 날 대니얼의 짝으로 생각하고 있으니까. 안 그래요?」

그렇게 되물으며 웃는 미아의 모습은 몹시도 자신만만했고
아름다웠다. 같은 여자가 보기에도 거부할 수 없는 매력을 가
진 여자였다.

「앞으로 잘 부탁해요. 내가 대니얼의 아내가 된다면, 그건
은재 씨 덕분이에요. 잊지 않을게요.」

은재는 아무 말도 할 수가 없었다.

신욱은 냉랭한 기운을 사정없이 내뿜는 서은재를 쳐다보았
다. 오늘 오후 쇼핑센터를 다녀온 뒤부터 퇴근해 저택으로 돌
아온 지금까지 일관된 태도였다.

"무슨 일 있어?"

은재는 기계적으로 숟가락질을 하며 그를 쳐다보지도 않고
대답했다.

"없어요."

흠……. 가시를 세운 것도 모자라 독까지 발랐군.

그는 먹물처럼 새까만 블랙커피를 두 잔째 마시며 지시했다.

"오늘 저녁에 오페라에 참석해야 해."

"제인과 가세요."

은재의 말을 들은 신욱은 눈살을 찌푸렸다. 지금 싸우자는 건가?

"내 의전 비서는 너야. 준비해."

그는 일방적인 명령을 한 뒤 식당을 나갔다.

은재는 신욱을 노려보았지만 별도리가 없었다. 그의 말처럼 의전 비서로서 공식 석상에 파트너가 없을 땐 동행을 하는 게 관례였다. 삼 층으로 올라가 방으로 들어간 은재는 곧장 드레스 룸으로 들어갔다. 가지고 온 옷은 깨끗하게 세탁되어 있었지만 모두 어딘가 남루해 보였다. IE 그룹 대니얼 리 회장의 체면을 생각한다면 절대 입을 수 없는 옷이었다.

마음 같아선 그러거나 말거나 입어 버리고 싶었지만 비서 생활 7년은 무시할 수 없는 세월이었다. 오너의 체면을 깎아내려서는 안 된다는 사명감에 보타닉 가든을 갔던 날 그가 사 준, 아직 풀지도 않은 쇼핑백을 뒤적거리기 시작했다.

끝도 없이 쏟아져 나오는 옷 속에서 발목까지 내려오는 검은 실크 드레스를 찾아냈다. 목을 감싸는 하나의 끈만이 드러난 어깨에서 드레스를 지탱해 주었다. 상체에서 무릎까지 타이트하게 붙다 무릎 아래에서 살짝 퍼지는 스타일의 드레스는 아름다웠다. 은회색 클러치 백과 검은 하이힐까지 완벽하게 구비되어 있었다. 마치 이런 일을 예상이라도 한 것처럼……

완벽하게 성장을 하고 1층으로 내려오자, 검은 드레스 슈트 차림의 신욱이 등을 지고 서 있다 인기척을 느끼고 그녀를 돌아보았다. 그녀의 차림을 본 그의 눈이 조금 가늘어졌다 이내 원래 크기로 돌아갔다.

"그걸 입겠다고?"

은재는 도전적으로 물었다.

"왜요?"

"됐어. 가지."

그녀보다 더한 냉랭함으로 그가 먼저 앞장섰다.

오페라 하우스에 도착해서야 은재는 자신의 선택을 후회했다. 몸매를 죄다 드러내는 드레스 때문에 주변의 시선이 그녀에게 집중이 된 것이다. 혀를 깨물고 쥐구멍을 찾아 들어간다면 정말 좋으련만……. 반항심은 항상 후회를 낳게 된다는 걸 왜 매번 너무 늦게 깨달을까. 그녀는 자신을 책망했다.

사람들의 시선이 익숙하지 않은 그녀가 꿔다 놓은 보릿자루처럼 그 어디에도 속하지 못할 때, 신욱을 부르는 예쁜 목소리가 들렸다.

「대니얼!」

숨 가쁜 목소리로 신욱을 부르며 다가온 미아가 옆에 있던 은재를 그제야 발견했다는 듯 말했다.

「어머, 은재 씨도 있었네요. 서은재 씨 맞죠?」

신욱은 미아 메이를 철저하게 무시했다. 괜히 은재가 더욱 무안해져, 미아 메이에게 마음에도 없는 인사를 하고 말았다.

「안녕하세요.」

「이렇게 입으니까 못 알아보겠다. 어머, 이거 이번 시즌에 딱 하나 디자인한 드레스 아니에요?」

은재의 드레스를 본 미아 메이의 눈빛이 부담스럽게 빛났다.

「대니얼의 체면을 생각해서 이렇게 비싼 드레스를 샀구나. 은재 씨는 비서로서의 사명감이 뛰어난 것 같아요.」

미아 메이가 은근히 비아냥거리는 게 느껴졌다.

「대니얼.」

신욱은 친근하게 그를 부르며 팔짱을 끼려는 미아를 차갑게 노려보았다.

「부끄러운 게 뭔지 모르나 보군. 꺼져.」

곁에서 듣던 은재의 얼굴이 화끈거릴 지경이었으나, 정작 당사자인 미아는 미소를 잃지 않았다.

「아이, 좋은 자리에서 왜 그래요? 난 A—3석인데, 대니얼은 어디예요? 휴식 시간에 찾아갈게요.」

미아의 말을 무시한 신욱이 은재의 팔을 잡고 걸었다.

"가지."

미아 메이에게서 멀어지며, 은재가 속삭였다.

"당신은 너무 냉정한 것 같아요."

신욱이 이를 사리물며 으르렁거렸다.

"입 다물어."

은재의 기분은 어떨지 모르겠지만 그는 모처럼 시간을 내어 기분 좋게 찾은 오페라 하우스였다. 좋은 음악을 들으며 편안하고 안락한 시간을 보내고 싶었다. 하지만 귀찮게 달라 붙는 파리 떼인 미아 메이를 만나자 급속도로 기분이 다운됐다.

2년 전, 그를 기만한 대가로 미아 메이는 모델로서 더 이상의 활동을 할 수 없게 됐다. 아주 철저하게 사회로부터 차단시켰지만 무슨 수완을 부렸는지, 다시 사교계에 발을 들여놓았다.

이것이 모두 마이클 로건의 짓인가?

미아 메이의 의붓남매를 생각하는 신욱의 표정이 살벌해졌다.

나를 기만하고 무사할 순 없지. 더는 나를 자극하지 마라.

오페라 하우스를 오는 동안 내내 냉랭했던 은재였지만, 막상 도착해서는 신욱이 뿜어내는 살벌한 기운에 살짝 주눅이 든 상태였다. 미아 메이와 이신욱의 생각이 다른 것은 분명한데, 그래도 기분이 나쁘다!

1막이 끝난 뒤, 은재는 화장실을 가기 위해 로열박스를 나왔다. 로비로 나와 화장실로 가려는 그녀의 팔을 누군가 붙잡았다. 깜짝 놀라 쳐다보자 바로 마이클 로건이었다.

「은재 씨?」

「당신은…….」

「오! 여기서 뵙는군요.」

「안녕하세요.」

마이클이 그녀에게 들고 있던 샴페인 잔을 내밀었다.

「마셔요.」

「아니, 저는 괜찮습니다.」

「그러지 말고 한 잔 해요. 맛이 썩 괜찮습니다.」

은재는 거듭된 청을 거절하지 못하고 마이클이 내미는 잔을 받아 들었다.

「감사합니다.」

마이클이 씩 웃더니 샴페인을 홀짝거렸다.

「은재 씨, 누구랑 왔어요? 애인?」

「아닙니다. 전 의전 비서라서 오너를 모시고 왔습니다.」

「그래요? 그럼 나중에 나랑 만날 수도 있겠군요.」

「네?」

잘못 들었나 싶어 되묻자 마이클이 매혹적인 미소를 지으며 고개를 젓고 화제를 돌렸다.

「오, 저기 대니얼 리 회장 아닌가요? 저분이랑 같이 왔나 보군요.」

은재는 마이클이 가리키는 곳을 바라보다 그만 굳어지고 말았다. 신욱의 옆에 미아가 서 있었다. 그의 어깨 너머에서 미아가 그녀를 보며 싱긋 웃는 게 보였다. 그녀에게 이미 말한 대로 몹시도 자신만만한 표정이었다.

등골이 서늘해지는 기분에 은재는 얼른 뒤돌아섰다. 봐선 안될 것을 본 것처럼 얼굴이 화끈거렸고 가슴이 차가워졌다. 여자를 믿지 않는 남자라도, 첫사랑의 흔적을 지워 내기란 쉽지

않다. 남자에게 첫사랑이 어떤 존재인지 연애에 무지한 은재도
그 의미는 알고 있었다.

그녀는 끼어들어선 안 될 자리에 끼어든 것처럼 불편하고 불
쾌한 기분이었다. 더는 이곳에 있을 수가 없다. 결심을 굳힌 은
재는 무작정 오페라 하우스를 나왔다. 그런 그녀를 어떻게 봤
는지 마이클이 황급히 뒤따라 나왔다.

「은재 씨! 어디 가는 겁니까?」

「저는, 모르겠어요. 아무 곳이나 가려고요.」

「일단 저랑 같이 가죠. 어디로 가는 건지 모르겠지만 태워다
드리죠.」

「아니에요. 제가 알아서 갈 수 있어요.」

「그 차림으로 어떻게 알아서 간다는 겁니까?」

마이클의 지적에 비로소 자신의 차림을 자각했다. 아…… 정
말! 좌절하는 그녀를 본 마이클이 화제를 돌렸다.

「싱가포르의 야경을 본 적 있어요?」

「야경이요? 아니요, 전…….」

「일하느라 바빴겠죠. 오늘 보러 갈래요?」

마이클 로건이 아무리 유명한 배우라 해도 그녀에게는 낯선
남자일 뿐이다. 깊은 밤, 낯선 남자를 따라가는 일이 얼마나 무
모한 짓인지 잘 알고 있었다. 하지만 깊이 숨을 들이쉰 은재가
고개를 끄덕거렸다.

「네, 보고 싶어요.」

마이클은 싱가포르의 야경을 가장 잘 볼 수 있는 래플스 플레이스의 마천루로 그녀를 데려갔다.

「자, 말해 봐요.」

「네?」

「왜 그렇게 화가 났는지.」

은재의 미소가 흐려졌다.

「누군가의 대용품이란 생각, 당연히 한 적 없으시겠죠?」

그러자 마이클이 싱긋 웃었다.

「나도 사람이에요. 왜 그런 적이 없겠어요? 당연히 경험이 있죠.」

「정말이에요?」

은재는 믿을 수 없다는 듯 마이클을 보았다.

「그럼요.」

마이클이 아름다운 회색 눈을 찡긋거렸다. 장난스러운 모습이어서 진심인지 가늠하기가 어려웠다.

「처음부터 사랑이라면 모르겠어요. 그런데 그게 아니어서……. 그 사람을 좋아하는 건지, 아니면 관계에 집착을 하는 건지, 그마저도 아니라 시샘을 하는 건지 정의를 내리기가 어려워요.」

「아마 그 세 가지가 다 맞을 겁니다.」

은재는 조용히 대답하는 마이클을 보았다. 조금 전까지의 장난스러움은 모두 사라진 진지함이었다.

「그럴 리가 없어요.」

「믿어요, 은재 씨. 내가 경험자니까.」

「그럼 내가 너무 불쌍하잖아요. 그 사람은, 날…….」

하지만 그녀는 마지막까지 전부 말을 잇지는 못했다. 아무리 마이클이 편하다 해도 신욱과의 관계를 그에게 상세히 말하고 싶지 않았다. 다행히 마이클은 캐물으려는 시도를 하지 않았다.

「우울한 기분을 달래 줄 유일한 위안거리를 알고 있어요.」

「그게 뭐죠?」

「아이스크림.」

개구쟁이 아이처럼 씩 웃자 정말 매혹적으로 보였다. 그럴 기분이 아님에도 웃음이 따라 나왔다.

「확실히 기분이 좋아지긴 하겠어요.」

「다른 건 먹으면 안 돼요. 반드시 초콜릿 아이스크림이어야 해요.」

「살은 엄청 찔 것 같은데요.」

「은재 씨는 좀 쪄도 돼요. 맛있는 아이스크림 가게를 알고 있으니까 거기로 가죠. 뉴욕이라면 세상에서 가장 맛있는 아이스크림을 대령할 수 있었을 텐데, 정말 아쉽군요.」

스포츠카에 시동을 거는 그의 표정에는 진심으로 아쉬워하는 표정이 역력했다.

「아이스크림은 제가 사야 할 것 같아요, 마이클이 가면 밤새도록 못 먹을 것 같아요.」

「은재 씨, 그거 압니까? 서양인 눈에 동양인은 전부 같아 보이고, 동양인 눈에 서양이도 같아 보인다는 걸?」

「하지만 마이클은 아니잖아요. 제가 못 알아봤다고 다른 사람까지 그러겠어요? 마이클은 영화배우가 아니라도 정말 멋진 사람이에요.」

「은재 씨도 특별한 사람이에요.」

이렇게 말해 주는 사람이 그리웠나 보다. 은재는 마이클에게 진심으로 감사를 전했다.

「고마워요.」

「사실이니까 고마워할 필요 없어요.」

은재가 마지막으로 야경을 보기 위해 돌아선 사이, 마이클의 미소가 흐려졌다.

함께 아이스크림을 먹은 뒤, 은재를 대니얼의 저택으로 데려다 준 마이클이 호텔로 들어서자 기다리고 있던 미아가 소파에서 일어나 다가왔다.

「어떻게 됐어?」

미아를 본 마이클은 키홀더를 테이블에 올려놓으며 물었다.

「뭐가?」

「그 계집애 말이야.」

「넌 어떻게 됐지?」

그러자 주름 하나 없이 완벽하던 미아의 얼굴이 찌푸려졌다.

「어떻게 되긴 뭐가 어떻게 돼! 대니얼은 너무 차가워! 그렇게 사람이 많은 곳에서 어떻게 날 버려두고 가 버릴 수가 있지? 난 정말 이해할 수가 없어!」

사랑했던 여자에게 배신을 당한 남자라면 그럴 수밖에……. 참혹하게 배반을 당하고도 매정하게 뿌리치지 못하는 그를 너무 오래 보아 온 미아는 현실을 망각하고 있었다. 대니얼 리는 오만하리만큼 자존심이 강한 남자였다. 그런 남자가 미아를 용서할 리도 다시 받아 줄 리도 없다는 것을 마이클은 잘 알고 있었다.

아니, 모두가 아는 그 사실을 미아만 모르고 있었다. 마이클은 진심으로 미아를 만류하고 싶었다. 자꾸 대니얼 리를 자극하는 것은 스스로 불구덩이를 향해 뛰어 들어가는 것과 별반 다르지 않았다.

「미아, 지금이라도 그만둬라. 돈이라면 내가…….」

「아악!」

미아가 새된 비명을 내지르며 귀를 틀어막았다.

「그런 소리 하지 마! 난 대니얼이 없으면 안 돼! 대니얼을 반드시 가지고 말 거야. 반드시, 가지고 말 거라고!」

「미아!」

마이클이 자해를 시도하려는 미아를 뒤에서 끌어안았다.

「진정해, 미아, 진정하라고!」

「대니얼을 가지고 싶어, 마이클, 제발, 대니얼을 불러 줘, 응?」

「미아, 미아! 정신 차려!」

헐리우드에서 이미 자리를 잡은 그가 젠틀한 이미지에 타격을 줄지두 모를 미아 메이를 뿌리치지 못하는 이유는 단 하나였다. 마이클은 자신이 곁에 없다면 미아가 완전히 망가지게 될 거라고 생각했다. 또한 미아가 상처를 홀로 감당해 내기에는 너무 여린 것을 자신만이 알고 있다고 착각했다. 그렇기에 마이클은 그의 품에 안긴 미아가 교활하게 싱긋 웃는 것을 알아차리지 못했다.

「대니얼을 가지게 될 거야. 그러니까 제발, 제발 진정해.」

미소를 지운 미아가 가느다란 신음을 내며 연기했다.

「……정말 그렇게 될까?」

「염려 마.」

경비가 삼엄한 저택을 아무도 깨우지 않고 몰래 들어가는 것은 불가능한 일이었다. 굳게 닫힌 철제 대문을 보는 순간 은재는 좌절하고 말았다.

오페라 하우스를 뛰쳐나오는 게 아니었어.

하지만 이제 와서 후회해 봐야 아무 소용 없는 일이다. 은재는 드레스 자락이 바닥에 닿지 않도록 한 손으로 모아 쥔 채 벨을 눌렀다. 결국 저택의 백발 집사 첸과 메이드 두 명의 인사를 받고 저택 안으로 들어오는 것에 성공한 그녀가 자신의 응접실 문을 열며 안도할 때였다.

"어딜 갔었던 거지?"

불도 켜지지 않은 응접실에서 갑자기 들려온 신욱의 목소리에 은재는 심장이 떨어져 나갈 것처럼 놀라고 말았다.

"여긴 왜 있어요?"

저도 모르게 불쑥 말이 튀어나오고 말았지만 다행히 빨리 이성을 되찾았다.

아, 여긴 그가 빌려 준 내 응접실이지.

응접실의 불을 켜고, 스탠드 불까지 켠 은재는 도전적인 눈으로 신욱을 마주 보았다.

"어딜 갔었던 거냐고 물었어."

"이곳저곳이요."

"왜?"

왜라니! 그걸 몰라?

"그냥 그곳이 싫었어요."

"누구와 있었던 거야."

"신경 쓰지 말아요."

성큼성큼 다가온 그가 그녀의 팔을 확 잡아당겼다.

"말해!"

"당신이 무슨 상관이에요! 내가 무슨 말을 해도 믿지 않을 거잖아!"

"뭐야?"

애써 감정을 가라앉힌 은재는 사실대로 말하기 시작했다.

"좋아요. 난 화를 낼 자격도 없어요. 나도 알아요. 그런데 당신들을 보고 화가 났어요. 화를 내면 안 되는데 화가 나서 당신에게 아무 말이나 해 버릴 것 같았어요. 그래서 그 자리를 피한 거예요."

"당신들이라니."

"당신과 미아 메이가 함께 있는 걸 봤어요."

신욱의 눈매가 날카로워졌다.

"내가 그 여자와 밀회라도 나눴다는 건가?"

그녀가 당당하게 반문했다.

"못 할 것도 없잖아요?"

"미쳤군."

그가 고개를 가로 저었다.

"그 여자와 파혼했다는 얘기 못 들었나?"

"첫사랑이잖아요."

첫사랑을 잊는 남자는 세상 어디에도 없다는 것이 은재의 생각이자 결론이었다.

"홋, 첫사랑? 의붓오빠와 뒹군 여자에 대한 사랑이 아직도 내게 남았다고 생각하나?"

충격적인 얘기에 은재는 입을 다물 수밖에 없었다. 제 분을 참지 못한 그가 버럭 소리를 질렀다.

"대니얼 리가, 천하의 이신욱이 그걸 용납할 수 있을 것 같아!"

"그, 그런 말은 하지 않았잖아요."

"물어봤다면 해 줬겠지."

손끝이 떨렸다. 그 아름다운 여자가 신욱과 약혼한 상태에서 의붓오빠와 섹스를? 그의 말이 아니더라도 거만하고 자존감 높은 이신욱이 그걸 용서할 리는 없다는 것을 은재는 알고 있었다.

"어디 있었어?"

"그냥 돌아다녔어요."

"그 차림을 하고? 제정신이야!"

"그럼 어떡해요. 그때 난 아무것도 몰랐다고요."

신욱은 분노를 참으려는 듯 머리카락을 거칠게 쓸어 올리며 카펫 위를 서성거렸다.

"넌 정말 사람 속을 뒤집는 데 타고난 재능이 있는 것 같아."

누가 할 소릴?

"당신에게서 그런 말 듣고 싶지 않아요. 나가 줘요."

"뭐라고?"

"배고파요. 옷 갈아입고 라면 끓여 먹을 생각이니까 당장 나가 달라고요."

황당한 얼굴로 선 그의 가슴을 밀쳐 침실 밖으로 밀어낸 은재는 그의 면전에서 문을 쾅 닫아 버렸다. 쿵 소리와 함께 신욱의 고함 소리가 들렸다.

"서은재!"

은재는 귀를 틀어막고 드레스 룸으로 들어갔다. 코르셋처럼 몸을 옥죄던 드레스를 벗고 편안한 면바지에 하얀 민소매 셔츠를 입고 나오자 신욱은 어디로 갔는지 보이지 않았다. 하지만 그를 신경 쓰기에는 너무 배가 고팠다.

순간적으로 혈당을 높여 준 초콜릿 아이스크림의 효과는 그와 싸우느라 모두 소진되고 말았다. 제인과 한국 마트로 쇼핑을 갔다 사다 둔 한국 라면을 들고 식당으로 내려가자 메이드 가 다가왔다. 자연스럽게 그녀에게서 라면을 받아 들려고 손을 내미는 메이드를 향해 말했다.

「제가 할게요.」

「저택의 손님에게 그럴 수는 없습니다.」

「손님이라뇨. 저도 고용인인데요. 제가 할게요.」

강경한 그녀의 말에 메이드가 별수 없이 물러났다.

물이 끓자 라면을 넣고 스프를 전부 넣으려다, 마음을 바꿔 반만 넣었다. 싱가포르에 와서 정체를 알게 된 신우염이 떠올 라서였다. 싱겁게 먹으면 무슨 맛이 있을까 싶지만, 그래도 익 숙한 라면 냄새를 맡자 식욕이 동했다. 한국에서는 지겹도록 먹었던 라면이 싱가포르에서 새삼 그리워질 줄 어떻게 알았겠 는가.

알맞게 익은 면을 건져 맛을 본 은재는 전기레인지의 불을 껐다. 김치도 없이 먹는 라면이었지만 기대감에 잔뜩 부풀었다. 냄비째 들어 식탁에 내려놓은 뒤 막 먹으려는데, 신욱이 식당 안으로 들어왔다.

"또 할 말이 남았어요?"

그는 아무 말도 하지 않고 부실해 보이는 라면을 탐탁지 않 게 쳐다보았다.

"그걸 먹겠다고?"

"네."

은재는 보란듯 한 젓가락 후루룩 입에 넣었다. 싱겁긴 했지만 시장이 반찬이라고 정말 맛있었다. 하지만 장승처럼 서서 계속 바라보는 남자를 두고 혼자 먹는 것은 쉽지가 않았다. 결국 항복을 선언하듯, 그에게 물었다.

"좀 먹어 볼래요?"

싫다고 할 줄 알았는데, 그가 그녀의 맞은편에 앉았다. 놀라운 일이었다. 하지만 곧 그녀가 경악했다.

"면을 다 건져 가면 어떡해요!"

"다 건져 가긴, 한 젓가락이야."

"한 젓가락이라니, 기가 막혀서!"

"성인 남자에겐 적당량이야."

"그럼 하나 더 끓이라고 하든가요."

"더 끓여."

"정말…… 이신욱 씨!"

"오늘 일에 대한 벌이야."

집요하고 끈질기며 도무지 융통성이라고는 없는 거만한 남자였다.

두 젓가락도 제대로 먹지 못한 냄비를 씻는 건 정말, 너무 짜증나는 일이었지만 그래도 할 일은 해야 한다. 은재는 알짱거리는 신욱을 밀쳤다.

"비켜요."

"그냥 놔두고 나와."

"됐어요. 난 누구처럼 예의 없는 짓은 하지 않아요."

그의 이미가 찌푸려졌지만 강제로 끌어내지는 않았다. 세 사

람이 서도 남을 것 같은 싱크대 개수대에 냄비와 그릇을 내려
놓고 세제를 찾았다. 그 모습을 보던 신욱은 커피 메이커를 향
해 돌아섰다.

그가 직접 커피를 내리는 것을 본 은재는 묻지 않을 수가 없
었다.

"그런 것도 할 줄 알아요?"

신욱은 진정으로 놀라워하는 그녀에게 머그잔을 내밀었다.

"마셔."

"고마워요."

"넌 참 이상한 여자야."

은재는 이마를 찌푸렸다.

"또 무슨 말을 하려고요?"

"됐어."

되긴 뭐가 돼? 정말 신욱이 미워서 죽을 것만 같았다. 은재
는 머그잔과 그를 내버려 두고 식당을 나와 삼 층으로 뛰어 올
라갔다. 간단히 샤워를 하고 하얀 면 잠옷으로 갈아입고 욕실
을 나오던 그녀는 긴 그림자를 발견하고 너무 놀라 심장이 멎
는 줄 알았다.

"뭐예요!"

그녀가 우아하지 못하게 소리를 지르자, 나른하게 침대 보드
에 기대어 누워 있던 그가 일어나 그녀에게 다가왔다.

"뭐가?"

그의 목소리는 낮고 허스키했다. 찌릿한 전율이 그녀의 등줄

기를 타고 흘러내렸다.

"왜 남의 방에 허락도 없이 들어왔어요?"

아…… 아니지.

"왜 당신이 빌려 준 내 방에 내 허락도 없이 들어온 거냐고
요!"

그러자 그의 눈이 가느다래졌다. 웃는 것 같기도 하고 화가
난 것 같기도 하고…….

"내가 오래 참았다는 생각은 안 드나?"

그의 손등이 원피스 잠옷 아래 브래지어를 하지 않은 가슴을
쓸어내렸다. 긴장감을 이기지 못해 뾰족하게 서 있던 유두가
그의 손등이 스치자 더욱 꼿꼿해졌다. 은재는 가쁜 숨을 몰아
쉬며 항변했다.

"내가 나을 때까지 참을 수 있다면서요."

"지금, 다 나은 것 같군."

그 말과 함께 그녀의 잠옷을 단숨에 벗겨 버린 그가 핑크빛
유두를 입에 물고 빨기 시작했다. 더욱 강하게 빨아 주길 원하
는 마음에, 아이처럼 젖가슴에 달라붙어 유방을 탐하는 그의
입에 더욱 가까이 가슴을 가져다 댔다.

그녀를 침대로 밀어 쓰러뜨린 그가 그녀의 하얀 다리를 잡아
활짝 벌렸다. 자세를 잡고 예고도 없이 그녀의 여성을 물어 버
렸다.

"흐웃!"

비칠 깃민 같은 은재는 허공에서 팔을 허우적거리다 베갯잇

을 그러잡고 입술을 깨물었다. 그러지 않고서는 음란한 여자처럼 마구 비명을 내지를 것만 같았다. 그의 혀가 여성을 가르고 질 안으로 파고든다. 뭐라 형용할 수 없는 매끈한 혀의 느낌이 속살에 닿자, 은재는 진저리를 치며 허리를 뒤틀었다. 머릿속이 핑핑 돌아, 이대로 죽을 수도 있을 것 같다는 생각이 희미하게 들었다.

그가 젖은 입술을 손등으로 닦으며 상체를 들었다. 그 모습이 몹시도 사악한 악마처럼 섹시했다. 손가락 하나 까딱할 기운이 없는 그녀는 다리를 벌린 채 누워 그의 처분만을 기다렸다. 그가 흡족한 웃음을 지으며 그녀의 가느다란 허벅지를 벌린 채 자세를 잡았다.

거대하게 발기한 페니스의 끝이 질구에 닿자, 은재는 저도 모르게 허리를 꿈틀거렸다. 뭉근하게 밀려들어 오는 페니스가 주는 쾌락은 그녀를 미치게 만들었다. 그의 팔에 손톱자국을 남긴 채, 제발 빨리 해 달라고 애원하는 자신을 발견했다.

그녀의 애원에도 불구하고 그는 지독하게 느렸다. 천천히, 천천히……. 숨이 막힐 정도로 천천히 움직이는 그로 인해 온몸의 신경이 날카롭게 비명을 질러 댔다.

"제발…… 제발 빨리 해 줘요!"

제정신이었다면 결코 있을 수 없는 일이었겠지만 울먹거리며 애원을 하고 말았다. 그녀의 다리를 넓게 벌린 채 쾅 소리가 나게 부딪쳐 왔다. 머릿속이 어질어질할 만큼 엄청난 쾌감이 전신을 엄습했다.

"빨리, 빨리……."

은재는 섹스에 중독된 여자처럼 그의 움직임을 부추겼다. 입 안이 바짝바짝 말랐고, 숨이 턱 끝까지 차올라 견딜 수가 없었다.

빨리 해 줘요!

그녀를 내려다보는 그의 눈빛에 웃음이 사라졌다.

그가 그녀의 다리를 어깨에 걸치더니 허리에 힘을 주어 강하게 파고들기 시작했다. 쿵, 쿵, 젖은 살이 강하게 부딪치며 만드는 음란한 소리가 그들의 쾌락을 부추겼다.

뿌리 끝까지 뺐던 남성을 강하게 박아 넣는 순간, 은재의 허리가 활처럼 휘며 절정을 맞았다.

"아아아!"

바르르 떠는 진동이 그대로 전해져, 페니스를 문 속살이 진동한다. 페니스를 쥐어짜듯 물고서 빨아 당기는 속살의 힘에 신욱은 뭐라 설명할 수 없는 엄청난 쾌감을 느꼈다. 속살의 저항을 뚫고 미친 듯이 달음박질쳤다. 그의 아래서 은재가 흔들린다. 마침내 그에게도 절정이 찾아왔다.

"으흣!"

그녀 안에서 눈앞이 하얘지는 쾌락을 모두 풀어 냈다.

손가락 하나 까닥할 기운이 없었다. 그런데 뒤에서부터 그가 밀고 들어왔다.

"이, 이건 싫어요."

깜짝 놀란 그녀기 엉덩이를 뗐지만 곧 그의 커다란 손이 납작한 아랫배를 당겨 자신에게로 몸을 밀착시켰다.

"가만히 있어."

이미 한 번의 정사로 인해 매끄러운 질 안을 한 번에 파고들었다. 은재는 머리끝까지 찌르는 것 같은 느낌에 숨을 몰아쉬었다. 만족스러운지 그의 숨소리가 묵직해졌다. 하지만 그녀는 어색한 체위와 함께 아랫배를 꽉 누르는 그의 손으로 인해 페니스가 더욱 깊이 느껴지는 통에 정신을 차릴 수가 없었다.

그녀의 엉덩이를 잡고 살살 움직이기 시작했다. 천천히, 조금씩, 페니스를 뺐다 들어가길 반복하며 손을 내려 여성을 문질렀다. 뭉근한 쾌감이 안개처럼 퍼지더니 이내 폭죽처럼 펑펑 퍼지기 시작했다. 쾌감이 너무 엄청나 겁이 날 지경이었다.

"하, 하지 마요. 하지 마."

그의 손을 잡자, 외려 그가 그녀의 손을 잡아 음핵을 문지르게 했다. 소스라치게 놀란 그녀가 손을 움츠리자 그가 상체를 숙여 그녀의 귓가에 속삭였다.

"만져."

"시, 싫어요."

"좋을 거야."

악마처럼 속삭인 그가 그녀의 손을 덮은 채 강제로 만지게 했다. 자신의 몸이었지만 샤워를 할 때를 제외하곤 만져 본 적이 없는 부위였다. 그녀의 온몸이 터질 듯 붉게 달아올랐다. 섬세하고 매끄러운 뒤태를 감상하며 그는 허리 짓을 계속했다. 이 순간이 몹시 만족스러웠다.

쾌락을 견디지 못하고 팔에 힘이 풀린 그녀의 상체가 베개 위로 꼬꾸라졌다. 그 바람에 의도치 않은 부분이 찔리자, 그녀에게서 커다란 신음이 터져 나왔다.

"아앗!"

순간 그의 허리에 불끈 힘이 들어갔다. 그녀의 통통하고 탱탱한 엉덩이를 잡고 자신에게로 힘껏 끌어당겨 밀어붙이자, 은재가 견디지 못하고 바르작거렸다. 내내 유지하던 그의 이성이 날아간 건 그때였다. 리드미컬하던 움직임이 거칠고 빠르게 변해, 은재를 몰아붙였다.

그녀의 질이 페니스를 끊을 것처럼 죄며 빨아 당기는 느낌에 눈앞이 하얘졌다. 이미 한 번 사정을 했음에도 더는 견딜 수 없는 자극이었다. 그녀의 허리를 자신에게로 힘껏 당긴 채 허리를 튕겨 페니스를 뿌리 끝까지 쑤셔 넣자, 은재가 비명을 내질렀다. 순간 그도 절정을 맞아 사정했다. 사정을 하는 동안 납작한 아랫배를 눌러 도망가지 못하게 했다.

그는 여자를 믿지 않았다. 그런데 어쩌면 서은재는 믿을 수 있을지 모르겠다는 생각이 들었다.

오페라 하우스에서 본 대니얼의 지독한 경멸과 멸시를 되새기던 미아는 마음이 급해졌다. 하루빨리 그의 마음을 되돌릴 방법을 찾아야 했다.

그때 휴대전화가 울렸다. 건성으로 전화를 받자,

— 나다.

바로 지나였다.

약속 장소로 나간 미아는 먼저 나와 자신을 기다리던 지나를 발견했다.

「지나!」

미아가 반가운 척 호들갑을 떨며 지나의 팔을 잡았다.

「대체 그동안 어디 있었던 거예요? 내가 얼마나 찾았는데!」

「그랬니?」

「그럼요.」

「일단 룸으로 들어가자. 사람들 눈을 끌어서 좋을 게 없다.」

「그래요.」

시작은 같은 꿈을 꾸었으나 시간이 깊어 갈수록 둘의 꿈은 달라지고 있었다. 지나는 돈을, 미아는 대니얼과 돈 모두 가지길 원했다. 대니얼의 아내만 된다면……. 그때가 되면 더는 지나의 개 노릇을 하지 않아도 된다. 미아는 하루빨리 그날이 되기만을 바라며 오늘도 지나를 향해 미소를 흘렸다.

「대니얼은 만나 봤니?」

「네. 그가 아주 반가워했어요.」

미아는 활짝 웃으며 아무렇지 않게 거짓말을 했다.

「그랬구나.」

「역시 지나 말처럼 시간이 약인가 봐요. 시간이 지나니, 그도 마음이 풀려 가나 봐요.」

「그러겠지.」

「그럼 슬슬 시작할까요?」

그러자 지나 최가 미아를 똑바로 쳐다보았다. 지나 최의 새까만 눈동자에 아무 감정도 깃들지 않아 유리알처럼 번뜩거리는 것을 본 미아가 가늘게 어깨를 떨었다.

「잘할 수 있겠니?」

「그, 그럼요.」

「그래, 너라면 아주 잘할 수 있을 거라고 믿는단다.」

지나가 우아한 미소를 짓자, 미아는 멍청하게 그 웃음을 따라 웃었다.

「믿어 주셔서 정말 감사합니다.」

독사처럼 간교한 지나의 마음에 자신이 있다는 생각은 미아를 우둔하게 만들었다. 그래서 하지 말았어야 할 말을 하게 했다.

「그런데 지나, 나 궁금한 게 있어요.」

「뭐니?」

「대니얼에게 꼭 그렇게 해야겠어요? 그냥, 대니얼에게 말하면 되지 않나요? 돈이 필요하다고? 엄마인데 대니얼이 모른 척하기야 하겠어요?」

「미아.」

최정인이 상냥하게 미아를 불렀다. 최정인의 표정이 너무나 다정해 미아는 방심하고 말았다.

「네?」

「한 번만 더 그따위 말을 지껄인다면, 너 역시 네가 언제인지도 모르는 사이에, 내가 손을 봐줄 수 있단다. 알겠니?」

소름이 끼칠 만큼 잔혹해진 얼굴로 협박을 했다. 섬뜩해진 미아가 바라보자 최정인이 말했다.

「대답해라.」

「아…… 알겠어요.」

"망할 년. 네년이 하는 생각을 내가 모를 것 같아?"

「네?」

「아니다.」

최정인이 웃으며 흘린 한국말을 미아는 알아듣지 못했다.

"어림도 없지."

별장으로 돌아온 최정인은 수족으로 부리는 사내 론을 돌아보았다.

「알아보라는 건 어떻게 됐지?」

「침실 화장대 위에 가져다 두었습니다.」

「잘했어. 나가 봐.」

론을 내보낸 최정인은 침실로 들어갔다.

이름 : 서은재

나이 : 서른 살

약력 : 200*년, 3월 IE 한국 지사 차석 입사. 지사장 비서실 근무 중 싱가포르행

주소 : 서울시 가양구 가양동 **번지

가족 관계 : 친부 서광석과 계모 정옥선, 의붓동생 서의재

아들의 의전 비서라고 신분을 밝히던 서은재의 프로필과 약
력을 읽던 최정인의 입술이 비릿하게 비틀렸다. 의붓동생의 화
려한 과거와 현재를 낱낱이 읽노라니 저절로 아들의 이름이 입
밖으로 새어 나왔다. 그녀는 아들을 조롱했다.

"대니얼, 대니얼……. 쯧쯧. 너도 결국은 남자였구나."

저 홀로 고고한 척하더니 예쁜 몸뚱이를 보면 미치는 게 너
도 남자긴 했구나.

"서은재라, 처지를 보니 너도 돈이라면 환장을 하겠구나. 그
래, 나는 그런 애가 좋아. 남자에 애면글면하는 미아 같은 계집
은 이제 신물이 나."

이 세상에서 돈이면 안 되는 게 어디 있냔 말이다. 가난이라
면 신물이 난다. 백인들 틈에서 눈치 보고 차별받으며 세탁소
잡부의 아내로 살아야 했던 그 시절만 생각하면 수치스러워 진
저리가 쳐졌다. 무능한 남편은 언제나 말했다.

우리에겐 건강하고 똑똑한 아들이 있잖아.

하지만 그것이 그녀가 사는 이유의 전부가 될 수는 없었다.
빵 살 돈을 빼고는 모두 교육비로 쏟아야만 직성이 풀리는 남
편과 그것을 당연시 여기는 아들이 그녀에게 달라붙어 피를 빨
아들이는 거머리처럼 느껴졌다. 잘 살 거라고 해서 따라온 미
국 땅이었다. 그런데 돌아온 것은 가난과 차별, 멸시였다.

난 그것에 대한 대가를 반드시 받아야 해. 내가 희생해야 했던 내 청춘에 대한 대가를 돌려받아야겠다고!

하지만 냉담한 아들은 좀처럼 지갑을 풀지 않으려 한다.

나는 점점 더 늙어 가고 있는데!

최정인의 아들에 대한 원망은 증오로 바뀌었다.

내가 이토록 허망하게 늙어 가는 동안 저놈은 잘 먹고 잘 살며 찬란한 청춘을 즐기겠지.

그 생각을 하면 최정인은 자다가도 벌떡 일어나 분통함을 이기지 못해 가슴을 쳤다. 모성보다 강한 자기애는, 허무하게 지나간 청춘을 그리워했고 애통해했다.

나는 반드시 보상받아야겠어. 반드시!

그러나 그녀는 가지고 싶고, 아들은 주기를 원치 않는다. 그럼 하나는 포기를 해야 하는데, 그녀는 이미 너무 많은 포기를 하고 살았다. 이젠 아들이 포기할 차례다. 최정인의 미소는 더없이 섬뜩했다.

"게다가 대니얼이 미쳐 있기까지 하다니, 지금 당장 너보다 좋은 미끼는 못 찾을 것 같구나."

최정인은 서류에 붙은 사진 속 은재의 얼굴을 유심히 살폈다.

어쩌면 이건 하늘이 내게 준 기회일지도 몰라.

그것을 생각하는 최정인의 얼굴에 미소가 가득 어렸다.

9.

지나 최의 갑작스런 호출은 은재를 당황하게 만들었다.

"대니얼에게 절대 말하지 마라. 대니얼이 알아서 좋을 건 하나도 없으니까, 알겠니?"

약속 장소를 알려 주며 지나 최가 그렇게 경고했다.

그녀가 약속 장소로 나가자 먼저 와 기다리고 있던 지나 최, 즉 최정인이 미소를 지으며 그녀를 반겼다.

"어서 와라."

저택을 찾아와 천박한 욕설과 함께 그녀의 뺨을 때린 동일인이라고는 믿어지지 않을 만큼 우아하고 친절한 여인의 모습에 은재는 놀라움을 금치 못했다.

"지난 일은 내가 미안했다."

그녀는 자존심이 미약한 사람이 아니다. 그래서 최정인의 사과에도 불구하고 아무·대답도 하지 않았다. 그런 그녀를 보며 최정인이 웃었다.

"그래, 여자란 자고로 도도한 맛이 있어야 한다, 바로 너처럼."

최정인의 속사정이 무엇인지, 궁금했다. 왜 그녀를 불러내 가식 어린 미소와 칭찬을 쏟아 내는 것인지도 궁금했다.

"저를 보자고 하신 이유가 궁금합니다."

"내 아들의 여자를 보고 싶은데 이유가 있을까?"

홍차 한 모금을 마신 최정인이 냅킨으로 우아하게 입가를 닦으며 말했다.

내 아들의 여자.

며칠 전만 해도 그녀는 최정인에게 신욱을 유혹하는 천박한 여자일 뿐이었다. 그런데 며칠 동안 무슨 심경의 변화가 있었기에, 그녀를 아들의 여자로 인정하게 되었는지 은재는 그 이유가 궁금했다.

"내 아들은 매우 까다로운 녀석이지. 예민하고 타인의 잘못을 절대 잊지도 않는 집요한 성격이야. 심지어 가족도 필요가 없는 아주 매정하고 나쁜 놈이지."

우아한 모습과는 몹시도 대조적으로 최정인은 신욱을 향한 독설을 쏟아 냈다. 은재도 동의하는 신욱의 성격이었지만, 엄마가 되어 할 말은 아닌 것 같았다.

"그런 녀석이 널 한집에 데리고 있을 땐 생각해 봐야 하지 않겠니?"

"무얼 말씀입니까?"

"네가 내 며느리가 될지 안 될지에 대해 말이다."

"사모님. 무슨 오해가 있으신 모양입니다. 저는 단지……."

"예쁜 아가, 우리 서로 내숭은 떨지 말자꾸나. 정숙한 여자는 아무리 일 때문이라 해도 독신 남성의 집에 머물지 않는단다. 결국은 너도 바라는 게 있기 때문에 대니얼과 한집에 머무는 거 아니겠니?"

최정인은 미소를 잃지 않은 채 그녀를 모욕했다.

"뭐, 괜찮아. 난 네가 대니얼과 무슨 짓을 하든 상관하지 않기로 했다."

"사모님."

"내가 궁금한 건, 네가 누구 편인가 하는 거다."

"무슨 말씀이십니까?"

"잘 생각해 보거라."

그녀는 우둔한 사람이 아니었다. 그것은 비교적 객관적인 사실이었다. 하지만 최정인의 말은 아무리 생각해도 이해가 되지 않았다.

누구 편이라니? 이신욱이란 남자 곁에 머물기 위해서는 우습게도 아이들처럼 편을 갈라야 하나? 그렇다면 대체 누구와?

쉽게 생각하면 최정인과 이신욱이겠지만, 그럼에도 불구하고 은재가 이해하지 못하는 것이 하나 있었다. 대체 무엇을 위해서 편을 나눠야 하는가 하는 것이었다. 이신욱이 쉬운 남자가 아니라는 것은 익히 알고 있었지만 그 어머니는 더욱 쉽지 않은, 복잡하기 이루 말할 수 없는 사람이었다. 혼돈의 한가운데서, 모든 걸 뒤로하고 그녀가 알고 있는 것이 딱 하나 있었는데 그것은 바로 최정인이 좋은 사람은 아니라는 것이었다.

아, 머리 아파.

그녀는 지끈거리는 이마에 손을 얹었다. 최정인을 만난 뒤부터 계속된 두통은 퇴근을 해 저택에 돌아온 뒤까지 쭉 이어지고 있었다.

"무슨 일이지?"

신욱이 응접실로 들어오는지도 몰랐던 은재는 깜짝 놀라 손을 내리고 뒤돌아섰다.

"기척 좀 내고 다니세요."

"내 집인데, 내가 왜 불편하게 그런 짓을 하고 다녀야 하지?"

그가 그녀의 이마를 짚으며 인상을 썼다.

"열이 나잖아!"

버럭 고함을 지르는 그를 피해 뒷걸음질 쳤다.

"고함 좀 지르지 말아요."

"열이 이렇게 나는 동안 대체 뭘 하고 다닌 거야! 열이 나면 좋지 않다는 걸 모를 만큼 어리석은 건가!"

귀청이 떨어져 나갈 것만 같았다. 천둥 번개는 멀리 있는 게 아니었다. 은재는 귀를 틀어막고 그에게서 뒤돌아섰다.

"그만 좀 해요."

그에게 잡히면 왠지 오늘의 행적을 추궁당할 것 같아 재빨리 침실로 도망쳐 문을 잠갔다. 간발의 차이로 내쳐진 신욱이 문 손잡이를 부술 듯 잡고 흔들었다.

"문 열지 못해?"

그녀는 문손잡이를 꼭 잡은 채 그가 발로 차서 덜컹거리는 문에 기대섰다. 이럴 땐 꼭 야수를 상대하는 심정이었다.

또 비가 내린다.

해 질 무렵부터 내리기 시작하던 비는 밤이 될수록 거세지더 니 기어이 천둥 번개를 동반하는 폭우가 되고 말았다. 최정인 과의 만남을 곱씹으며 어떻게든 혼자 두려움을 이겨 보려던 은 재는 쾅, 하고 내리친 번개가 세상을 하얗게 만들자 그만 이성 을 잃고 전날처럼 신욱을 찾아 침실을 뛰쳐나오는 수치를 저지 르고 말았다.

그날처럼 서재의 문을 열었지만 그녀를 반긴 것은 어둠이었 다. 덜컥 밀려든 공포에 이성을 잃은 은재는 사방을 두리번거 리다 그의 침실로 뛰어 들어갔다. 셔츠를 벗은 채, 바지만 입고 서 있던 신욱의 짙은 눈썹이 치켜 올라갔다.

"생각보다 조금 늦었군."

그의 빈정거림에도 은재는 겁에 질린 아이처럼 다짜고짜 침 대로 뛰어들어 시트를 뒤집어썼다. 자신의 모습이 얼마나 흉측 할지 생각을 돌이켜 볼 틈도 없었다. 얼마나 좋은 매트리스이 기에 푹 꺼지는 느낌도 없다. 신욱이 시트를 뒤집어쓴 그녀를 잡아챘다.

"제 발로 걸어오다니, 잘됐군."

은재는 벌떡 일어나 베개로 그를 때렸다.

"당신이 소리를 쳐서 천둥이 치는 거예요!"

그녀의 베개 공격을 막은 신욱이 그녀를 품에 가뒀다.

"너 요즘 툭하면 날 치는 거 알아?"

"맞아도 싸요!"

"또 툭하면 소리를 질러. 그것도 알아?"

흥!

콰쾅, 쾅!

그녀는 '악' 소리와 함께 겁먹은 강아지처럼 신욱의 품을 파고들었다. 느긋하게 헤드보드에 기댄 그는 천둥이 치는 밤도 제법 괜찮은 것 같다고 생각했다. 서은재가 부드럽고 말랑한 몸을 스스로 그의 품에 던지는 경우는 천둥 치는 밤이 아니면 없으니까 말이다.

천둥을 무서워하는 은재는 어린 소녀 같았다. 사내의 음욕을 자극하는 줄도 모르고 툭하면 흰 잠옷을 입고 나타나는 서은재가 귀를 틀어막고 그의 품에 고개를 묻고 있었다. 한입에 삼켜도 전혀 비릴 것 같지 않은 은재의 모습에 욕망이 사납게 꿈틀거렸지만, 지금은 때가 아니었다. 그는 커다란 손으로 귀를 틀어막은 은재의 손등을 덮었다. 은재의 하얀 얼굴이 그를 올려다보았다.

"괜찮을 거야."

그의 손 아래서 은재의 긴장이 조금씩 풀리는 것이 느껴졌다. 신욱은 침대를 내려와 창문을 닫고 실내 온도를 조금 낮췄다. 후덥지근하던 실내가 금세 시원해졌다. 그런 다음 위스키를 두 개의 잔에 따라 침대로 가져왔다. 은재는 팔려 온 신부처럼 하얀 시트를 머리끝까지 뒤집어쓰고 앉아 불안한 눈으로 그의 움직임을 좇았다.

"마셔."

그녀는 그가 건넨 잔을 미심쩍은 눈으로 보다 한꺼번에 들이켜고 말았다. 그러다 사레가 들려 콜록거렸다. 신욱이 그녀의 등을 두드려 주며 혀를 찼다.

"손이 참 많이 가는 아이군."

기도와 식도, 입안까지 모두 타들어 가는 것만 같은 느낌에 은재는 눈물을 감추지 못하고 연방 기침만 해 댔다. 별수 없이 그는 생수를 가져다주어야 했다. 그녀는 물 한 잔을 다 들이켜고 서야 겨우 진정이 됐다.

"괜찮아?"

"네."

은재는 고개를 끄덕거렸다. 얼마나 격렬하게 기침을 했던지 거짓말을 조금 보태서 그새 얼굴이 해쓱해져 있었다. 기진맥진한 그녀가 지쳐 그를 경계하는 것도 잊고 침대에 누웠다. 쯧, 정말 손이 많이 가는 여자였다. 혀를 차던 신욱은 자신의 몫으로 따른 위스키 잔을 비운 다음 그녀의 옆자리를 차지하고 헤드보드에 기대어 앉았다.

은재의 손이 꼼지락거리더니 벗은 가슴 위를 기어 다니기 시작했다. 그녀의 하얀 잠옷을 볼 때부터 발기하기 시작한 남성이 꼿꼿해져 바지 안에서 꿈틀거렸다.

"무슨 짓이지?"

"싫으면 말해요."

아무래도 천둥이 너무 치고, 기침을 너무 해서 서은재가 미쳤나 보다. 그의 탄탄한 피부는 만질수록 기분이 좋았다. 손가락으로 찔러도 들어가지 않는 근육질의 피부가 부드러울 수도 있다는 것이 놀라웠고 신기했다.

"대체 언제 운동을 해요?"

그녀가 볼 땐 언제나 일만 하는데. 그러자 그가 그녀의 꼬물거리는 손장난을 그대로 받아 주며 말했다.

"몰아서 한꺼번에."

은재는 그의 대답이 마음에 들지 않아 이마를 찌푸렸다. 그바람에 앙증맞은 콧등까지 주름이 졌다.

"왜."

"그러다 죽어요."

"뭐?"

"무슨 운동을 몰아서 해요? 정말 어이가 없어서……. 잠도 몰아서 자고, 먹는 것도 몰아서 먹고, 거기다 운동까지 몰아서 하다가 갑자기 심장을 움켜쥐고 주저앉을 땐 이미 늦었을 거예요. 그렇게 죽고 말 거라고요."

"그럼 여기부터 살려 보든지."

신욱은 탱탱하게 발기한 남성 위로 은재의 손을 잡아 올렸다. 은재가 주먹을 쥐고 그의 어깨를 때렸다.

"심각하게 생각하세요."

"때리는 게 좋아?"

아아, 정말…….

은재는 그의 어깨에 이마를 기댄 채 소리 지르고 싶은 충동을 애써 억눌러 참아야 했다. 그는 문득 궁금해졌다.

"내가 죽는 게 싫어?"

"그걸 지금 말이라고 해요!"

"왜?"

"왜냐하면……!"

"돈을 못 받으니까?"

이 남자가 정말 해보자는 거지?

은재의 눈이 사납게 불타오르는 것을 본 신욱은 한발 물러나기로 했다. 일단 오늘 밤은 무슨 일이 있어도 은재를 가져야 했다. 화가 나서 새침하게 그를 뿌리치고 침실을 나가 버린다면 손해를 보는 것은 그였다.

"사과하지."

그가 순식간에 자세를 역전시켜 은재를 매트리스 위로 깔아 뭉갰다. 그녀의 다리를 자신의 다리로 고정시키고 그녀의 양손을 자신의 양손으로 잡아 고정시켰다.

"비켜요."

"그럴 순 없지."

"나 안 해. 안 할 거라고!"

"그건 안 돼."

"난 당신한테 월급 말고 받은 돈 없어. 그러니까 난 당신이 마음대로 할 수 있는 정부가 아니야. 당신, 확 물어 버릴 거라고!"

신욱은 주먹을 움켜쥔 채 버둥거리는 은재를 아주 가뿐히 제압한 채 천천히 고개를 내렸다.

"정말 물어 버릴 수 있어?"

그의 숨결이 그녀의 입술 바로 위에 닿아 부서졌다. 그 생생한 느낌에 움찔거리던 은재가 사납게 노려보았다.

"물어 버릴 거야!"

입만 열면 나를 모욕하니까, 그 입술이랑 혀부터 물어 버릴 거야. 피가 나도 몰라.

"그럼 물어 봐."

그의 입술이 그녀의 입술 위로 호기롭게 닿았다.

못 물 줄 알아?

그녀가 작은 앞니를 드러내기 위해 입술을 벌리는 순간이었다. 미끈한 그의 혀가 그녀의 입안으로 밀려들어 왔다. 은밀하게 움직여 그녀의 입안 깊숙한 곳까지 파고들었다. 피가 나게 물어 버릴 거라고 다짐했던 은재는 꼼짝도 할 수가 없었다. 그가 다칠까 봐, 이를 날카롭게 세울 수가 없다. 그것은 본능이었다, 신욱이 다치기를 바라지 않는 마음은.

그가 쿡쿡거리더니 그녀의 턱을 잡아 고개를 기울이게 했다. 그의 혀가 그녀의 혀에 얽혀 들자 숨이 가빠지며 심장이 두근거리기 시작했다.

신욱의 손이 잠옷 아래로 기어 들어왔다. 브래지어를 밀치고 소담한 가슴을 움켜잡았다. 그의 입술에 사로잡힌 그녀에게서 희미한 신음이 새어 나왔다. 핑크색의 앙증맞은 유두가 흥분을 이기지 못하고 꼿꼿해져 그의 손바닥 안을 찔러 댔다. 있는지도 모르게 숨어 있다 결정적인 순간 제 존재를 드러내는 것이 서은재의 성격을 그대로 닮은 것 같다.

그의 손길에 그녀의 잠옷과 속옷이 순식간에 벗겨졌다. 그녀의 손에 의해 그의 바지도 버클이 풀리고 아래로 내려간다. 브리프가 벗겨지자마자 거대하게 발기해 있던 페니스가 튕겨 나오며 은재의 손을 쳤다. 그는 그녀의 무방비해 보이는 눈동자를 깊숙이 응시하며 속삭였다.

"만져."

은재의 얼굴이 붉어지더니 하얀 목덜미까지 붉어졌다. 하지만 착하게도 주저하면서도 손을 내려 그의 페니스를 길게 쓸어내렸다. 신욱은 두 눈을 지그시 감았다. 여유로워 보이는 표정임에도 턱은 팽팽하게 당겨져 있었다.

그의 손이 그녀의 가슴을 힘껏 주물렀다.

"흐흣."

예고되지 않은 거친 움직임에 놀라 신음을 내지른 그녀가 저도 모르게 손에 힘을 주어 페니스를 움켜쥐고 말았다. 본능적으로 그의 고개가 뒤로 젖혀지고, 턱이 더욱 팽팽하게 당겨졌다.

"미, 미안해요. 나, 난…… 아."

그의 손이 가슴을 쥐어뜯을 것처럼 압박하자 은재는 어쩔 줄
몰라 몸을 비틀었다. 섬세한 굴곡을 자랑하는 아름다운 여체의
공명을 들은 신욱의 이성이 서서히 사라지고 있었다.

그의 얼굴이 아래로 내려가기 시작했다. 가는 목덜미를 힘껏
빨아 붉은 흔적을 남긴 그가 동그란 어깨를 물자, 은재에게서
여린 신음이 터져 나왔다. 그가 움직일 때마다 거대한 페니스
가 그녀의 연약한 살을 찔러 댄다.

은재는 숨이 턱턱 막혀 왔다. 불을 품은 듯 뜨거운 입술이
쾌락의 정점인 유두를 삼켰다. 도도하게 성을 내고 서 있던 유
두를 앞니로 무는 순간 은재의 몸이 활처럼 아름답게 휘었다.
유두를 물고 놓지 않은 채 신욱은 그녀의 몸을 받치며 말랑하
지만 탱탱한 엉덩이를 힘껏 주물렀다.

그의 다리가 그녀의 다리 사이를 파고들어 갈랐다. 거친 체
모가 연약한 살을 쓸자 오소소 소름이 돋았다. 그의 손이 그녀
의 다리 사이를 덮었다. 손을 강하게 압박하자 은재가 자지러
지는 신음을 내뱉으며 그의 손목을 잡았다.

"그, 그만."

"정말?"

젖은 입술을 섹시하게 빛내며 고개를 든 그가 그녀의 귓가에
허스키하게 속삭이며 다시 손에 힘을 주자, 은재의 숨소리가
더욱 가빠졌다.

"아아……!"

그녀의 귓가에 속삭이는 그의 음성이 더욱 낮아졌다. 그의 손에 지배당하고 그의 말에 귀 기울이기 위해 신경이 집중된다.

"정말, 그만할까?"

"하고 싶어……."

은재의 손이 그의 페니스를 잡아 주저하며 쓰다듬기 시작했다. 그녀의 작은 손에 잡힌 그가 굳어졌다.

"하고 싶어, 응? 나 하고 싶어요."

아기처럼 순진한, 하얀 얼굴을 하고서 탕녀와도 같은 말을 속삭인다. 그녀의 손에 끝이 사로잡힌 페니스가 꿈틀거리며 성을 낸다.

바로 이 순간, 그녀의 뜻에 따라 줘야 한다고, 신욱의 심장이 소리쳤다. 그녀를 실망시켜서는 안 된다, 머리끝까지 파고들어 절정의 비명을 내지르게 해 줘야 한다고 소리친다.

그는 그녀의 양 허벅지를 잡아 벌린 뒤 단 한 번의 간결한 동작으로 페니스 전부를 밀어 넣었다.

"으윽!"

여전히 좁은 질의 속살이 거대한 페니스가 파고들자 감당하지 못하고 부들부들 경련을 일으켰다. 스프링처럼 솟구쳐 오르려는 은재의 동그란 어깨를 잡아 누른 채 그는 페니스를 끝까지 뺐다 다시 밀어 넣었다. 은재가 어쩔 줄 몰라 바르작거렸다. 그가 움직일 때마다 페니스에 달라붙은 은재의 속살이 함께 움직이는 것 같은 착각이 들었다. 단지 그것만으로도 신욱의 눈앞이 깜깜해졌다 하얘진다.

아무런 기교도 없이, 그저 거친 삽입만으로도 이성을 잃을
만큼 좋았다. 절정이 코앞에 닿아 있다고 느낄 만큼 통제를 잃
은 움직임으로 은재를 몰아붙였다. 평소와 다른 거친 움직임에
은재가 비명을 지르며 오르가슴에 다다랐다. 그 순간, 그녀의
엉덩이를 힘껏 잡은 채 힘껏 페니스를 밀어 넣은 그도 사정을
했다.

"좋았어?"

그 순간 숨을 헐떡거리며 애송이처럼 묻고 말았다. 은재가
쌕쌕거리면서도 얼굴을 붉히더니 고개를 끄덕거렸다. 깊은 만
족감이 밀려든다.

창밖의 천둥소리는 점점 희미해지고, 침실의 어둠이 깊어질
수록 서로에게 얽혀 드는 것에 이성을 잃는다.

신욱이 건물 안으로 들어서자 로비를 오가던 직원들이 일제
히 멈춰 고개를 숙였다. 무뚝뚝한 얼굴을 짧게 끄덕거리는 것
으로 인사를 대신한 신욱을 크리스와 경호 실장 에릭이 뒤따르
고, 그 뒤를 은재가 따랐다. 열대기후의 밤이 뜨거워질수록 낮
은 더욱 정중해지고 사무적이 되어 갔다.

「아휴. 냉기가 뚝뚝 흐르네, 흘러.」

비서실을 지나쳐 회장실로 곧장 들어가는 신욱을 보며 제인
이 작게 진저리를 쳤다.

「대체 은재 씨는 어떻게 한집에 있는 거예요? 나는 잠깐씩

보는 것도 이렇게 숨 막히는데?」

뒷짐을 지고 서 있던 닉이 점잖게 말을 보탰다.

「제인을 숨 막히게 하는 그분이 제인을 먹여 살리고 있다는 걸 잊지 마.」

「뭐야? 왜 내가 회장님 흉만 보려고 하면 끼어들어 초를 치는 거야? 닉, 말해 봐. 당신 회장님 좋아해? 사랑해?」

발끈한 제인이 삿대질을 하며 다그치자 닉의 얼굴이 빨개졌다.

「어, 어, 이 여자가. 무슨 그런 소리를 해? 나, 나 여자 좋아해.」

성품이 워낙 조용하고 점잖아서 불필요한 말은 잘 하지 않는 닉이 더듬으면서까지 제인의 말을 부정했다.

「그럼 왜 그러는데?」

은재가 제인의 팔을 잡으며 중재에 나섰다.

「제인, 목소리 좀 낮춰야겠어요. 닉도 제인이 걱정돼서 그런 거지, 별 뜻은 없었을 거예요. 그렇죠, 닉?」

「그, 그럼요. 절대로 별 뜻이 있었던 건 아닙니다, 절대로.」

「거봐요. 진정해요, 제인. 이러다 크리스 실장님이 보면 우리 전부 시말서를 써야 할지도 몰라요.」

「아, 시말서. 난 그것도 싫어.」

「싫은 것도 참 많네.」

「뭐야?」

무심코 끼어든 닉은 또 제인의 죽일 듯한 눈 흘김에 진땀을 빼야 했다. 한 공간에 한 사람씩만, 제인이든 닉이든 서로가 곁에 없다면 더없이 훌륭한 비서로서 제 임무를 다했다. 하지만 같은 공간에 함께 있게 되면 꼭 이런 일이 생겼다.

이런 일에 비교적 눈치가 둔한 은재가 보기에도 닉이 제인을 더 좋아하는 것 같았다. 제인과 닉이 티격태격하는 것을 보는 재미는 쏠쏠했지만 그러다 종종 크리스에게 소란한 사무실의 분위기를 지적당하기 때문에 싸움은 숨어서 해야 했다.

어느 날 갑자기 비서로서의 자질과 이 일이 과연 자신의 길인지를 뒤늦게 고민하기 시작한 제인은 최근 몹시도 울적해 보였다.

「제인, 우리 오늘 점심, 회사 앞 일식집에서 초밥 먹을까요?」

「초밥이요? 하지만 그 집은 너무 비싸잖아요. 점심시간이라고 해도 자리가 없어 예약해야 하는데…….」

「예약, 내가 할게요. 그때 제가 쏘기로 한 거 있잖아요. 아무래도 저녁 시간은 일정이 잘 맞지 않으니까 오늘 초밥으로 쏠게요. 닉이랑 같이 가요. 어때요?」

제인이 닉을 힐끗 보았다.

「닉도요?」

그러자 닉이 발끈했다.

「나도 초밥 좋아해.」

아무리 봐도 닉이 제인을 더 좋아한다. 마음에 들지 않는 듯 닉을 노려보던 제인이 은재를 향해 배시시 웃었다.

「좋아요. 은재 씨, 사랑해요.」

은재는 미소를 지으며 진심을 담아 대답을 되돌렸다.

「나도 제인 사랑해요.」

바로 그때 회장실의 문이 열리고 크리스와 신욱이 나왔다. 은재는 본능적으로 미소를 지우며 자리에서 일어났다. 제인과 닉도 마찬가지였다. 언젠가 은재가 말했던 것처럼 상대를 단칼에 베어 버릴 것 같은 매서운 눈으로 비서실을 주욱 둘러보았다.

「침묵은 이제 바라지 않도록 하지. 비교적 정숙, 이해하겠나?」

「네, 회장님, 주의하겠습니다.」

비싼 만큼 제 값어치를 톡톡히 해내는 초밥을 대량 흡입한 세 사람은 사이좋게 테이크 아웃 커피 컵을 들고 느긋한 걸음으로 회사를 향해 걸었다.

「회장님 은근히 유머가 있으신 것 같지 않아요?」

「뭐냐? 숨 막힌다고 할 때는 언제고 이제 유머가 있대?」

역시 닉이 제인을 더 좋아하는 게 분명하다.

「자꾸 그럴래?」

「내가 뭐!」

토닥거리는 말싸움으로는 부족했던지, 제인이 씩씩거리며 닉을 잡기 위해 뛰어갔다. 제인의 수선스러움은 종종 사무실의 문젯거리가 되긴 했지만 늘 유쾌한 개구쟁이 아이 같은 모습이

어서 보고 있으면 기분이 좋았다. 분위기 메이커 제인이 없는 비서실은 상상할 수도 없었다.

손목시계를 보자 점심시간이 끝나기까지 아직 15분 정도가 남아 있어 그녀의 걸음은 여유로웠다. 신욱은 오늘 오찬회의가 있어 크리스와 함께 외부에 나간 상태였다. 그래서 오늘은 조금의 여유를 즐겨도 좋은 날이었다.

그때였다. 그늘 쪽으로 걸음을 옮겨 제인과 닉의 뒤를 따르려는 그녀의 앞을 최정인이 막아섰다. 더위를 피할 속셈인지, 아니면 사람들의 시선을 피할 작정인지 챙이 몹시도 넓은 모자를 쓴 최정인을 갑작스럽게 맞닥뜨린 은재의 눈이 커졌다.

"여, 여긴 어떻게……."

"할 말이 있어 왔다. 따라와라."

그녀의 대답을 듣지 않고 최정인이 일방적으로 뒤돌아섰다. 가만히 서 있어도 땀이 줄줄 흐르는 더위였음에도 몸에 딱 달라붙는 검은 투피스 정장을 입은 최정인은 도저히 서른다섯 살의 아들을 둔 엄마로는 보이지 않았다.

은재는 불안한 눈빛을 숨기지 못한 채 최정인과 그들이 앉은 실내를 돌아보았다. 근처 카페로 들어갈 줄 알았던 최정인은 그녀를 차에 태워 회사에서 떨어진 호텔 VIP룸까지 데려왔다.

"죄송하지만 제겐 오래 앉아 있을 여유가 없습니다. 점심시간이 끝나서……."

최정인이 우아한 손짓으로 다기를 들어 차를 따르며 물었다.

"어른과 이야기를 할 땐, 어른이 먼저 말씀하시기 전까지 기다려야 한다는 걸 배우지 못했니?"

어른이라 함은, 아랫사람이 배울 게 조금이라도 있는 사람이어야 하지 않을까. 최정인의 전부를 알지 못했지만 그럼에도 불구하고 은재는 최정인이 싫었다. 신욱의 생모여서 더 싫은지도 몰랐다. 설령 사회적으로 큰 업적을 세운 사람이라 해도 자식에게 상처를 주고 인정받지 못한 부모라면 스스로 '어른'이라 말할 자격은 없는 것이 아닐까? 은재는 신랄하게 생각했다.

"나는 네가 대니얼과 한집에 살면서 결혼까지 해도 괜찮다고 허락을 했다. 그러니 너도 내게 보답을 해야 하지 않겠니?"

은재는 최정인의 말뜻이 무엇인지 정말 알 수가 없었다.

"제가 사모님께 무슨 보답을 해야 하는 것입니까? 그리고 이런 말씀 실례인 걸 알지만, 사모님의 허락은 이신욱 씨와 저의 관계에 영향을 끼치지 못합니다."

그는 그녀와 결혼 같은 걸 할 사람이 아니니까.

"당돌하구나. 그래, 버릇이 없긴 하지만 그런 점이 내 마음에 드는 걸 부정할 수가 없구나."

그녀는 이 대화를 멈추고 싶었다.

"사모님."

그러나 그녀보다 먼저 최정인이 약병을 내밀었다.

"하루에 한 알이다."

"이건 무슨 약이죠?"

"그것까지 네가 알 필요는 없다. 넌 그냥 내가 시키는 대로 하면 돼. 약효가 제대로 발휘될 때까지는 제법 시간이 걸릴 테니 그때까지 대니얼에게 잘 보여라. 납작 엎드려서 대니얼이 제 신발을 핥으라고 해도 핥아."

은재는 제 귀를 의심했다.

"지금……지금 무슨 말씀을 하시는 겁니까?"

"아가, 이건 경고다. 그러니 똑똑히 들어라. 앞으로도 네가 나와 대니얼 사이에서 일어나는 일들에 대해 전부를 알아야 한다고 착각하지 마라."

"사모님."

"그렇게 살인자 보듯 날 추궁하지 마라. 대니얼은 내가 배 속에서 열 달을 품어 낳은 아들이다. 설마 내가 내 친아들을 죽이기라도 한다는 거냐, 뭐냐?"

"그런데 왜 약을 주시는 겁니까?"

"그 애가 내 말을 듣지 않으니 그런 것뿐이야. 자고로 부모 말을 듣지 않는 애들이란 혼이 날 필요가 있지 않니? 눈치가 빠른 놈이라 약효가 너무 빨리 나타나면 주위에 심어 둔 놈들이 날 의심할 거야. 그러니 서서히 젖어 들게 해야 해. 그런 의미에서 네가 필요한 거다. 알겠니? 하지만 널 보는 대니얼의 눈빛이 심상치 않았으니, 크게 노력하지 않아도 될 거야. 침대에서 대니얼의 뜻에만 맞춰 주렴. 남자는 페니스를 애무해 주면 그대로 끝이라는 걸 잊지 말고."

"사모님! 말씀이 지나치십니다!"

276

최정인의 천박한 말에 모멸감을 참지 못한 은재가 소리쳤다. 그러자 최정인이 붉은 매니큐어가 칠해진 손톱을 보란 듯 손을 펼치며 말했다.

"한 번만 더 내게 훈계를 하면 그땐 내가 아주 화가 날 것 같구나. 그러니 내가 말을 할 땐 그저 듣기만 해라. 알겠니?"

상식이 통하지 않는 사람과의 대화가 얼마나 소모적인지 은재는 다시 한 번 깊이 깨달았다. 이미 한국에서 넘치도록 단련이 되어 있었지만, 최정인은 옥선과 의재를 능가하는 사람이라 은재는 치를 떨 수밖에 없었다. 황망한 표정으로 앉은 그녀를 보며 최정인이 의자에서 일어났다.

"네 능력이 어디까지인지 두고 볼 테니, 노력해 보렴. 대니얼의 아내는 언감생심이라 노리지도 못하고 정부만 되어도 좋다고 달려드는 여자가 얼마나 많은지 아니? 그러니 너도 밀려나지 않으려면 아주 열심히 노력해야 될 거야. 그럼 기대해 보마."

마지막까지 그녀를 향해 모멸감을 선사한 최정인이 호텔 룸을 나갔다. 무릎 위에 놓인 주먹이 부들부들 떨렸다. 어떻게 엄마라는 사람이 저럴 수가 있지?

은재를 버려두고 VIP룸을 나온 최정인은 자신을 기다리고 있던 백인 사내에게 다가갔다. 사내가 차 문을 열어 주며 조심스럽게 물었다.

「좀 더 시간을 두고 지켜보셨어야 되지 않았겠습니까?」

「그런 생각이 없지는 않았지만, 저 애의 행동을 보건대, 괜찮을 거다. 저 앤 대니얼에게 절대 나와 약에 대해 얘기하지 못할 거야.」

최정인은 자신만만한 얼굴로 빙그레 웃었다.

「사랑에 빠진 계집아이만큼 순진하고 어리석은 존재는 없단다. 저 애는 결국 내 뜻대로 움직이게 될 거야.」

은재에게 준 약은 위약이었다. 아무 효과도 낼 수 없는, 일종의 비타민과 같았다. 저 계집이 자신의 뜻대로 순순히 움직이는지 어떤지, 시험도 없이 바로 실전에 내보낼 수는 없는 법이다.

「시간이 걸려도 이 방법이 제일 좋을 거야. 대니얼을 내 뜻대로 좌지우지하려면, 결국은 약을 먹일 수밖에 없으니.」

그때였다.

「지나!」

사색이 된 얼굴로 미아가 뛰어오는 것을 본 최정인의 이마가 희미하게 찌푸려졌다.

「저 계집에게 내 행선지를 알린 거야?」

「아닙니다.」

최정인의 고개가 사내를 향해 돌아가며 날카로워졌다.

「그럼 저 계집이 내게 미행을 붙였단 거야?」

백치미 줄줄 흐르는 계집 흉내를 내더니 그게 아니었던 거야? 자신에게 다가오는 미아를 보는 최정인의 얼굴이 매우 표독스러워졌다.

「여긴 어쩐 일이니?」

「지나, 조금 전 그 상황은 뭐죠?」

「무슨 소리니?」

「왜 서은재를 만났어요?」

「미아.」

「대답하세요. 서은재와 무슨 얘기를 했죠?」

미아의 도전적이고 날카로운 질문을 받은 최정인의 표정에 날이 섰다.

「내가 왜 그 얘길 네게 해야 하니?」

「지나, 난 사실을 들을 권리가 있어요.」

「훗, 무슨 권리? 2년이 다 되어 가도록 대니얼의 마음 하나 다시 얻지 못한 주제에, 그 뻔뻔한 낯짝을 들고 내 앞에 나타나 나를 다그쳐?」

「지나!」

최정인이 미아의 가녀린 뺨을 세차게 내리쳤다.

「천박한 년. 처음부터 느꼈지만 너란 년은 예의라는 게 없 어! 적어도 서은재 같은 기본적인 품위는 있어야 할 거 아니니, 응?」

「지나, 어떻게 그런 말을 할 수가 있죠? 내가 지나를 위해서 한 일이 얼마인데!」

「네가 날 위해 무슨 일을 얼마만큼 했는지 모르겠지만, 내가 바란 건 딱 하나였다. 대니얼을 유혹해서 그의 아내가 되란 것 말이다. 그런데 넌 그 일을 해내지 못했어.」

「그건 모두 지나 때문이었잖아요! 지나가 나타나는 바람에……..」

최정인이 다시 미아의 뺨을 때렸다.

「네년이 실패한 걸 내 잘못으로 돌리지 마! 한 번만 더 그딴 소리를 지껄이면 정말 용서하지 않을 거다.」

미아는 연거푸 맞은 뺨을 감싸고 울먹거렸다.

「어떻게 이럴 수가 있어요?」

「이런 게 바로 비즈니스다. 앞으로 대니얼과 서은재 사이에 끼어들지 마. 만약 내 말을 어겼다간 너와 마이클 로건 모두 매장당할 줄 알아.」

「내가 이대로 당하고만 있을 것 같아?」

미아가 악을 쓰며 대들었지만 최정인은 평정을 잃지 않은 채 싱긋 웃었다.

「미아 메이, 늘 느끼던 거지만 앞으로도 무사하고 싶다면 넌 그 입을 조심해야 할 거다. 대니얼이 아무리 천대를 해도 나는 대니얼의 엄마야. 너 하나쯤 쥐도 새도 모르게 죽이는 건 아주 쉬운 일이란다. 그 사실을 부디 잊지 말려무나.」

최정인은 미아의 하얀 주먹이 부들부들 떨리는 것을 보며 우아한 미소를 지었다.

「이제 그만 내 앞에서 사라져 주겠니?」

엘리베이터의 문이 열리고 마이클 로건이 내려섰다. 미아가 묵는 스위트룸에서 계속해서 위스키 주문이 내려오고 있다는 프런트 직원의 전화를 받고 달려오는 길이어서 그의 얼굴에는 불안함이 역력했다. 안 좋을 거라 예상은 하고 있었지만 막상 맞닥뜨린 눈앞의 객실 풍경에 마이클은 할 말을 잃고 말았다.

소파 아래 눕듯이 기대앉은 미아는 말 그대로 아주 엉망이 되어 있었다. 얼른 미아에게 다가간 마이클은 그녀의 손에 들려 있던 위스키 병을 뺏었다. 그러자 미아가 술에 취해 흐느적거리는 손을 그에게 내밀었다.

「이리 내.」

「너 지금 무슨 짓이야! 네 입으로 다신 재활 치료 받지 않겠다고 했잖아!」

「달란 말이야!」

미아가 그를 향해 글라스를 던졌다. 그의 가슴에 부딪친 글라스가 카펫 위를 나뒹굴었다. 마이클은 미아의 난폭한 행동을 보고서도 믿을 수가 없어 소리쳤다.

「미아! 너 지금, 지금 이게 무슨 짓이야!」

미아가 표독스러운 눈으로 마이클을 노려보다 달려들었다.

「왜 하필 그때였어! 왜 하필! 왜 그때 내 눈앞에 나타나 내 옷을 벗긴 거야? 마이클, 대답해 봐. 대니얼이 있다는 걸 알고 있었지? 그랬던 거지?」

「제정신이야? 미아, 정신 차려!」

미아가 마이클의 뺨을 때렸다.

「가증스럽게 날 생각하는 척하지 마. 정말 날 생각하고 아꼈다면 그때 내 앞에 나타나지 말았어야 했어, 대니얼에게 들키지 말았어야 했다고!」

「미아!」

「아아악!」

미아가 금발 머리를 움켜잡고 새된 비명을 내질렀다. 마이클
은 자해하지 못하도록 미아를 꼭 끌어안았다.

「미안해. 미안해.」

미아의 원망이 속상하면서도, 어쩌면 그것은 당연하다고 생
각했다. 그가 아니었다면 미아는 지금쯤 대니얼 리의 아내가
되어 있었을 것이다.

「제발, 날 제자리로 돌려놔 줘. 응?」

「그럴게. 그러니까 정신 차려. 정신 똑바로 차리고 봐. 네가
제자리를 향해 가는 그 길을.」

"제인을 사랑해?"

그의 나지막한 빈정거림에 은재의 숟가락이 허공에서 딱 멈
췄다. 마치, 그게 무슨 말이에요? 하듯 순진하게 눈꺼풀을 깜빡
거렸다.

"네?"

"후훗."

그가 매우 신랄하게 코웃음을 치며 포크로 그녀를 가리켰다.

"그 표정이 연기라는 거 모를 만큼 내가 멍청한지 아나?"

"그래요?"

은재는 그만큼이나 신랄하게 응수하고는 숟가락을 냉큼 입안에 밀어 넣었다.

"누가 제인을 싫어해요? 그렇게 유쾌한 사람을?"

"그래서 넌 사랑 고백을 그렇게 남발하나?"

"뭐, 어때요? 여자끼리?"

"여긴 한국이 아니야. 제인이 오해라도 하면 어떡하려고 그런 무책임한 고백에 대답을 한 거지?"

곰곰이 생각하던 은재가 어깨를 으쓱거렸다.

"괜찮아요."

신욱이 경고가 다분히 섞인 어조로 으르렁거렸다.

"서은재."

"글쎄, 괜찮다니까요."

닉은 그녀와 경쟁자가 되고 싶어 하지 않을 거고, 그녀 역시 닉과 경쟁자가 되고 싶지 않았다. 그보다 더 중요한 것은 최정인이었다. 가벼운 말장난으로 가라앉은 기분을 날려 버리려 해도 쉽지가 않았다. 최정인의 말처럼 배 속에서 열 달을 품어 낳은 아들에게 약을 먹이려는데, 그것을 그녀에게 시키려는데, 어떻게 기분이 좋아질 수 있을까!

은재는 정말 돌아 버릴 지경이었다.

최정인보다 먼저 일어서 VIP룸을 나왔어야 했다. 그랬어야 그 약을 가지고 오는 끔찍한 일을 하지 않을 수 있었는데……!

약병의 작고 하얀 모양을 보며 얼마나 망설였는지 모른다.

하지만 약병을 두고 올 수는 없었다. 호텔 측에서 의심을 품을 수도 있었고, 최정인의 술수에 가담하고 싶어 하는 사람이 생길 수도 있었다. 별수 없이 약병을 백에 넣고 오는 길, 그녀는 내내 숨이 막혔다.

당신 어머니가 당신을 해치려고 해요!

당장이라도 그렇게 소리치고 싶었다. 그래야 마땅했다. 하지만 은재는 신욱이 상처받는 것을 지켜볼 자신이 없었다. 대체 그가 얼마나 더 만신창이가 되어야 만족을 할 것인지 모르겠다.

얼마나 스트레스를 받았는지 다시 왼쪽 옆구리가 뭉근한 통증을 호소했다. 실은 이렇게 그와 마주 앉아 아무렇지 않은 얼굴로 밥을 먹는 일조차 고역에 가까웠다.

"널 한국으로 보내 버릴 거야."

생모가 해칠 거라는 걸 꿈에도 알지 못하는 이 남자는 여전히 제인에게 한 말을 가지고 앙심을 품는다.

"갈까요?"

"뭐?"

"정말 한국으로 갈까요?"

한국으로 돌아간다면 의재와 옥선을 마주하겠지만 적어도 최정인이 벌이려는 끔찍한 일들에서 해방될 수 있었다.

"가고 싶어?"

하지만, 최정인은 그녀가 아닌 또 누군가를 찾아낼 것이다. 신욱을 자신의 손아귀로 움켜잡기 위해. 은재는 단호하게 고개를 저었다.

"아니에요."

그녀는 뜬눈으로 밤을 새다시피 하고 출근을 했다. 파리한 낯빛을 조금이라도 감춰 보려고 볼터치를 해도 소용이 없었다. 아니나 다를까, 이 층에서 내려오는 그녀의 안색을 본 신욱의 눈매가 가느다래졌지만 다행스럽게도 별말은 하지 않았다.

이신욱은 많은 것을 알고 있는 남자다. 그런 남자의 눈을 오랫동안 피하는 것은 불가능했다. 가급적 빨리 해결을 해야 했지만 어떻게 해야 할지 방법이 생각나지 않았다. 누군가의 도움이 절실했지만 누구를 믿어야 할지, 또 그 누군가가 그녀의 말을 믿어 줄지가 미지수였다.

하지만 이렇게 우왕좌왕하다 상황을 악화시킬 수는 없어.

은재는 조용히 크리스의 사무실 문을 노크했다.

「들어와요.」

점잖은 목소리가 들려오자 문을 열고 안으로 들어섰다.

「실장님.」

막 의자에서 일어나 재킷을 걸치던 크리스가 은재를 보고 다소 놀란 표정을 지었다.

「은재 씨가 어쩐 일입니까? 할 말 있습니까?」

「네, 중요한 이야기입니다.」

「그래요? 그런데 어쩌죠? 지금 급히 회의에 참석해야 하는데…… 다녀와서 합시다.」

본인의 말처럼 크리스는 몹시 바빠 보였다. 은재는 손에 든 약병을 꼭 움켜잡았다.

「……알겠습니다.」

일단 약병을 돌려준 다음, 크리스에게 얘기해도 늦지는 않을 것이란 판단이 섰다. 크리스의 사무실을 나와 자리로 돌아온 은재는 휴대전화를 백에서 꺼내 들었다.

"서은재입니다. 만나 뵙고 싶습니다."

전날 최정인을 만났던 호텔 VIP룸에서 다시 최정인을 기다리는 은재의 심장은 몹시 떨렸다. 웃는 얼굴이 더 무서운 여자이자 신욱의 생모를 상대로 게임을 벌일 수 있을 거란 생각은 해 본 적이 없었던 그녀였다.

가족이라는 이름으로 부모가 자식에서 얼마나 끔찍한 상처를 줄 수 있는지, 은재는 자신이 그것을 차라리 이해하지 못한다면 좋겠다는 생각까지 들었다. 하지만 가족에게 받은 상처는 돌이킬 수 없음을 잘 알기에 이대로 두고 볼 수가 없었다. 이미 생모에 대한 불신과 미움으로 깊은 상처를 안고 사는 신욱에게 또 다른 상처가 생기게 내버려 둘 수는 없는 것이다.

생각만으로도 화가 나서 꽉 쥔 주먹에 파르란 핏줄이 도드라질 때, VIP룸의 문이 열리고 화려한 옷차림의 최정인이 들어왔다. 은재는 사무적인 태도를 유지하기 위해 자리에서 일어나 인사를 했다.

"안녕하십니까."

"안녕하기에는 날이 너무 덥구나. 너는 이렇게 더운 날 사람을 불러내는 것은 예의가 아닌 것도 모르니?"

최정인은 그녀를 향해 불만 가득한 표정을 지어 보이며 자리에 앉았다.

"그래, 무슨 일이니?"

최정인을 따라 자리에 앉은 은재는 옆 의자에 놓여 있던 가방을 들어 전날 받았던 약병을 꺼내 테이블 위로 올렸다.

"약, 돌려드립니다."

최정인의 눈썹이 꿈틀거렸다.

"상당히 버릇이 없구나."

은재는 그에 굴하지 않고 조용히, 그러나 단호한 어조로 말했다.

"사모님이 말씀하시는 그런 힘, 저는 없습니다. 내일이라도 당장 한국으로 돌아가 버리면 그만인 사람에게 너무 큰일을 맡기시는 것 같습니다만."

그러자 최정인이 극적인 표정으로 고개를 가로저었다. '이래서 애들이란⋯⋯.' 이란 말을 읊조리며 한참을 고갯짓을 하던 최정인이 단단히 작정이라도 한 듯 가슴 위로 팔짱을 꼈다.

"원하는 게 뭐니?"

은재가 조용히 물었다.

"무엇을 주실 수 있으십니까?"

그녀의 대답을 예상하지 못한 듯 최정인의 목소리가 한 톤 높아졌다.

"뭐야? 너 지금 나와 장난하려는 거야?"

"아닙니다. 다만 대체 제게 무엇을 주실 수 있으신지 궁금해서 여쭤 본 것입니다. 사모님께서 대가에 비해 위험 부담이 너무 큰 일을 시키시지 않습니까? 제 프로필을 보셨다니 아시겠죠. 저는 돈이 없으면 안 되는 사람입니다. 싱가포르는 잠시 외유라고 해 두죠. 한국으로 돌아가면 천 원짜리 하나에도 벌벌 떠는 사람이 되어야 합니다. 그런데 고작 돈 몇 푼에 범법자가 될 수는 없지 않겠습니까?"

최정인이 가슴이 들썩거릴 만큼 크게 숨을 내쉰 다음 목소리의 평정을 유지해 말했다.

"더 줄 수 있다. 원하는 액수를 말해 보렴."

은재는 화가 났다. 액수라니······. 그들은 지금 물건을 놓고 거래를 하는 게 아니었다. 사람이었다. 그것도 최정인이 낳은 아들 이신욱 말이다!

"당신이 생각하는 이신욱 씨의 몸값은 얼마인가요?"

"뭐야?"

"제가 생각하는 이신욱 씨의 몸값을 과연 맞춰 주실 수 있을까요?"

스스로의 질문에 고개를 저은 은재가 자리에서 일어났다.

"아니요. 그것을 맞춰 줄 수 있는 사람은 아무도 없습니다. 이신욱 씨 본인밖에는요."

전날 최정인이 그랬던 것처럼 은재는 VIP룸을 먼저 나왔다. 약병의 무게는 100그램도 되지 않겠지만, 그것을 가지고 있던 은재는 하늘을 이고 있는 기분이었다. 최정인에게 돌려주고 나자 비로소 멍에를 떨쳐 버린 듯 제대로 숨이 쉬어졌다.

원하는 액수?

로비를 걷는 은재의 표정에 날이 섰다.

그만큼의 액수를 맞춰 줄 수 있어? 대체 누가?

닉이 그런 것처럼 그녀 역시 그를 더 많이 좋아하고 있는지도 모르겠다. 하지만 그의 가치는 돈으로 따질 수가 없다. 신욱은 인정받고 존중받아 마땅한 사람이었다. 부모라면 당연히 그를 사랑하고 인정해 줘야 마땅했다. 생각을 할수록 화가 나서 견딜 수가 없었다. 지금 생각 같아선, 옥선은 좋은 사람이라고 말할 수도 있을 것 같았다.

그때 휴대전화의 벨이 울렸다. 크리스였다.

「네, 실장님.」

그녀는 이 일을 절대 좌시하지 않을 것이다.

한편 VIP룸에 홀로 남은 최정인의 얼굴은 속을 알 수 없게 무표정했다. 테이블에는 은재가 놓고 간 약병만이 덩그렇게 놓여 있었다. 한참 동안 그것을 바라보던 최정인의 얼굴에 서서히 웃음이 감돌더니 마침내 큰 소리로 웃고 말았다.

미련한 것, 어쩜 그렇게 내 뜻대로 움직일 수가 있지?

"하하하하."

최정인은 마음껏 웃음을 터트렸다.

애당초 한 번으로 일이 성사될 거란 생각은 하지 않았다. 저렇게 도도하고 고고한 척해도 결국은 무너지게 되어 있었다.

"어리석은 아이야. 처음 내가 한 말을 듣지 않은 것을 분명히 후회하게 될 거다."

처음 제안을 받아들였다면 한 밑천 챙겨 갈 수도 있었겠지만, 이제 그 기회는 사라졌다. 자신과 만나 밀담을 나누었다는 것만으로도 서은재에게는 신욱에게 말하지 못할 약점 하나가 생긴 터.

"불쌍한 것, 앞으로 서서히 네 목이 조여들게 될 거다. 그 고통을 어떻게 참아 내려고 내 제안을 거절한 거니, 응? 아하하하."

상황이 뜻대로 돌아간다는 기쁨은 최정인을 들뜨게 만들었다. 2년 전 미아 메이가 망친 일들을 이제야 비로소 제자리로 돌려놓을 수 있다는 기쁨과 설렘. 이제야 자신의 노력이 빛을 발하는 것 같았다.

아무것도 없는 무일푼의 최정인이, 지나 최로서 상류층 삶을 살 수 있게 된 것은 모두 처절하리만큼 치열한 노력 때문이었다. 돈을 아끼지 않고 외모와 몸매를 가꿔 재혼한 남자를 천천히 죽이는 것. 그것은 꽤나 많은 시간과 노력, 그리고 정성이 들어가는 일이었다. 반드시 자연사로 보여야만 했기 때문에, 골머리를 앓아도 반드시 그 남자에게 어울리는 죽음을 찾아내곤 했다. 그 덕에 최정인은 3번의 미망인이 되는 동안 한 번도 의심받지 않았다.

하지만 꼬리가 길면 언젠가는 밟히는 법이다. '죽음의 여인'

이란 별명이 붙기 시작하면서부터 돈 많은 늙은 영감들이 자신을 피하기 시작했다. 그리고 보험 회사에서도 자신을 주시하고 있었다. 같은 수법을 사용하기에는 위험한 시점이었다.

이미 상속받은 재산이 상당하지만, 돈이란 언제 어떻게 없어질지 모르는 것이다. 가질 수 있을 때 더 많이 가져야 하는 것이 돈이었다. 대니얼의 엄청난 재산이 자신의 차지가 되면, 더는 머리 굴려 가며 남의 돈을 탐낼 필요가 없어진다.

"후훗."

간악한 미소를 지은 채 VIP룸을 나서는 최정인의 발걸음은 가볍기만 했다.

하지만 로비를 나서는 순간 최정인의 기분이 급속도로 다운되기 시작됐다. 로비를 나서기 전 프런트에 말해 주차된 차를 부르게 했는데, 아무리 기다려도 차가 오지 않았다. 습하고 더운 날씨에 공들여 한 화장이 녹아내리는 게 느껴지자 걷잡을 수 없이 화가 났다. 최정인은 클러치 백에서 휴대폰을 꺼내 론에게 전화를 걸었다. 신호가 두 번 울리자 론이 전화를 받았다.

— 네, 여사님.

「대체 어디 있는 거야?」

그러자 론이 다소 당황한 듯 말을 받았다.

— 사람들 눈을 피하라고 지시를 내리시지 않으셨습니까?

「무슨 소리를 하는 거야! 여기가 뉴욕도 아닌데 널 알아볼 사람이 어디 있어? 이 더위에 내가 널 돌아가라 했을 리가 없잖아!」

　최정인이 마음껏 화를 내며 주위를 돌아보았다. 로비를 나온
지 5분도 되지 않았는데 땀이 흘러내렸다. 하루빨리 이 나라를
떠나고 싶어 견딜 수가 없다.

「당장 돌아오지 못해!」

　호텔 정문을 드나드는 많은 사람들이 우아하게 성장을 한 최
정인이 악을 쓰는 모습을 힐끗거리며 지나쳤지만, 정작 본인은
그것을 알지 못했다.

　또 한 사람, 그런 최정인을 멀리서 쳐다보는 사람이 있었다.
얼굴의 반을 가리는 선글라스를 낀 미아 메이가 최정인을 비웃
으며 지켜보았다.

　우아한 척하지만 실은 가장 천박한 여자가 바로 당신이야.
그런데 감히 이 미아 메이를 향해 그딴 소리를 해? 어차피 당
신과 난 뜻이 달랐어. 이쯤에서 헤어져야 할 때긴 하지. 지나,
당신은 날 너무 우습게 봤어. 나, 미아 메이, 그렇게 쉽게 무너
지지 않아.

　미아의 얼굴에 표독스러운 웃음이 감돌았다.

　난 당신과 달라. 절대 흔적을 남기지 않아.

　최정인을 향해 기어를 바꾸는 미아 메이의 손에 푸른 핏줄이
두드러졌다.

　크리스의 호출을 받은 은재는 황급히 회사로 돌아왔다. 소회
의실로 그녀를 데려간 크리스가 손수 차가운 커피 한 잔을 만

들어 내밀며 말했다.

「아깐 미안해요.」

은재는 얼른 손을 내저었다.

「아닙니다.」

하지만 크리스는 그녀의 맞은편 자리에 앉으며 진지하게 응수했다.

「그래, 무슨 일이죠? 은재 씨 표정이 다급해 보여서 회의 중에도 내내 마음이 쓰였어요. 그러니 말해 봐요」.

「실장님……」

그녀가 막 입을 열려는 찰나 크리스의 휴대폰이 울렸다. 크리스가 희미하게 인상을 쓰며 전화를 노려보자, 은재는 심호흡을 했다.

「전화받으세요.」

「미안합니다.」

사과를 한 크리스가 전화를 받았다.

「네.」

다급한 상대의 목소리가 은재에게까지 들렸다. 무슨 일이지? 크리스의 표정이 심상치 않게 변하다 마침내 자리에서 벌떡 일어나고 말았다.

「그게 정말입니까?」

최정인이 죽었다. 크리스가 받은 전화는 최정인의 부고를 전한 싱가포르 경찰의 전화였다. 경찰의 설명에 의하면 호텔 드라이브 웨이를 부주의하게 걷던 최정인이 달려오던 차를 피하지 못하고 교통사고를 당한 것이라 했다. 최정인을 친 사람은 싱가포르 현지인으로 구급차와 함께 도착한 경찰에 의해 연행됐다.

드라이브 웨이에 들어선 차의 낮은 속도를 감안할 때, 최정인의 죽음은 불행에 가까웠다. 쓰러질 때 머리를 화단에 부딪치는 2차적 충격으로 인해 사망한 것이었다. 두개골의 엄청난 내, 외출혈로 인한 즉사라고 했다.

최정인의 교통사고 소식은 은재를 패닉 상태로 몰아넣었다. 아들을 다치게 하면서까지 부를 탐하고 싶어 하던 그 여인이 갑작스럽게 죽었다는 사실이 믿어지지 않았다. 홍차 한 잔을 들고 회장실로 들어간 은재는 숨 막힐 듯한 침묵에 기가 질렸다.

생모의 사망 소식을 듣고도 신욱은 아무 동요도 하지 않은 듯 무표정하기만 했다.

"괜찮아요?"

은재는 조심스럽게 그를 올려다보았다. 그러자 그가 무뚝뚝하게 물었다.

"내가 눈물을 흘리기라도 바라나?"

그녀는 고개를 저었다.

"……그런 게 아니에요."

"그만 나가 봐."

신욱은 최정인을 목 졸라 죽이는 상상을 수없이 했다. 최정인은 아버지를 비참함 속에서 돌아가시게 만들고, 자신을 끊임없이 옥죄며 괴롭혔던 여자였다. 그래도 생모였던 여자의 죽음 소식에 조금은 슬플 줄 알았다. 그런데 아무 느낌도 나지 않는다. 마치 안면조차 없는 타인의 죽음을 전해 들은 것처럼……

신욱은 미동조차 없이 앉아 기다렸다. 최정인의 죽음에 조금의 연민이라도 생기기를. 하지만 끝내 그 어떤 마음도 생겨나지 않았다. 오히려 점점 더 홀가분해질 뿐이었다.

신욱은 스스로를 향해 조소 어린 생각을 했다.

내가 죽으면 난 분명히 지옥으로 떨어지겠군.

물론 최정인도 지옥으로 떨어졌을 것이다. 최정인은 선한 영혼이었던 아버지와 같은 공간에 있어선 안 됐다. 죽어서조차 아버지를 이용하고 괴롭힐 게 뻔했다. 신욱은 간절히 빌었다. 최정인이 지옥으로 떨어지기를……

비로소 그가 짊어지고 있던 멍에에서 풀려나는 기분이었다. 이렇게 자유로운 기분을 느껴도 되는 것일까. 그는 혼몽한 눈으로 주변을 살폈다.

정말, 날아갈 것처럼 홀가분해졌다!

그녀는 결국 크리스에게 최정인의 이야기를 할 수가 없었다. 한 치 앞을 모르는 게 사람의 인생이라더니, 최정인은 자신이 그렇게 죽을 것임을 알았다면 달리 행동했을까? 아무리 생각해 봐도 결론은 하나였다. 최정인은 똑같았으리라는 것이다.

크리스와 비서실, 홍보실은 모두 최정인의 죽음에 관련된 대내외적인 관심을 쟤제시키느라 정신이 없었다. 그녀 또한 신욱의 의전 비서인 만큼 최정인의 죽음에 관련한 의례를 다해야 했다. 하지만 신욱은 그녀에게 최정인의 주검을 맡기는 대신, 사설 장례업체를 선정해 바로 그곳에서 모든 준비를 하게 했다. 그리고 영안실을 마련하지 말고 바로 화장할 것을 지시했다.

본거지인 뉴욕이었다면 신욱의 처사를 놓고, 최정인의 죽음과 장례를 둘러싼 추측성 가십이 걷잡을 수 없이 부풀려졌을 테지만, 타국에서의 죽음이어서 신속한 화장은 용납이 되는 분위기였다.

한차례의 커다란 혼란이 지나간 다음, 크리스가 싱가포르 경찰의 전화를 받기 전 하려던 이야기가 무엇인지 물었지만, 은재는 그저 고개만 저었다.

「별것 아닙니다. 신경 쓰지 마세요.」

최정인이 죽음으로써 정말 별것 아닌 일이 되어 버렸다. 다행이라는 생각밖에는 아무런 생각도 할 수가 없었다. 최정인을 향한 애도의 마음이 조금도 들지 않으니 어쩌면 좋단 말인가……

인기척도 없이 다가온 신욱이 등 뒤에서 그녀를 안았다. 깜짝 놀라 뒤를 돌아보려는 그녀를 더욱 꼭 안아 얼굴을 마주 보지 못하게 했다.

"난 나쁜 놈이야."

은재는 심호흡을 한 뒤 일부러 가벼운 목소리를 냈다.

"알고 있어요."

그러자 그가 훗 소리를 내며 웃었다.

"그래?"

"처음부터 알고 있었는걸요, 뭐."

"최정인이 지옥으로 떨어지기를 빌었어."

그녀는 아무 말도 하지 않았다. 신욱이 빌지 않아도 최정인은 지옥으로 떨어질 것임을 믿어 의심치 않기 때문이었다.

"최정인은 내 아버지와 같은 공간에 있으면 안 되거든. 만약 같은 공간에 있게 된다면, 그 여자는 수단과 방법을 가리지 않고 내 아버지를 괴롭힐 거야."

"신욱 씨……."

"기다렸어. 최정인을 향해 슬픔이나 연민 같은 기분이 느껴지기를……. 그런데 점점 더 기뻐지기만 했어."

은재는 신욱이 너무나 안쓰러웠다.

"아마 나도 죽어서 지옥으로 가겠지. 그곳에서 최정인을 다시 만나겠지. 그게 지금 기뻐하는 내게 내려질 벌일 거야."

아니에요.

그녀는 정말 그렇게 소리치고 싶었다.

당신이 지옥으로 떨어질 만큼 당신의 어머니가 가치 있는 사람은 아니에요. 당신이 모르는 그 일을 알면, 그런 생각조차 하지 않을 텐데……. 말하지 못해서 미안해요. 차라리 지옥으로 떨어질 거라 생각하면서도 기뻐하는 당신을 보는 게 나아요. 끝

끝내 배신당한 상처로 괴로워하는 당신을 보는 것보다는…….
내가 아는 전부를 말하지 못해서…… 미안해요. 하지만 난 당신
이 그걸 영원히 몰랐으면 좋겠어……. 영원히…….

10.

  큰일은 신욱이 치렀음에도 몸살은 은재가 나고 말았다. 신우
염이 재발한 것이었다. 이렇게 빠른 기간에 재발하는 것은 스
트레스가 원인이라는 주치의의 말을 들은 신욱은, 다시 출근금
지령을 내렸다. 그의 기세를 보건대, 완전히 회복될 때까지는
응접실 밖으로 절대 못 나갈 것 같았다.

  하지만 은재에겐 그의 명령을 거역할 기운이 없었다. 저번과
는 비교도 할 수 없는 고열과 근육통에 난생처음으로 내가 아
파서 정말 죽을 수도 있겠구나, 라는 생각을 하게 됐다. 앓는
소리가 저절로 나왔다. 물 한 모금 마시는 것조차 힘이 들어 회
복은 더욱 더디게 진행됐다. 인상을 쓰고 그녀를 내려다본 뒤
출근을 한 그는 퇴근을 해서는 더욱 험악해진 얼굴로 그녀를
노려보았다.

"왜 그래요?"

광대뼈가 드러날 만큼 해쓱해진 그녀가 기운 없이 물었지만 돌아오는 대답은 없었다. 기껏 힘을 내서 물어봤더니……. 신욱은 침묵이 길어질수록 불안한 표정이 역력해지는 집사를 돌아보았다.

「주치의 바꿔.」

「알겠습니다.」

그의 지시를 받은 집사가 얼른 대답을 하고 은재의 침실을 나갔다.

"아니, 멀쩡하게 잘 하시는 분을 왜 바꾸래요?"

안 그래도 기운 없어 죽겠는데 꼭 일어나게 만들어.

하지만 신욱이 먼저 움직여 반쯤 몸을 일으키는 그녀의 어깨를 꽉 눌러 눕힌 다음 시트를 당겨 머리끝까지 뒤집어씌웠다.

"얌전하게 누워 있어."

만약 그러지 않는다면 가만두지 않겠다는 경고가 가득 담긴 얼굴로 그녀를 노려본 그가 침실을 나갔다. 그가 나가자마자 그녀는 시트를 밀치고 일어나 앉아 투덜거렸다.

"툭하면 애 취급이야."

남의 도움을 받지 않고 운신할 기운은 없었지만, 하루 종일 누워만 있는 것은 너무 지겨웠다. 며칠 아주 제대로 아플 때는 그런 생각도 들지 않더니, 이젠 제법 살 만한가 보다 싶었다.

억지로 일어나 앉은 은재는 사이드 테이블에 올려 두었던 거울을 당겨 보았다. 거울에 비친 자신은 흡사 해골처럼 보였다.

그가 그녀를 볼 때마다 화를 내는 것이 조금은 이해가 됐다. 실제로 느끼는 통증보다 더 중병 같아 보이는 외관상의 모습 때문에 저렇게 흥분하는가 보다.

아파서인지, 아버지 생각이 났다.

이식을 받아야 할 만큼 간이 망가지는 동안, 그리고 이식을 받고 항암치료를 받는 동안, 얼마나 힘드셨을까 하는 생각 말이다.

스스로가 간사하다고 느낄 때가 있었는데, 무능력한 아버지를 만나 고생을 하고 사는 동안 옥선의 성격이 메말라졌다는 것을 알면서도 옥선에 대한 포용력보다는 아버지에 대한 애틋함이 먼저 밀려드는 이런 순간이었다.

핏줄에 대한 우매한 집착 때문이겠지……. 내게 남은 단 한 분의 친부모이니까.

은재는 깊은 한숨을 쉬었다.

멍하게 앉아 침실의 공허한 침묵에 짓눌려 있던 그녀는 문득 진주를 떠올렸다. 한국에 남겨진 몇 안 되는 사람들 중, 순수하게 그녀를 그리워만 할 유일한 사람. 충동적으로 진주에게 전화를 걸었다. 신호가 여러 번 울리기도 전에 전화를 받았다.

"진주야."

— 은재, 너, 은재 맞아?

"응."

갑자기 진주가 고래고래 소리를 지르기 시작했다.

— 야, 이 나쁜 기집애야!

수화기를 귀에서 떼어 낸 은재는 진주의 흥분이 가라앉기를 기다렸다.

　"성질 여전하구나."

　— 내 성질 여전한 거 알면 전화를 했어야지! 싱가포르 간다는 말만 덜렁 남겨 두고 다음 날 사라져서 내가 얼마나 걱정했는지 알아? 전화도 안 되고, 너는 연락도 없고! 기집애야, 난 너 죽은 줄 알았어!

　"그런 거 아닌 거 알면서 왜 그래."

　— 말이 그렇다는 거지! 싱가포르는 어때? 지낼 만해? 대니얼 리 회장은? 그 인간은 여전히 소리 없는 폭군이야?

　"무슨 질문에 먼저 대답해 줄까?"

　— 너 지금 나랑 장난해?

　"진주야, 나 잘 지내. 다 괜찮아. 그러니까 너무 걱정하지 마."

　그러자 진주가 신랄한 비난을 퍼부었다.

　— 야, 야. 너는 안 괜찮을 때도 괜찮다고 말하는 거 내가 다 알거든? 네 말에는 진실이 부족해.

　어쩌다 유일한 친구에게마저 신의를 잃은 사람이 되었을까, 은재는 한숨을 푹 쉬었다.

　"어떻게 할까? 내 마음을 꺼내서 택배로 보내 줄까?"

　— 흥, 그거 받아서 뭐하게? 됐거든?

　새침한 진주의 말에 은재가 훗 소리를 내어 웃고 말았다.

　"넌 정말 너무 여전해."

시간이 지나도 변하지 않는 사람이 친구라는 것에 은재는 참 행복했다.

"우리 집 소식은, 모르지?"

— 전화 드려 볼까 했는데, 너도 없는데 그건 너무 오버일 것 같아서 못 해 봤어. 미안해.

"미안할 일이 아닌데, 네가 왜 미안해? 그런 말 하지 마."

— 전화 끊고 내가 바로 전화 드려 볼게.

"아니야. 그럴 필요 없어."

은재는 황급히 진주의 말을 끊었다.

"난 그냥 너한테 안부 전화 한 거야. 너 걱정할까 봐."

— 아이고, 참 일찍도 헤아려 주셔, 응?

"자주 연락할게."

— 거짓말이기만 해 봐. 내가 당장 싱가포르로 너 찾아간다?

"알았어. 잘 지내."

전화를 끊는 은재의 얼굴에서 미소가 흐려졌다.

전화 한 통 하는 건 절대 어려운 일이 아닌데, 남도 아닌 가족에게 연락을 하는 건 지독히도 마땅한 일인데, 왜 이토록 꺼려지는 것인지⋯⋯. 한참을 망설이던 그녀는 결국 서울 집에 연락하는 것을 포기했다.

깊은 한숨을 내쉬는데, 희미한 물소리가 들려왔다. 침대를 내려와 창가로 걸어간 은재는 신욱이 수영하는 모습을 지켜보았다.

격한 수영에 폐가 타들어 갈 것처럼 고통을 호소했다. 하지만 그럼에도 욕구가 사라지지 않는다. 보면 언제나 흥분하고 마는, 서은재의 하얀 면 잠옷에 저주를 퍼주었다. 하얀 얼굴로 누워 있는 여자의 면 잠옷을 찢고 싶은 충동을 억제하느라 죽을힘을 다해야 했다. 아픈 여자를 향해 욕망을 느끼는 자신이 짐승처럼 느껴졌다. 욕구를 참는 것이 이토록 힘든 일인지 예전에는 미처 알지 못했었다.

은재가 자박자박 걸어오는 것을 본 신욱이 인상을 쓰며 수영을 멈췄다. 애써 피해 나온 보람을 수포로 만드는 여자를 향해 이를 갈았다.

"얌전히 누워 있으라고 했을 텐데."

그러자 은재가 고개를 저었다.

"어깨가 아파서 더는 못 누워 있겠어요."

그의 표정이 험악해지는 것을 본 은재는 가슴에 손을 얹었다.

"정말이에요. 난 원래 어깨가 안 좋거든요."

은재의 말을 들은 그가 버럭 소리를 지르고 말았다.

"어깨는 또 왜. 넌 안 좋은 곳이 왜 그렇게 많아!"

결국 이렇게 될 줄 알았지. 자라목이 된 은재가 혀를 찼다.

식당 아르바이트를 할 때 12시간씩 설거지를 하며 산더미 같은 그릇이 담긴 바구니를 들었다 내렸다 하는 일을 6개월을 쉬지 않고 했더니 그때부터 어깨 상태가 나빠졌다. 특별히 무리하지 않는다면 별 탈은 나지 않지만, 그럼에도 자판을 오래 친다든지, 팔을 오래 들고 있어야 하는 동작을 취한다거나 하면 어깨가 아팠다. 누워 있는 거라고 해서 별반 다르지 않았다. 체중이 어깨에 실리니 누워 있는 것도 불편했다.

"몰라요. 그냥 그래요."

건성으로 대답하는 그녀의 모습이 화를 부추겼는지, 그가 버럭 소리를 질렀다.

"대체 멀쩡한 곳은 어디야!"

아유…… 정말.

은재는 그를 향해 손으로 물방울을 튕겼다. 물방울이 정확히 코로 들어가는 바람에 찡한 기운을 느낀 신욱이 말 그대로 길길이 날뛰었다.

"뭐하는 짓이야!"

"멀쩡한 곳이 어디냐고 물었잖아요. 여긴 멀쩡하네요."

신욱은 엄지와 검지를 허공에서 딱, 딱 튕기는 그녀를 보며 심호흡을 하더니 그녀의 매끄러운 종아리를 잡아 와락 당겼다. 예고 없는 공격을 받은 은재가 그대로 물에 빠지고 말았다.

그는 느긋하게 서 불쌍한 생쥐 꼴이 되어 허우적거리는 그녀를 감상했다.

"정말, 이러기예요?"

그녀는 제대로 된 반격을 할 수가 없었다. 일주일이 넘도록 누워만 있었던 데다 열로 인해 체력 소모량이 너무 커 일렁거리는 물속에서 똑바로 서 있지도 못했다. 연거푸 두 번이나 발을 헛디뎌 물에 빠지는 은재를 신랄한 얼굴루 보기만 하던 신

305

욱은 세 번째 휘청거릴 때야 다가와 그녀의 허리를 단단히 잡아 주었다.

"됐어요!"

몹시 마음이 상한 그녀가 그의 손을 피하려고 했지만 어림도 없었다. 혼자서 허우적거린 것으로 힘이 빠져 그의 가슴에 이마를 묻고 말았다.

정말 힘들었다.

수영장의 물이 적정 온도를 유지하는 미온수였음에도 불구하고 은재의 입술이 파랗게 변하는 것을 본 그는 그녀를 안아 수영장 밖으로 나왔다. 하얀 비치 체어에 앉혀 주고 두툼하고 큰 타월을 덮어 주었다. 그리고 다른 타월 하나를 들고 그녀의 머리 위로 뒤집어씌우더니 사정없이 문지르기 시작했다. 하얀 타월로 인해 하얗고 좁아진 그녀의 시야가 미친 듯이 흔들렸다.

"살살 좀 해요."

이대로 계속했다간 눈알이 밖으로 튀어나올지도 모른다는 생각이 들어 그의 손목을 잡아 멈추게 했다.

"토할 거 같아."

하지만 그는 매정했다.

"말을 안 듣는 애들은 혼이 나야 해."

은재는 진심으로 섭섭해 수건을 확 잡아당겨 내린 다음 그를 노려보았다.

"계속 누워 있기에는 어깨가 너무 아팠다니까요. 당신은 왜 내 말을 믿지 않아요?"

그러자 그의 새카만 눈동자가 그녀를 응시했다.

"믿으니까 이 정도로 넘어가는 거야."

뭘 또 그렇게 정색씩이나……. 괜히 머쓱해진 은재는 그에게 수건을 내밀었다.

"살살 닦아 줘요."

"내가 그렇게 쉬워?"

그를 올려다보는 은재의 콧등에 주름이 졌다.

"그건 또 무슨 말이에요?"

"날 이렇게 부려 먹는 사람, 아무도 없었어. 우리 아버지도 날 너처럼 부려 먹진 않았다고."

그의 터무니없는 비난을 받은 은재는 어처구니가 없었다.

"와, 누가 들으면 내가 굉장히 악덕 고용주인 줄 알겠네. 당신이 먼저 닦아 줘 놓고 이러기예요?"

그가 은재의 손에서 수건을 낚아채 물방울이 흘러내리는 머리카락을 닦아 주었다.

"이것만 말하는 게 아니잖아. 너, 은근히 날 부려 먹고 시켜 먹고 이겨 먹으려고 들어."

"그러게 누가 그렇게 돈 많고 힘 세래요? 다 자기 업보지."

그가 그녀의 머리를 꽉 눌렀다.

"앗, 아파요."

"넌 정말 혼이 나야 해."

"진짜…… 하지 마요. 아프다니까!"

딴에는 꽤나 용을 쓰지만 그가 보기에 그녀의 주먹은 흐느적

흐느적 기운이 없었다. 그가 반쯤 몸을 물리자 그 주먹마저도 닿지 못하고 그저 허공을 왔다 갔다 하는 걸 흥미롭게 지켜보았다. 어깨가 아픈 건 확실하군.

가만히 누워 있어도 모자랄 판국에 수영장으로 나와 혼자서 파닥파닥 난리를 친 은재는 기어이 체어 위로 늘어져 눕고 말았다. 얼굴이 하얗다 못해 푸르스름한 빛까지 돌았다. 신욱은 무게감이 조금도 느껴지지 않는 은재를 두 팔로 안아 들며 말했다.

"넌 이러다 죽고 말 거야."

"아주 대놓고 저주를 하네요."

그녀가 그의 목덜미 부근에서 웅얼거렸다. 따뜻한 숨결이 맨살에 닿자 솜털이 일제히 솟구쳤다. 더불어 잊고 있었던 욕구에 헐떡거리는 남성이 꼿꼿하게 발기하며 욕망이 꿈틀거리기 시작한다. 그는 은재를 안은 팔에 더욱 힘을 주었다.

"빨리 나을 생각이나 하시지?"

"흥."

은재는 새침하게 고개를 돌렸다. 그 모습이 얄미워 쥐어박고 싶지만 아프니까 참는다. 단전 아래 힘이 실려 죽을 지경인데도 새침하게 삐친 것 같은 은재의 모습이 귀여워 웃음이 난다. 참 이상한 노릇이었다.

✳

별장의 하얀 울타리 안으로 들어서던 마이클은 빨간 우체통 입구에 비죽 나와 있는 노란 봉투를 보고 미간을 좁혔다. 주위를 살펴보고 싶은 충동을 느꼈지만 최대한 태연하게 우체통에서 봉투를 꺼냈다.

현관 안으로 들어와 거실의 커튼을 전부 치고서야 참았던 숨을 내쉬었다. 잘 정돈된 머리카락을 헝클이며 소파에 앉은 마이클은 구겨지도록 꽉 쥐고 있던 봉투의 입구를 뜯기 시작했다. 가늘게 경련을 일으키는 손가락이 쉽게 말을 듣지 않는다.

테이블에 내용물을 쏟아 내자 새끼손가락 한 마디 크기의 은색 USB가 모습을 드러냈다. 그것을 바라보는 마이클의 눈빛이 불안하게 흔들렸다.

이 USB를 얻기 위해 해서는 안 될 짓까지 하고야 말았다. 심장이 바짝바짝 조여드는 심정이었지만 그럼에도 그를 가장 절망스럽게 만드는 사실은 따로 있었다. 이젠 돌이킬 수가 없다는 것이다. 멈출 수가 없다. 어디인지 알 수 없지만 그 끝까지 가야 했다.

미아와 함께…….

심호흡을 한 그는 미아에게 전화를 걸었다.

— 마이클, 어떻게 됐어?

초조하게 그의 전화를 기다리고 있었던 듯 미아의 목소리가 무척 조급하게 들렸다.

「모두 우리 뜻대로 됐어.」

— 아, 마이클, 마이클! 정말 고마워.

미아의 여린 목소리를 들으며 마이클은 질끈 눈을 감았다. 돌이킬 수 없다. 돌이킬 수 없는 일이 되어 버렸다.

— 그런데 오빠, 그 사람은? 그 사람이 설마 오빠를 아는 건 아니겠지?

「미아, 지나 최의 죽음에 날 연관시킬 사람은 아무도 없어. 지나 최를 차로 친 사람도 내가 시킨 일인지는 몰라.」

— 정말이지?

「그래, 안심해.」

— 정말 너무 고마워, 오빠.

「오늘 서은재 씨에게 연락을 할 거야.」

— 응, 오빠. 사랑해.

마이클은 전화를 끊었다.

「하……..」

그는 두 손을 꽉 모아 쥔 채 이마를 기댔다. 거실에 드리워진 검은 어둠이 그를 집어삼킬 듯 입을 벌리고 달려든다.

❀

주치의까지 바꾼 신욱의 신랄하고 분노 어린 간호 덕분인지 은재는 자리를 털고 일어났다. 그럼에도 불구하고 출근은 무리라며 저택에 강제로 잡아 두려는 신욱과 실랑이를 벌이는 데 더 많은 기운을 소진하고 있었다.

해가 하늘을 붉게 물들이며 저무는 일요일 오후였다. 무슨

일이 있어도 내일은 반드시 출근을 하고 말겠다고 다짐하는데
한 통의 전화가 걸려 왔다. 마이클이었다. 오랜만이었지만 그럼
에도 반갑게 인사를 했다.

「안녕하세요.」

― 은재 씨, 나 부탁이 있어요.

「무슨 부탁이에요? 제가 들어 드릴 수 있는 거면 들어 드릴
게요.」

― 여동생 생일 선물로 뭘 사야 할지 모르겠어요. 보석을 가
지고 싶어 하는 것 같긴 한데, 여자들이 원하는 스타일이 뭔지
는 알쏭달쏭하군요. 은재 씨가 좀 도와주겠어요?

「설마 진심으로 모르는 건 아니죠?」

― 지금 그 말은 내가 바람둥이라는 말 맞죠?

「어머, 아니에요. 지난번 신세도 갚아야 하니까 도와드릴게
요.」

― 은재 씨 곤란하지 않게 할게요. 매니저한테 주얼리 샵 수
배하라고 해 놨거든요. 거기서 알아서 시선 차단해 줄 테니까
은재 씨가 곤란해질 염려는 하지 말아요.

「신경 써 줘서 고마워요.」

그러자 마이클이 쿡쿡 웃었다.

― 그 말은 내가 해야 하는 말인데, 은재 씨. 그 성격으로 어
떻게 지금까지 살았어요?

힘들게 살았죠.

하지만 그 말을 소리 내어 하지는 않았다.

— 조금 이따가 만나요.

「네.」

물론 신욱은 그녀의 저녁 외출이 마음에 들지 않는지 이마를 찌푸렸다.

"어딜 가는 거지?"

그녀는 숨을 내쉬느라 한 템포 늦게 대답했다.

"제인이랑 약속이 있어요."

"제인? 네가 사랑한다는?"

신랄하고 시크해서 지나간 일에는 연연할 것 같지 않은데 알고 보면 참 뒤끝이 긴 남자다.

"네, 내가 사랑하는 제인과 쇼핑을 할 거니까 그런 줄 아세요."

"차 대기하라고 할 테니 기다려."

"택시 불렀어요."

그녀의 심플한 대답을 들은 신욱이 버럭 화를 냈다.

"이 여자가 겁도 없이, 무슨 택시를 타!"

"택시가 어때서 그래요? 난 그 택시도 마음껏 못 타고 다녔거든요?"

그에 버금가는 인상을 써 준 은재는 잡히기 전에 얼른 서재를 도망쳐 나왔다. 그에게 거짓말을 한 대가로 심장이 숨도 쉬지 못할 만큼 벌렁거렸다.

뒤끝 긴 성격으로 보아 그는 여전히 오페라 하우스에서 도망친 그녀를 기억하고 있을 테고, 그때 다른 남자의 도움을 받았다는 것을 알면 매우 화를 낼 것이었다. 입장을 바꿔 생각하면 그게 지독하게 당연한 일이었기 때문에, 은재는 신욱이 화를 낼 것임을 믿어 의심하지 않았다.

하지만 그날 마이클 로건에게 도움을 받은 것도 분명했다. 난처한 상황이었지만, 마이클 로건에게 적절한 도움만 주고 돌아온다면 큰일이야 있겠냐 하는 게 그녀의 생각이었다.

적어도 그때까지는……

은재가 없는 저택은 조용했다. 사실 그녀가 저택에 머문다고 해서 특별히 소란할 일은 없었다. 기본적으로 조용한 성품인 데다 스스로 고용인이라는 생각이 강해서 저택의 다른 사람들과 마찰을 일으키지 않으려 매우 조심했다. 그와 말씨름을 벌이는 게 아니라면 특별히 대화를 나누는 사람도 없었다.

그림처럼 조용하고 단아하지만 자신 앞에서는 스스로를 감추고 있는 가면을 벗어던진다는 것이 신욱을 흡족하게 만들었다.

「회장님.」

미소를 지운 신욱이 백발의 집사를 쳐다보았다.

「미아 메이란 분이 회장님을 뵙고 싶어 합니다.」

「뭐?」

그의 이마가 찌푸려졌다.

「무슨 일로 왔는지 말하지 않던가?」

「예, 회장님. 그런 말씀은 없으셨습니다. 어떻게 할까요?」

조심스러운 집사의 질문을 받은 신욱이 의자에서 일어났다.

「들여보내.」

「알겠습니다.」

2년 전 미아 메이의 접근이 최정인과 연관이 되어 있던 고의였음을 깨달은 순간, 그는 미아를 내쳤다. 사랑했던 마음까지 모두 도려내어 쓰레기통에 던져 버렸다. 그리고 최정인과 미아에게 그를 속인 대가를 처절하게 치르게 만들었다. 최정인은 그를 피해 뉴욕을 떠나야 했고 미아는 그 잘난 모델로서의 입지를 잃었다.

생각 같아서는 마이클 로건까지 완벽하게 무너뜨리고 싶었지만 참았던 이유는 마이클 로건이 가진 언론의 힘 때문이었다. 헐리우드의 유명 인사라고 해도 마이클 로건 하나쯤 바닥으로 떨어뜨리는 것은 식은 죽 먹기였지만, 그것으로 인해 그와 IE 그룹이 추문으로 얼룩질 수도 있었다. 그래서 내버려 두었던 마이클 로건의 재력과 영향력을 등에 업은 미아 메이가 다시 나타나 그를 괴롭히고 있었다. 신욱은 2년 전 자신의 판단 착오를 뼈저리게 후회했다.

그때 집사의 안내를 받은 미아 메이가 공작새를 닮은 화려한 웃음을 지으며 다가왔다.

「대니얼!」

짙은 향수와 새빨간 립스틱이 자신을 싸구려라 말하고 있었다. 내가 정말 저 여자를 사랑하긴 했던 것일까? 그는 새삼스런 의문이 들었다. 대체 왜 사랑한다고 믿었을까? 왜 속절없이 믿음을 주고 말았을까? 저 천박한 싸구려에게? 그는 자신의 어리석음을 뼈저리게 탓하며 침입자 미아를 노려보았다.

「네가 여긴 어쩐 일이지?」

그러자 미아가 빙글거렸다.

「할 말이 있어서 왔어요. 잘 지냈어요?」

신욱이 경고 어린 목소리로 미아를 불렀다.

「미아 메이. 나와 장난칠 생각이면 당장 나가.」

「본론부터 듣길 원하는 건 여전하군요. 좋아요, 말할게요. 당신에게 꼭 해 줄 말이 있어서 왔어요. 당신의 예쁜 동양인 애인 말이에요. 그 예쁜 동양인 애인도 그렇게 순진하진 않더라고요.」

은재의 이야기가 오르내리는 순간, 신욱은 미아의 팔을 힘껏 잡았다.

「헛소리하지 마!」

「대니얼! 아파요! 내가 왜 헛소리를 해요? 증거가 있다고요.」

「증거라니, 무슨 뜻이야!」

「말 그대로예요. 순진한 척할 뿐이지 정말 순진하지는 않단 말이에요.」

「미아 메이, 대체 무슨 수작을 벌이는 거야!」

「글쎄요.」

미아의 아름다운 얼굴에 간교한 웃음이 어렸다. 순간 살인적인 분노를 느낀 신욱은 미아의 목을 졸랐다.

「대니…… 헉, 허억……!」

갑작스레 당한 공격에 미아의 얼굴이 붉어지며 컥컥거렸다.

숨통을 끊을 듯 힘을 주는 그의 손을 잡고 버둥거렸다.

「너와 장난칠 마음 없어. 널 보는 지금 이 순간조차 역겨워 견딜 수가 없으니까. 그러니 사실대로 말해.」

붉어진 얼굴이 산소 부족으로 새파랗게 질릴 때까지 목을 움켜쥐었던 신욱이 미아를 노려보다 놓아주었다. 미아는 그대로 주저앉아 목을 감싼 채 컥컥거리며 숨을 몰아쉬었다.

「말해!」

「이, 이걸 들어 봐요.」

그는 미아가 내민 은빛 USB를 노려보았다. 불길한 예감으로 등골이 서늘해지는 것을 애써 부인했다.

집사와 경호원을 불러 미아를 감시케 한 뒤, 서재로 들어가 노트북을 켰다. USB를 연결하고 클릭하는 순간 은재의 단정한 목소리가 들려왔다.

"약, 돌려드립니다."

약? 신욱의 이마에 주름이 졌다. 하지만 다음 순간, 그는 자리에서 벌떡 일어나고 말았다.

"버릇이 없구나."

은재의 상대는 다름 아닌 최정인이었다!

"사모님이 말씀하시는 그런 힘, 저는 없습니다. 내일이라도 당장 한국으로 돌아가 버리면 그만인 사람에게 너무 큰일을 맡기시는 것 같습니다만."

"원하는 게 뭐니?"

"무엇을 주실 수 있으십니까?"

"뭐야? 너 지금 나와 장난하려는 거야?"

"아닙니다. 다만 대체 제게 무엇을 주실 수 있으신지 궁금해
서 여쭤 본 것입니다. 사모님께서 대가에 비해 위험 부담이 너
무 큰 일을 시키시지 않습니까? 제 프로필을 보셨다니 아시겠
죠. 저는 돈이 없으면 안 되는 사람입니다. 싱가포르는 잠시 외
유라고 해 두죠. 한국으로 돌아가면 천 원짜리 하나에도 벌벌
떠는 사람이 되어야 합니다. 그런데 고작 돈 몇 푼에 범법자가
될 수는 없지 않겠습니까?"

"더 줄 수 있다. 원하는 액수를 말해 보렴."

"당신이 생각하는 이신욱 씨의 몸값은 얼마인가요?"

"뭐야?"

"제가 생각하는 이신욱 씨의 몸값을 과연 맞춰 주실 수 있을
까요?"

하……

신욱은 믿을 수가 없었다. 자신의 두 귀로 똑똑히 들었음에
도 믿어지지가 않았다. 최정인과 은재가 자신을 두고 거래를
했다. 그에게 약을 먹이는 일을 두고 거래를 하려고 했단다!

분노로 격해져 침조차 삼키기 어려운 목의 핏줄이 일제히 두
드러졌다.

「당신 애인, 지금 어디 있는지 궁금하지 않아요?」

신욱의 고개가 뒤로 돌아갔다. 경호원의 팔을 뿌리치고 서재
로 들어온 미아가 그에게로 다가오는 것이 보였다. 희뿌연 눈
을 통해 보이는 미아 메이는 그에게 내번 저주를 불러일으키는

마귀였다. 꽉 쥔 주먹이 부르르 떨렸다. 그의 표정을 보며 미아 메이가 노골적으로 웃음을 지으며 대답했다.

「마이클과 함께 있어요.」

「뭐야?」

그 순간 신욱은 너무 화가 나 눈앞이 새까맣게 변하는 것만 같았다.

「지금…… 뭐라고 했지?」

미아는 신욱에게서 살기를 느꼈다. 그리고 처음으로 신욱이 무서웠다.

「마, 마이클과 함께…….」

신욱의 주먹이 미아가 기대앉은 벽을 힘껏 내리쳤다. 겁에 질린 미아가 제 머리를 감싼 채 비명을 내질렀다.

「아악!」

「널 죽여 버릴 거야!」

은재는 마이클이 전화로 말해 준 주얼리 샵 안으로 들어섰 다. 알아서 주변을 물리겠다는 마이클의 말은 빈말이 아니어서 명품 주얼리 샵의 커다란 내부는 인기척이 없었다. 왠지 조심 스러워진 그녀가 주변을 두리번거리는데, 마침 마이클이 모습 을 드러냈다.

「마이클.」

마이클이 정중한 미소를 지으며 그녀에게로 다가왔다.

「은재 씨. 이렇게 와 줘서 정말 고마워요.」

「잘 지냈어요?」

「그럼요. 그런데 은재 씨는 별로 잘 못 지낸 것 같은데, 얼굴이 많이 안 좋습니다?」

마이클 로건의 유심한 시선을 받자 은재는 괜히 어색해져 볼을 쓸어내렸다.

「네. 조금 아팠어요.」

「무엇 때문에…….」

「네?」

「아, 아닙니다. 이젠 괜찮은 겁니까?」

「네, 덕분에 괜찮습니다.」

「그럼, 이제 제 부탁을 들어줄 차례가 된 겁니까?」

「네. 그런데 제가 잘 할 수 있을지 모르겠어요.」

은재가 걱정스럽게 말하자 마이클이 고개를 저었다.

「은재 씨의 안목이라면 뭘 골라도 충분할 것 같은데요.」

「별말씀을요.」

마이클의 과한 칭찬을 받자 더 어색해졌다. 몇 차례 우연한 만남으로 그녀에 대해 모든 것을 알았다는 듯 행동하는 남자에게 본능적인 경계심이 생겨났다.

괜히 온 걸까.

은재는 뒤늦은 후회를 하며 출입문 쪽을 보았다.

「은재 씨 이쪽으로 와요.」

마이클이 명품관의 VIP룸으로 향하며 그녀에게 손짓했다.

「네.」

지그시 입술을 깨물며 한 번 더 문쪽을 바라본 은재는 별수 없이 마이클이 손짓한 VIP룸으로 걸어갔다.

'당신은 왜 내 말을 믿지 않아요?'

신욱은 핸들을 내리쳤다. 믿었다. 진심을 다해.

'당신은 왜 내 말을 믿지 않아요?'

그를 기만하고 농락한 서은재를 향한 살기를 주체할 수가 없었다. 똑같은 수법에 두 번씩이나 당해 넘어간 자신이 어리석게 느껴져 견딜 수가 없었다.

차에서 내린 신욱은 미아 메이가 말한 주얼리 샵으로 들어가 문을 부술 듯 열어젖히고 내부를 둘러보았다. 내부는 조용했다. 은재의 그림자도 찾을 수가 없었다. 뭐지? 미아 메이가 내게 거짓을 말한 건가?

분노로 인해 온몸이 경련을 일으키는 이 상황에서도 미아 메이가 거짓을 말하는 거라 믿고 싶었다. 그를 흔들기 위해, 은재에 대한 믿음을 사라지게 만들기 위해 수작을 벌인 거라고 믿고 싶었다. 정말 그렇게 믿고 싶었다.

희미한 남자의 웃음소리가 들렸다.

신욱은 냉기가 뚝뚝 흐르는 얼굴로 VIP룸 명패가 걸린 문쪽으로 걸어갔다. 성큼성큼 걸어가는 걸음이 빨라질수록 그의 심장은 아프게 조여들었다.

마이클이 은재의 목에 다이아몬드 목걸이를 걸어 주는 것을 본 신욱은 이성을 잃고 말았다.

문을 열고 안으로 들어간 신욱은 목걸이를 낚아채 바닥에 팽개친 뒤 은재의 손을 잡아 강제로 일으켜 세웠다. 은재가 깜짝 놀라 그를 올려다보았다.

"신욱 씨."

그를 기만한 순진하고 무방비한 눈동자. 신욱은 이 자리에서 은재를 목 졸라 죽이는 상상을 했다.

"나와."

"여긴 어떻게 알고 왔어요……. 앗!"

우악스러운 그의 손짓에 은재가 비명을 지르자 마이클 로건이 끼어들었다.

「대니얼, 이게 지금 무슨…….」

그 순간, 더는 분노를 참을 수가 없어진 신욱이 마이클의 턱을 쳤다. 개자식! 날 두 번씩이나 농락해?

은재가 비명을 내질렀다.

"신욱 씨!"

신욱은 저택에 도착하자마자 은재를 자신의 침실 안으로 밀어 넣었다.

"대체 몇 번을 말해야 해요? 신세를 진 일이 있어서 선물을 대신 골라 주기 위해 나간 자리였다고요!"

은재는 돌아오는 차 안에서 열 번은 넘게 말했던 것을 똑같이 되뇌었다. 하지만 그의 귀는 닫혀 있었고 눈은 멀어 있었다. 아무리 말해도 그는 믿지 않았다. 신욱이 은재의 머리채를 휘어 감아 강제로 목을 뒤로 꺾으며 잇새로 으르렁거렸다.

"순진한 척하지 마라. 결국 너도 똑같은 족속이었어."

머리채가 송두리째 뽑히는 것 같은 통증을 느꼈지만, 은재는 고통을 참으며 그를 똑바로 응시했다.

"난 내 이유를 설명했어요. 그러니 당신도 이러는 이유를 내게 설명해 줘야 하지 않나요?"

"무슨 이유? 네게 그런 것도 있었나?"

"제발 그만해요!"

더는 난폭함을 참을 수가 없어 은재가 그의 가슴을 밀쳤다. 하지만 그는 꿈쩍도 하지 않았다.

"대체 언제까지 순진한 척 연기를 할 생각이지? 정말 마이클 로건이 누군지 몰랐다고 말하지 않겠지?"

"무슨 말을 하고 싶은 거예요? 당신이 그 사람을 어떻게 알아요?"

"미아 메이의 의붓오빠, 마이클 로건! 설마 마이클 로건을 몰랐다고 말하지는 않겠지? 그건 너무 뻔한 거짓말이잖아, 응?"

순간 은재의 얼굴이 창백해졌다.

"지금, 뭐라고 했어요?"

"그런 가식적인 표정에 속지 않아! 차라리 뻔뻔하게 굴어."

모든 것을 알고 그녀에게 접근한 것이다. 끔찍한 인간들!

"더는 못 견디겠어. 당신들 정말 끔찍해!"

"누구 마음대로!"

그가 강제로 그녀를 침대로 쓰러뜨렸다. 벌떡 몸을 일으킨 은재가 소리쳤다.

"내게 함부로 하지 마!"

독기 어린 그녀의 모습에 신욱이 비아냥거렸다.

"마이클 로건이 관심을 가져 주니 대단한 사람이 된 것 같나? 착각하지 마라. 넌 내 장난감으로 여기 존재하는 거야!"

한걸음에 다가온 신욱이 그녀의 블라우스를 양손에 잡고 그대로 찢어 버렸다.

촤아악!

"하지 마!"

그녀의 격렬한 저항에도 불구하고 그는 아주 손쉽게 그녀를 제압했다. 일어나 앉은 그녀의 상체를 밀쳐 그대로 그녀 위로 올라탔다.

"나쁜 자식! 나한테 왜 이래! 대체 나한테 왜 이러는 거야!"

주먹을 휘두르자 그가 그녀의 양손을 잡아 찍어 누르듯 침대에 고정시켰다.

"마이클 로건과 최정인에게 똑같은 짓을 두 번씩이나 당하지 않아!"

잇새로 으르렁거리는 그의 말을 듣고서야 비로소 저들의 관계가 모두 이해가 됐다. 마이클 로건이 미아 메이의 이복 오빠였다니! 자신이 저들에게 장난감처럼 휘둘렸다는 게 견딜 수 없이 분했다.

"당신들끼리 해결해야 할 문제였이! 왜 날 끌어들인 거야!"

"아니, 네가 네 발로 끼어든 거야."

그녀의 스커트 밑으로 손을 밀어 넣어 팬티와 팬티스타킹을 한꺼번에 벗겨 버렸다. 타이트한 치마를 거침없이 밀어붙인 뒤 자신의 바지 버클을 풀었다. 그의 힘 앞에 무력했지만, 은재는 똑같은 일을 두 번씩이나 당할 마음은 추호도 없었다. 온몸이 터질 듯 화가 났다. 대항하지 않으면 잡아먹힌다, 싸우지 않으면 짓밟히고 만다.

이신욱에게서 그것을 배운 은재는 다리를 벌리고 거침없이 밀고 들어오는 남자의 페니스를 힘을 주어 물어 버렸다. 한 번도 그녀의 의지로 해 본 적 없는 일이지만 분노의 힘은 불가능한 일을 가능하게 만들어 주었다.

"뭐하는 짓이야!"

"날 당신 뜻대로 가지고 놀 생각이라면 꿈도 꾸지 마."

"뭐야?"

"내가 당신 장난감이면 당신도 내 장난감이야."

그녀의 차갑고 당당한 말이 그의 분노를 더욱 자극했다.

"건방진……."

"건방진 여잘 선택한 건 당신이었어."

속살을 풀었다 더욱 강하게 죄자 그의 얼굴 근육이 눈에 띄게 꿈틀거렸다. 은재는 승리의 희열을 느꼈다. 하지만…….

"건방진 것 같으니. 네 뜻대로 되지는 않을 거야."

지금껏 그녀가 경험하지 못했던 엄청난 힘으로 페니스를 쑤셔 넣기 시작했다. 좁은 질이 찢어질 것 같았다. 은재의 머릿속

이 핑핑 돌았다. 우습게도 이 순간, 엄청난 쾌락을 느꼈다. 전
신을 뒤흔들던 분노가 모두 새빨간 욕망으로 변해 그녀를 잡아
먹고 있었다.

거센 허리 짓에 그녀의 몸이 밀려 헤드보드에 머리를 찧었
다. 상체를 세운 그가 그녀의 허리를 잡아당겼다. 서로에게 우
위를 점하기 위한 전쟁 같은 몸짓이 시작됐다.

그는 위협적인 모습으로 그녀의 다리를 벌린 채 뿌리 끝까지
페니스를 밀어 넣고 허리를 돌려 맞닿은 살을 문질렀다. 은재
는 가쁜 숨을 힘겹게 몰아쉬면서도 지지 않고 힘껏 그를 물었
다. 그의 울대가 출렁거린다 싶은 순간, 그의 손이 브래지어를
밀치고 그녀의 가슴을 아프게 움켜쥐었다.

"아!"

허리를 뒤틀게 만드는 쾌감에 방심한 사이 그가 전력을 다해
부딪친다. 쿵, 쿵, 쿵, 철썩거리는 젖은 살. 음낭이 피골에 닿아
또 다른 쾌락을 만든다. 견딜 수가 없어진 그녀가 새된 비명을
내지르며 절정에 다다랐다.

극한의 쾌락에 그녀를 둘러싼 모든 것이 암흑으로 변했다.
고요한 바다 속으로 서서히 침잠하는 느낌이었다. 뒤이어 그의
억눌린 신음이 들리는가 싶더니 아랫배에 뜨뜻한 기운이 가득
느껴졌다. 은재는 진저리를 쳤지만 물러날 수가 없었다. 손가락
하나 까딱할 기운이 없었던 것이다.

욕망이 정점을 찍으며 사라지자 만신창이가 된 자신을 발견
했다.

이게 뭐하는 짓이지……? 난 이런 사람이 아닌데…….

모두에게 이용만 당했다는 생각은 그녀로 하여금 수치심마저 들게 했다. 서은재, 어쩌다 이 지경까지 왔니……? 한국에서는 가족에게만 이용당하면 그만이었는데…….

자괴감과 더불어 형용할 수 없는 허탈감이 밀려들었다.

이러려고 여길 온 게 아니었어.

스커트가 뭉쳐 허리 근처에 둘러져 있었고 오른쪽 발목에는 미처 아래로 떨어지지 않은 팬티와 스타킹이 걸려 있었다.

이건…… 내 모습이 아니야.

욱신거리는 허리를 일으켜 세워 팬티를 발목에서 뺐다. 단추가 뜯어진 블라우스로 상체를 가리는 그녀를, 천장을 보고 누워 있던 그가 강하게 잡아챘다.

"아직 아니야."

자신 아래로 깔아뭉갰다. 어느 틈인지 페니스가 다시 거대하게 발기하고 있었다. 예민해진 그녀의 감각세포가 흥분에 들떠 비명을 내지른다.

미쳤어, 서은재.

은재는 두 눈을 질끈 감아 버렸다. 그 모습을 본 그가 신랄하게 빈정거렸다.

"그렇게 순진한 척하지 마라."

광란의 밤이었다.

수치심과 자괴감이 모두 물에 씻겨 내려가 버린다면 얼마나 좋을까. 그녀는 자신을 짐승처럼 대하는 남자 아래서 쾌감의 비명을 내지르며 마음껏 즐겼다. 은재는 타일을 주먹으로 내리쳤다. 살갗이 까져 벌건 피가 물에 섞여 내려갈 때까지.

감쪽같이 속고 말았다. 마이클 로건이 미아 메이의 이복 오빠라는 사실을 모른 채 그들에게 놀아났다는 것과, 신욱의 광기 어린 분노에 항변조차 못하는 자신이 어리석어 견딜 수가 없었다.

더는 숨지 않아.

결심을 굳힌 그녀가 목욕 가운을 걸친 채 침실로 나왔다. 허리에 수건 한 장을 두른 채 그가 그녀를 등지고 서 창을 내다보고 있었다. 은재는 냉담하게 요구했다.

"이유를 들어야겠어요."

그러자 그가 등을 돌려 그녀를 보았다. 그의 얼굴은 그녀가 알던 남자의 그것이 아니었다. 철저하게 낯선 사내의 얼굴이었다. 그녀를 향한 경멸을 숨기지 않은 남자의 얼굴을 마주하고 서자 더 오기가 났다.

"대체 나한테 왜 이러냐고요!"

그녀는 비명을 내질렀다. 그러자 그가 테이블에 놓여 있던 노트북으로 다가가 마우스를 클릭했다.

"약, 돌려드립니다."

노트북에서 흘러나오는 자신의 목소리를 듣는 순간 은재는 소름이 돋았다.

"버릇이 없구나."

"사모님이 말씀하시는 그런 힘, 저는 없습니다. 내일이라도 당장 한국으로 돌아가 버리면 그만인 사람에게 너무 큰일을 맡기시는 것 같습니다만."

"원하는 게 뭐니?"

"무엇을 주실 수 있으십니까?"

"뭐야? 너 지금 나와 장난하려는 거야?"

"아닙니다. 다만 대체 제게 무엇을 주실 수 있으신지 궁금해서 여쭤 본 것입니다. 사모님께서 대가에 비해 위험 부담이 너무 큰 일을 시키시지 않습니까? 제 프로필을 보셨다니 아시겠죠. 저는 돈이 없으면 안 되는 사람입니다. 싱가포르는 잠시 외유라고 해 두죠. 한국으로 돌아가면 천 원짜리 하나에도 벌벌 떠는 사람이 되어야 합니다. 그런데 고작 돈 몇 푼에 범법자가 될 수는 없지 않겠습니까?"

"더 줄 수 있다. 원하는 액수를 말해 보렴."

"당신이 생각하는 이신욱 씨의 몸값은 얼마인가요?"

"뭐야?"

"제가 생각하는 이신욱 씨의 몸값을 과연 맞춰 주실 수 있을까요?"

신욱은 은재의 얼굴이 새파랗게 질리는 것을 신랄한 눈으로 쳐다보았다.

"아니라고 말해 봐."

"이, 이걸 어떻게……."

단걸음에 다가온 신욱이 그녀의 가녀린 목을 움켜잡았다.

"지금 그게 중요한가! 말해! 대체 무슨 약으로 날 죽이려고 했던 건지 말하라고!"

그의 억센 악력에 목이 조여 숨을 쉴 수가 없었다. 그는 완벽하게 이성을 잃어버렸다.

은재는 살기 위해 그의 손을 쥐어뜯었지만 역부족이었다. 눈앞이 뿌옇게 변하면서 온몸이 나른해졌다. 정말 이렇게 죽는구나 싶었다. 죽는 게 이렇게 쉬운 건가 싶은 순간, 그가 손을 풀었다. 거친 그의 행동에 바닥에 팽개쳐진 은재는 가쁜 숨을 연방 몰아쉬었다. 꽉 졸렸던 기도로 산소가 들어가자 살갗이 타는 것처럼 아팠다.

그때, 그가 우악스런 손길로 그녀의 가운을 젖혔다.

"하지 마!"

"가만히 있어!"

"적어도 무슨 일인지 설명은 들어야 하잖아!"

"무슨 설명을 들어? 여기 다 녹음이 되어 있는데, 이제 와 아니라고 할 텐가? 응?"

신욱이 신랄하게 비웃으며 그녀의 팬티를 찢고 다리를 활짝 벌렸다. 그리고 말했다.

"얼마를 원해? 응? 말해 봐. 내가 최정인보다 더 줄 수 있으니 말하라고!"

은재가 악을 썼다.

"그만해, 저리 가라고!"

"새삼스레 왜 정숙한 저녁 행세야? 넌 처음부터 내게 몸을 판 창녀였어!"

그 말과 함께 거대하게 발기한 남성이 순식간에 그녀의 몸 안으로 밀고 들어왔다. 몸이 양 갈래로 찢어지는 것만 같았다.

"아흑!"

그녀가 고통을 참지 못해 비명을 내지르자 신욱이 거친 숨을 몰아쉬며 빈정거렸다.

"즐겁나? 이런 게 좋으면 말을 하지 그랬어?"

"이 나쁜 자식!"

그녀는 그의 팔뚝을 사정없이 물어뜯었다. 그러자 그가 그녀의 뺨을 때렸다. 철썩!

"감히 주인의 몸에 상처를 입혀? 넌 돈에 팔린 노예야! 감히 누굴 쳐!"

은재는 지금 이 순간을 믿을 수가 없었다. 거칠게 그녀 안으로 밀고 들어오는 남자는 그녀가 알던 이신욱이 아니었다. 악귀처럼 변해 날뛰는 수컷, 그 이상도 그 이하도 아니었다.

아랫도리가 인두로 지진 것처럼 타는 듯한 고통을 호소했지만 은재는 입술을 깨물고 조금의 비명도 내지르지 않았다. 소리를 내어 그를 기쁘게 해 줄 마음은 조금도 없었다. 이 남자를 사랑한다고 해서, 수치까지 견뎌야 하는 건 아니다. 그에게는 진실을 알려 줄 필요도, 그녀의 마음을 줄 가치도 없었다.

더는 안 해.

제멋대로 움직이던 그가 거친 파정을 하는 순간, 은재는 생각했다.

이따위 사랑, 더는 안 한다고!

그녀를 누더기 헝겊 인형처럼 갈기갈기 찢어 놓다시피 만들어 놓은 그는 아무 일도 없었다는 듯 출근을 했다. 온몸이 그의 손자국과 잇자국으로 얼룩져 있었다. 다리를 오므릴 기운도 없이 침대에 널브러진 자신은 그가 말한 대로 창녀가 분명했다. 돈에 팔려온 창녀…….

소리 내어 울 기운도 없었다. 가느다란 눈물 한 줄기가 볼을 타고 내렸다. 단지 그를 사랑했고 그를 지켜 주고 싶었을 뿐이다. 그런데 돌아온 대가는 이토록 참혹했다.

천천히 몸을 일으킨 은재는 침대를 내려왔다. 하지만 카펫 위로 내려서는 순간 그대로 휘청거리며 쓰러지고 말았다.

싫어, 더는 이곳에 있고 싶지 않아. 기어서라도 여길 벗어날 거야…….

은재의 눈에서 흐르는 눈물이 더욱 굵어졌다.

그녀는 옥선과 의재의 폭력을 피해 한국을 달아났다. 그런데 더 큰 폭력을 마주하고 말았다. 요행을 바란 대가치고는 너무나 참혹하다.

욕실로 들어가 샤워를 하고 새 목욕 가운을 걸쳤다. 그의 침실을 나오다 메이드와 마주쳤지만, 그녀도 메이드도 알은척을 하지 않았다. 서로 보지 못한 사람처럼 지나쳐 자신의 방으로 돌아온 은재는 드레스 룸으로 들어갔다. 아랫도리가 다 찢어진 것처럼 아파 청바지를 입기 위해 다리를 들어 올리는 것조차 힘이 들었다.

한여름 더위가 기승을 부리는 싱가포르에서 아무도 입지 않는 민소매 터틀넥을 입고 얇은 카디건을 걸쳤다. 그의 흔적을 옷으로 모두 가린 다음에야 가방을 쌌다. 그녀에겐 싱가포르를 떠날 때 역시 올 때처럼 조촐한 가방 하나가 전부였다.

어쩐 일인지 아래층으로 내려와 저택을 나오는 동안 집사나 메이드들을 마주치지 않았다. 알아서들 그녀를 피하는 것인지, 아니면 신욱으로부터 그녀와 마주치지 말라는 명령을 들은 것인지 알 수는 없지만 그녀에게는 다행한 일이었다. 한적한 길을 따라 큰길로 나온 그녀는 때마침 지나가던 택시를 멈춰 세워 탈 수 있었다.

공항에 도착해 티켓을 구입한 은재는 탑승 시간이 될 때까지 플라스틱 의자에 앉아 미동조차 하지 않았다.

다시는 뒤돌아보지 않아. 다시는 이토록 모멸스러운 사랑 따위 하지 않는다고.

마침내 탑승을 알리는 방송이 들렸다. 자리에서 일어난 은재는 승무원에게서 티켓을 받아 든 후 게이트 안으로 들어갔다.

신욱은 은재가 가방을 들고 저택을 나가는 것을 CCTV 화면을 통해 지켜보았다.

자존심은 있다 이건가?

그의 입매가 비릿하게 비틀렸다.

너도 최정인이나 미아 메이와 다르지 않아. 적어도 스스로 알아서 떨어져 주는 것만은 칭찬해 주지.

아무리 서은재에 대한 욕망에 미쳐 날뛰어도 그를 배반한 여자를 다시 품지 않는다.

다시 마주친다면 널 죽여 버리겠어.

신욱의 얼굴에는 은재에 대한 살기가 어렸다.

11.

9월의 마지막 주인 서울은 뜨거웠던 여름이 끝나고 선선한 바람이 불어오고 있었다. 아무리 시간이 지나도 끝나지 않을 더위의 싱가포르와는 확연히 다른 서울 한복판.

하늘을 떠가는 구름처럼 은재는 정처 없이 사람들 틈을 헤매고 있었다. 수치심과 상처로 얼룩졌던 싱가포르의 마지막 밤이 그녀의 심장을 움켜쥐고 놓아주지 않았다. 매번, 매 순간. 단일 초도 편히 숨 쉴 수 없게 그녀를 벼랑 끝으로 몰고 갔다. 이제 됐다고, 상식적이고 평범한 사람들 속에 섞여 살게 되었다고 스스로를 위안해 봐도 소용없었다.

그 밤, 대체 무엇이 잘못되었는지 은재는 생각하고 또 생각했다. 그녀가 무엇을 잘못했는지, 어떻게 처신을 했어야 했는지 따졌다.

신욱에게 최정인의 약병 일부터 차근차근 모두 말했어야 했나? 그를 위하는 마음으로 침묵한 대가가 이 정도밖에 안 되는 거였을까?

마이클 로건과 미아 메이에게 농락당했다는 사실도 그녀를 화나게 만들기 충분했다.

아아, 모르겠다.

빠른 걸음으로 지나치던 사람이 그녀의 어깨를 쳐 휘청거리다 그대로 주저앉은 은재는 무릎에 얼굴을 묻었다. 그저 그녀를 둘러싼 모든 게 혼란스럽고 화가 나서 견딜 수가 없었다. 모르겠다, 모르겠다…….

싱가포르를 떠난 것은 감정에 사로잡힌 선택임이 분명했다. 해가 뜨고 맑은 정신으로 그와 얘기했다면 달라졌을까? 은재는 고개를 저었다. 그렇다고 해서 내가 받은 그 수치와 모멸감이 사라지는 게 아니야. 이신욱, 미아 메이, 마이클 로건. 세 사람 사이에서 장난감처럼 휘둘려진 분노가 잊히는 게 아니야.

길을 가던 사람들이 주저앉아 고개 숙인 그녀를 힐끗거렸지만, 은재는 쉽게 일어나지 못했다.

마음을 수습하기 급급했던 은재는 집으로 돌아가지 않았다. 집으로 가 봐야 광석과 옥선, 의재 세 사람의 집중 추궁과 더불어 돈을 요구받을 테니……. 모텔에 투숙한 채 깊은 토굴에 숨어 상처를 핥는 어린 짐승처럼 만신창이가 된 몸과 마음을 쓸어내렸다.

서울로 돌아온 지 열흘. 사람이 그리워진 은재는 마음을 털어놓을 수 있는 유일한 사람인 진주에게 전화를 걸었다.

"진주야."

수화기 너머에서 진주가 소리쳤다.

— 너, 너 지금 어디야!

약속 장소로 정한 공원으로 나온 진주는 그녀를 보자마자 화를 냈다.

"서은재, 이 나쁜 년아!"

진주는 다짜고짜 달려들어 그녀를 끌어안고 등을 때렸다. 진주의 옹골찬 주먹을 맞으며 은재는 깊은 위안을 얻었다. 해후의 반가움이 다소 가신 진주가 벤치에 앉아 그녀를 자세히 살펴보았다.

"이게 어떻게 된 일이야? 며칠 전만 해도 잘 지낸다고 전화를 건 주제에 얼굴이 이게 뭐야!"

"좀, 아팠어."

"대체 어디가 아팠는데!"

"그냥, 몸살."

"조심하지. 지금은 괜찮아?"

"응."

"그런데 연락도 없이 언제 들어온 거야? 다시 가야 해?"

은재는 고개를 저었다.

"귀국했어."

"그래?"

진주의 대답이 의미심장했지만, 다행히 더 캐묻지는 않았다. 분명 깊은 속사정이 있으리라 생각하는 눈치였다. 은재는 애써 표정을 밝히며 물었다.

"우리 집 사정은 모르지?"

그러자 이번에는 진주가 한숨을 쉬었다.

"네 전화 받고 심란해서 며칠 전에 전화 드려 봤지. 아버지 괜찮으시다더라. 복수도 안 차고, 괜찮으신가 봐. 이제 항암치료 더는 안 받아도 되는 눈치였어."

진주의 말을 들은 은재는 안도했다.

"그런데 의재는 괜찮은 상황이 아닌 것 같아."

"의재가?"

"어머니가 나한테 돈 부탁하시더라. 그런데 나도 우리 집에 목돈 들어갈 일이 있어서 돈이 없었거든. 급하신 것 같았어."

"또 무슨 사고를 쳤겠지."

"무슨 일인지 알아봐 줄까?"

은재는 고개를 저었다.

"아니야."

"정말?"

"이제 자기 삶은 자기가 살아야지, 더는 내가 대신 수습해 줄 수가 없어."

"그거야 그렇지만. 그런데 넌 얼굴이 왜 더 안 좋아?"

은재는 까칠한 얼굴을 매만졌다.

"일이 힘들었어?"

"······응."

일보다는······ 마음이 산산이 부서졌다는 게 더 맞는 말이겠지······. 그녀의 대답을 들은 진주가 날카로운 눈으로 살펴보았다.

"너 오늘 한국 들어온 거 아니지?"

"응?"

딴생각에 사로잡혔던 은재가 흐릿해진 눈으로 진주를 바라보았다.

"거짓말할 생각 하지 마. 너 지금 무슨 일 있는 거 분명해. 짐 어디 있어? 당장 짐 챙겨서 와. 여기서 기다리고 있을게."

"진주야······."

대체 무슨 일이 있었던 거냐고, 따져 물을 줄 알았던 진주는 침착하고 냉정하게 말을 이을 뿐이었다.

"내 원룸, 좁지만 지금 네가 있는 곳보다는 나을 거야. 그러니까 잔말하지 마."

친구란 말하지 않아도 서로의 속사정을 헤아려 주는 법이다. 그럼 그 사람도 내 마음을 헤아려 주었어야 하지 않아?

신욱에 대한 깊은 원망을 주체할 수 없어진 은재는 그만 진주의 무릎에 얼굴을 묻고 울어 버렸다.

"은재야, 서은재! 너 왜 그래? 응?"

깜짝 놀란 진주가 물었지만 은재는 대답을 할 수가 없었다. 격한 울음이 그녀의 대답을 먹어 삼키고 대신 눈물만을 토해 내게 했다.

진주의 강압으로 인해 모텔에서 짐을 챙겨 원룸으로 옮겼다. 작은 원룸은 그녀 둘이 들어서자 꽉 찼다. 은재는 미안한 얼굴로 진주를 돌아보았다.

"아무래도 안 되겠어. 네가 너무 불편할 거야."

"야! 친구끼리 그 정도 불편도 감수하지 못하면 그게 친구냐? 군말 말고 있어!"

"집 구하는 대로 나갈게."

"자꾸 정 떨어지게 그럴래? 여기 있어도 괜찮다니까!"

하지만 은재는 마음이 불편할 수밖에 없었다. 진주에게 도움이 되지는 못할망정 자꾸 폐만 끼치는 그런 사람은 되고 싶지가 않았다.

넘어가지 않는 저녁을 진주의 성화로 억지로 먹었더니, 몸이 노곤해졌다. 낯선 모텔에서 거의 잠을 자지 못했던 은재는 진주의 집에서야 극한의 피로가 몰려옴을 느꼈다. 그녀는 진주가 상을 치우는 것을 간신히 도운 다음, 얇은 이불을 깔고 바닥에 쓰러지듯 누웠다. 가만히 그 모습을 보던 진주가 다른 이불 한 채를 가져와 덮어 주었다.

"아무 생각 하지 말고 자."

"……응."

눈을 감으면 신욱이 떠올랐다. 은재는 괴로움에 진저리를 치며 조금씩, 조금씩 잠으로 빠져들었다.

눈을 떴을 때 진주는 이미 출근을 한 뒤였다. 은재는 거의 12시간을 깨지도 않고 잤다는 사실에 놀라움을 금치 못했다. 일어나 이불을 개려던 그녀는 작은 싱크대 앞에 상이 차려져 있는 것을 발견했다. 진주는 시원시원한 필체로 메모까지 남겨 놓았다.

밥솥에서 밥만 떠서 먹으면 돼, 입맛 없어도 먹어.
다 먹었는지 검사할 거니까 그런 줄 알고.

출근 준비를 하려면 바빴을 텐데, 자신까지 신경을 써 준 진주의 성의가 너무 고마웠다. 이불을 한쪽으로 밀치고 상을 옮겨 왔다. 밥을 퍼 상 앞에 앉은 그녀는 아무런 맛도 느껴지지 않는 음식을 기계적으로 먹기 시작했다. 이상하게도 지금 이 순간, 비로소 한국으로 돌아왔음을 절감했다.

절대로 약해져서는 안 되는 곳, 할 일이 너무 많아서 마음대로 아플 수도 없었던 곳.

이제는 정신을 차려야 했다. 긴 숨을 내쉰 은재는 숟가락 가득 밥을 떠 입 안으로 밀어 넣었다.

억지로 밥을 다 먹은 다음, 집 안을 정리했다. 이불을 개고, 청소기로 바닥을 밀고, 진주가 아무렇게나 벗어 놓은 빨래들을 모아 세탁기에 넣고 돌렸다. 윙윙, 세탁기가 돌아가는 소리를 들으며 또 무엇을 해야 할지 생각했다. 딱 하나, 선뜻 내키지 않는 일이 있긴 했다. 그러나 언젠가는 마주쳐야 할 사람들이다. 세탁기가 멈추길 기다렸다가 빨래가 끝난 옷가지를 가지런히 넌 은재는 곧바로 외출 준비를 했다.

같이 살 마음은 조금도 없었지만 적어도 한국에 돌아왔다는 것을 알려 줄 필요는 있었기에 본가를 찾았다. 환대는 기대하지 않았다. 하지만 옥선은 그녀를 보자마자 욕설을 퍼부었다.

"저 혼자 살겠다고 부모 형제 버리고 간 년이 여긴 왜 와! 응? 뭐 얻어먹을 게 있다고 여길 와!"

분을 이기지 못한 옥선이 그녀를 향해 물을 끼얹었다.

"이 사람, 그만하지 못해!"

보다 못한 광석이 옥선을 만류했다.

"뭘 그만해요? 제 아비 잡아먹을 년! 네년 때문에 네 아버지가 얼마나 스트레스를 받았는지 알아!"

"그만하라니까!"

광석의 거듭된 만류에도 옥선이 악을 써 댔다.

"야 이년아! 이년아, 이년아!"

은재는 핸드백에서 손수건을 꺼내 젖은 얼굴과 머리카락을 닦았다. 동요하지 않고 흐트러짐 없는 모습에 옥선은 더욱 분노했다.

"저, 저! 독한 년!"

"그만하라고!"

마침내 광석이 버럭 화를 내자 옥선이 겨우 입을 다물었다.

"태호가 찾아왔었다. 너 사라지고 태호가 너 얼마나 찾아 헤맸지 알아?"

가슴이 선득했다. 미안한 마음은커녕 그의 집착이 무서워졌다.

"저와 아무 상관없는 사람이에요."

그러자 옥선이 다시 툭 끼어들었다.

"우린 아니다. 딸년도 버리고 간 네 아버지와 나, 제 부모만큼 극진히 챙겨 주고, 의재 합의금까지 마련해 준 사람이야."

은재는 자신의 귀를 의심했다.

"뭐라고요? 지금 뭐라고 하셨어요?"

"천만 원이다. 그 큰돈을 선뜻 내준 사람이야. 그만한 사람 없다. 그러니 고집 그만 피우고……."

"제발!"

은재의 비명이 옥선의 말을 끊었다.

"제발 그만하세요! 태호와 전 두 분이 바라는 대로 이뤄지지 않을 거예요. 그러니 제발 헛된 생각 좀 버리세요!"

"그럼 그 돈은 네가 갚아."

옥선의 뻔뻔함에 기가 막혔다.

"너도 알다시피 우리가 무슨 돈이 있니? 그러니……."

옥선의 말이 채 끝나기도 전에 백을 챙겨 들고 자리에서 일어났다.

"두 분이 알아서 하세요."

"뭐야?"

"두 분 힘으로 해결하지 못하겠거든, 의재더러 해결하라고 하세요. 돈 쓴 사람이 해결해야죠."

"이, 이 독한 년!"

머리채를 잡아챌 요량으로 다가오는 옥선을 날 선 눈으로 노려보았다.

"그만하세요. 아무리 그러셔도 저 돈 못해 드려요. 그럴 만한 돈도 없구요. 그러니, 제발 그만하세요."

은재는 앙상한 어깨를 늘어뜨린 아버지 광석을 보며 말했다.

"저 이제 이 집 안 와요. 그러니 기다리지 마세요."

"은재야……."

"갈게요."

"아이고, 저 독한 년! 돈 천만 원 때문에 아비 어미 다 버리고 저 살길 찾아 도망치는 천하에 몹쓸 년!"

현관을 나온 은재는 귀를 막고 대문 밖으로 뛰어나갔다. 광석에게 한 말은 빈말이 아니었다. 다시는 이 집에 발을 들이지 않을 작정이었다.

옥선의 악다구니가 들리지 않는 곳까지 와서야 귀에서 손을 뗐다. 가쁜 숨을 헉헉 토해 내며 울음도 같이 토해 냈다.

울지 마, 울 가치도 없는 일이야. 그러니 제발…… 울지 마.

본가를 나온 은재는 부동산 사무실을 들러 당장 들어갈 수 있는 고시원을 계약했다. 그리고 진주의 원룸으로 돌아와 짐을 챙기기 시작했다. 퇴근해서 돌아와 은재의 표정과 행동을 관찰한 뒤로 진주는 말없이 바라보기만 했다.

"진주야, 고마워."

진주는 딱 한마디만 했다.

"갈 곳은?"

"구했어. 고시원 계약했어."

진주가 경악했다.

"고시원?"

"언제까지 신세 질 수는 없잖아. 혼자 사는 거니까 그리 불편하지 않을 것 같아서 그냥 고시원으로 들어가려고."

"됐으니까 그냥 여기 있어."

"너 불편하게 만들고 싶지 않아. 그럼 난 투정 부릴 유일한 사람을 잃게 되는 거니까."

"너 정말 이럴 거야?"

"난 괜찮을 거야. 너무 염려하지 마."

진주가 걱정스러운 눈으로 그녀를 쳐다보았다.

❋

뉴욕.

미아는 완벽하게 설 자리를 잃었다. 마이클의 도움으로 취직한 스튜디오에는 딱 하루 출근을 하고, 해고 통보를 받았다. 모두 대니얼 때문이었다. 2년 전과는 비교도 할 수 없는 대니얼의 분노는 마이클에게까지 향했다. 서은재와 직접적으로 엮였으니 마이클을 그냥 둘 수는 없었을 것이다. 마이클은 캐스팅된 모든 영화에서 얼토당토않은 이유로 하차를 통보받았다.

2년 전 대니얼이 그녀의 앞길을 막았을 때는 마이클의 도움을 받을 수 있어 견딜 만했다. 하지만 지금은 사정이 달랐다. 마이클은 제 앞가림을 하기에 벅차 그녀를 돌봐 줄 여유가 없는 것 같았다. 결국 미아는 직접 대니얼과 부딪치기로 했다. 그러나 IE 그룹 사옥 프런트에서부터 문제가 발생했다.

「지금 누구 앞을 막는 거야?」

미아가 잘 다듬어진 눈썹을 치켜뜨며 경호원들을 노려보았다.

「내가 누군지 알고 이러는 거야?」

「죄송합니다. 아무도 들이지 말라는 회장님 지시가 있으셨습니다.」

「비키지 못해!」

성질을 참지 못한 미아가 앙칼지게 명령했다. 그때였다. 대니얼의 신랄한 목소리가 들려온 것은.

「왜 이렇게 시끄러워.」

비서진을 주렁주렁 매단 대니얼이 그녀를 보고 서 있었다. 이런 기회는 하늘이 돕지 않으면 생기지 않는 법이다. 자신에게 일어난 행운에 기쁨을 숨길 수가 없던 미아는 재빨리 연약한 표정을 지으며 그를 향해 달려갔다.

「대니얼!」

하지만 신욱은 팔을 잡으려는 미아의 손을 뿌리쳤다.

「무슨 짓이야!」

매몰찬 신욱의 말에도 불구하고, 미아는 힐끔거리는 사람들의 시선을 끌기 위해 혼신의 연기를 다했다.

「당신…… 정말 왜 이래요? 나한테도 기회를 줘야죠.」

「그 얼굴, 지겹군.」

「대니얼!」

모욕적인 말을 내뱉은 그가 미아를 스쳐 지나 로비를 나왔다.

「크리스, 썩는 냄새가 사방에서 진동을 하잖아. 대체 내가 언제까지 더 참아야 하는 거야?」

「죄송합니다.」

「정말 끔찍하군.」

신욱은 대기 중이던 기사에게 손을 내저었다.

「됐어, 내가 직접 운전할 거야.」

크리스가 앞으로 나섰다.

「회장님, 그럼 제가…….」

「못 들었나?」

그는 크리스와 기사를 한꺼번에 뿌리치고 운전석에 올라탔다.

뉴욕으로 돌아온 후 신욱의 날카로운 표정은 한층 더 날카로워져 있었다. 회사는 탄탄대로였고, 더는 그를 방해할 여자들이 없었다. 평생의 멍에였던 최정인마저 죽어 자유를 느껴도 모자랄 판에 그는 왜 이토록 신경이 날카로운지 이유를 찾을 수가 없었다.

❀

새로운 일자리를 구하는 것은 생각만큼 녹록하지가 않았다. 비서라는 자리가 회사 내에서 차출하거나 신입 사원들을 기용하는 경우가 많아 경력자인 그녀로서는 좁은 시장을 비집고 들어갈 틈이 없었다. 게다가 IE 한국 지사의 지사장과 비서실장이 횡령과 배임 혐의로 검찰에 기소되어 재판을 받고 있는 와중에 비서실 대리였던 그녀를 채용하려는 회사는 어디에도 없었다.

오늘도 허탕을 치고 돌아오는 길, 편의점 앞을 지나던 은재는 하루 종일 아무것도 먹지 않았다는 것을 깨달았다. 입맛이 없었지만 혼자 살아남기 위해서는 반드시 끼니를 챙겨 먹어야 했다. 편의점으로 들어가 우유 하나를 골라 들고 삼각 김밥이 줄지어 선 판매대를 살폈다. 그런데 편의점 내부에 밴 미세한 음식 냄새를 맡자 불쑥 구역질이 치밀어 올랐다.

왜 이러지?

이마를 찌푸리며 심호흡을 한 그녀는 대충 아무거나 골라 손에 들었다. 순간 주체할 수 없을 만큼 구역질이 치솟았다. 얼른 삼각 김밥과 우유를 내려놓고 편의점 밖으로 뛰어나왔다. 인적이 드문 골목으로 뛰어 들어가 먹은 것을 게워 내려고 했지만, 나오는 것은 아무것도 없었다. 금방이라도 위장에 든 걸 쏟아 낼 태세더니 말이다. 울렁거리는 속이 가라앉기를 바라며 배를 쓸어내렸다.

겨우 진성이 된 은재는 다시 편의점으로 들어갔다. 호기심 어린 눈으로 쳐다보는 아르바이트생의 시선을 무시한 채, 사려던 삼각 김밥과 우유, 그리고 생수 한 병을 사서 나왔다. 편의점에 머무는 짧은 시간 동안 다시 속이 요동쳤다. 편의점 특유의 냄새 때문인 것 같았다. 밖으로 나온 은재는 생수병을 따 차가운 물을 마셨다. 갈증을 느끼지도 못했는데 단숨에 반을 들이켰다.

해가 저물기 전의 고시원은 고요했다.

퇴근 시간부터 시작해 자정 무렵까지가 가장 시끄럽다. 문을 닫고 재킷을 벗은 은재는 바닥에 앉아 편의점에서 사 온 삼각 김밥과 우유를 꺼냈다. 우유팩을 열어 한 모금 마신 순간, 그녀는 곧장 화장실로 뛰어 들어갔다. 비릿하고 역한 냄새가 코를 찔렀다. 노란 위산까지 모두 토한 다음에야 겨우 화장실을 나올 수가 있었다. 팩에 찍힌 날짜를 확인했지만 유통기한이 일주일이나 남은 우유였다.

대체 뭐가 문제지? 순간 은재는 책상 위의 달력을 응시했다. 마지막으로 생리를 한 게……. 생각이 뒤엉켰다. 싱가포르에 간 것이 6월 말, 지금은 10월이었다. 그리고 생리를 해야 할 때가 한참 지났다. 설마……? 은재의 몸이 굳어졌다. 아, 아닐 거야, 약을 먹었으니까…….

하지만 몸살이 났던 그 기간 즈음 피임약을 복용하지 않았던 것이 생각났다. 그것을 잊고 무방비하게 섹스를 했던 것도……. 그녀는 떨리는 손으로 마른 얼굴을 쓸어내렸다. 그녀가 감당할 수 없는 큰일이 생길 것 같다는 막연한 두려움이 엄습했다. 무릎을 동그마니 끌어안고 한참을 두려움 속에 침잠하던 그녀는 이래선 안 된다는 결론에 도달했다.

정신을 차려야 해.

가장 먼저 할 일은 사실을 확인하는 것이었다. 가방을 들고 일어난 그녀는 방을 나왔다. 편의점 근처의 약국으로 들어가 임신 진단 시약을 샀다. 미혼이기에 한 번도 사 본 적 없는 임신 진단 시약을 사는 것은 많은 용기를 필요로 하는 일이었다. 하나로는 안 될 것 같아 세 개를 달라고 한 은재는 얼른 계산을 하고 약국을 나왔다. 누군가 그녀를 아는 사람이 지켜보고 있을 것 같은 생각이 들어 앞만 보고 뛰다시피 고시원으로 돌아왔다.

은재는 방문을 걸어 잠그고 임신 진단 시약의 포장을 뜯었다. 빨간 줄이 생기면 임신이라는 설명서를 읽는데, 손끝이 바르르 떨렸다.

아닐 거야. 하늘이 내게 이토록 가혹하지는 않을 거야. 안심해.

스스로에게 주문을 건 그녀는 테스트기를 들고 화장실로 들어갔다. 떨리는 손으로 테스트기를 뜯고 사용설명서에 쓰인 대로 진행한 뒤 진단 결과를 기다렸다.

……빨간 줄이 생겼다.

믿을 수가 없어 하나를 또 뜯어 다시 테스트했다. 역시 빨간 줄이다. 이런 수는 없어. 절박해진 그녀가 마지막 테스트기를 뜯었다. 결과는 같았다. 임신이었다. 은재는 화장실 바닥에 주저앉고 말았다.

저절로 눈물이 흘러내렸다. 은재는 무릎에 얼굴을 묻고 아이처럼 울어 버렸다. 이건 정말…… 감당할 수 있는 수준의 일이 아니었다.

"진주야."

"응."

진주는 달콤한 캐러멜 마키아또를 스트로로 쪽쪽 빨아 먹으며 건성으로 대답했다. 점심을 사 주겠다는 명목으로 진주를 불러냈지만, 은재는 정말 진주를 볼 면목이 없었다.

"너한테…… 정말 너무 미안해."

"응? 그건 또 무슨 말이야?"

달콤한 것이라면 사족을 못 써 커피에 푹 빠져 있던 진주가 그제야 정신을 차렸다. 은재는 차마 진주의 눈을 마주 보지 못했다.

"너한테 너무 미안한 걸 알면서도, 난 너 말고는 의논을 할 사람이 없어. 그래서…… 난 늘 내 문제로 널 힘들게 하는 것 같아."

"야, 너 지금 무슨 말을 하는 거야? 네가 뭘 날 힘들게 해? 이 친구 참, 누가 들으면 정말인 줄 알겠네. 야, 내가 너한테 집을 사 줬냐, 차를 사 줬냐. 나, 너한테 해 준 것도 없는데 그런 말 들으면 정말 불편하거든? 뭐야, 정말?"

"나, 임신했어."

순간 진주의 입이 떡 벌어졌다.

"……너 지금 뭐라고 했니?"

은재는 진주의 시선을 회피했다. 그러자 진주가 얼굴을 붉히며 소리쳤다.

"뭐라고 했냐고 묻잖아!"

"……진주야."

"이 미친 계집애!"

진주가 그녀의 어깨를 아프게 때렸다.

"조심했어야지!"

"그러게……."

진주의 질책을 받은 그녀가 공허하게 대답했다. 이렇게 쉽게 아기가 생길 거라고는 전혀 상상하지 못했었다. 이 일은 오롯이 어리석은 그녀의 책임이자, 잘못이었다. 하지만 그 사실을 인정한다고 해서 앞으로 일어날 일에 대한 면죄부를 받지는 못할 것이다. 그녀를 둘러싼 모든 것들이 엉망진창으로 변하고 있었다. 은재는 자신이 점점 깊은 수렁으로 빠져드는 것만 같았다. 진주의 다그침은 계속됐다.

"대체 어떻게 할 작정이야!"

그녀는 깊은 숨을 내쉰 다음 힘겹게 말했다.

"수술, 할 거야. 그런데…… 보호자가 필요해. 같이 가 줄 수 있어?"

진주는 언제나 그녀를 위해 주었다. 그녀와 관련된 일이라면

앞뒤 재지 않고 무조건 편들어 주고 응원해 주었으며 감싸 주었다. 가족조차 해 주지 않는 일을 진주는 해 주었다. 그런데 그녀는 진주의 우정에 제대로 보답한 적이 없었다. 은재는 정말 진주를 볼 면목이 없었다.

"지금 그걸 말이라고 해? 그런데 너 결심은 확실히 선 거야?"

진주가 눈을 부라리며 화를 내자 그녀가 흐릿하게 웃었다.

"결심이 안 서면 어쩌니. 혼자 몸으로도 일자리를 못 구하는 판국에 애 딸린 미혼모를 누가 써 줘? 한국 사회가 그렇게 만만한 것도 아닌데."

그녀의 말을 들은 진주는 마음이 약해져 끝까지 화를 내지도 못했다.

"아, 정말 이게 뭐니, 응?"

"내 잘못이야. 난 어떻게 되든 상관없지만, 내 무책임한 행동 때문에 어린 목숨이 해를 입는다는 게 안타까워."

가슴속에 똬리를 틀기 시작한 죄책감이 점점 커졌다. 숨을 쉬는 것조차 죄스러웠다.

진주를 만나고 돌아오는 길, 은재는 낙태 수술을 해주는 병원이 없어서 십여 곳도 넘게 돌아다녀야 했다. 마침내 한 곳, 겨우 수술을 해준다는 병원을 찾아낼 수 있었다. 여의사는 대수롭지 않게 금식을 하고 내일 오전에 내원하라고 했다. 낙태 수술을 해줄 병원을 찾아다니며 애를 썼던 게 무색할 만큼의 간단한 지시였다.

고시원으로 돌아왔을 때는 저녁 무렵이 되어 있었다. 돌아다니느라 지친 은재는 불을 켜지 않으면 낮인지 밤인지 구분이 안 되는 방의 좁은 침대에 그대로 쓰러지듯 누웠다. 눈을 감고 깊은 숨을 내쉬며 피로를 풀어 보려고 하지만 쉽지가 않았다. 그녀는 납작한 배 위로 손을 올렸다. 아직은 이 안에 생명이 있다는 게 실감이 나지 않는다.

내일이면 없어질 아이······. 딸일까, 아들일까? 아들이라면 그를 닮았을까?

저도 모르게 든 생각에 은재는 황급히 고개를 저어 떨쳐 버렸다. 스스로 아무리 부정해도 이신욱에게 그녀는 정부, 그 이상도 이하도 아니었다. 정부에게서 아이를 볼 남자는 없다. 그럼에도 서은재란 인간이 참 독하다는 생각이 들었다. 새 생명의 존재를 알자마자 없애 버릴 생각을 한 자신이······. 함께 살 궁리 같은 건 해 보지도 않고, 낳을 수 없다고 단정하며 고개를 가로젓는 자신은 옥선이나 의재와 다를 바가 없을 만큼 끔찍한 인간이었다. 아이를 향해 숨 막히게 밀려드는 죄책감이 그녀를 견딜 수 없게 했다.

미안해, 아가, 정말 미안해.

그녀는 검은 밤을 뜬눈으로 지새웠다. 생각이 많고 깊어지다 결국은 머릿속이 백짓장처럼 하얗게 변해 버렸다. 될 대로 되어 버리란 자포자기한 심정으로 침대에서 일어나 몸을 돌릴 수 없을 만큼 좁은 욕실에서 샤워를 했다.

간단한 외출 준비를 마쳤을 때 진주에게서 연락이 왔다. 고시원까지 차를 가지고 온 진주가 조수석에 타는 은재를 향해 물었다.

"금식했지?"

"……응."

"가자."

진주는 시동을 걸고 앞을 향해 운전하기 시작했다. 평일 오전임에도 무척이나 도로가 정체됐다.

"왜 이렇게 밀려!"

진주는 수술 예약 시간이 늦을까 봐 발을 굴렀지만, 이상하게도 은재의 마음은 차분해졌다. 자신은 독하고 끔찍한 인간이라는 것을 인정했고 아이와 같이 살 수 없다는 것도 받아들였다. 변할 게 없는 현실이라면 차라리 받아들이는 게 편했다. 그녀는 모든 걸 체념하고 자신의 탓으로 돌렸다.

얼굴도 모르는 친엄마와의 이별, 가족과의 절연, 그리고 계약이 끝난 사랑. 그런데 태어나지 않은 아기와의 인연을 포기한다고 해서 자신에게 더 무너질 가슴이 어디 있던가.

스스로를 향해 조소를 지으며 창밖을 응시하던 은재의 눈매가 불현듯 굳어졌다. 그녀의 결정을 비난하기라도 하듯 자랑스럽게 빨간 유모차를 밀고 가는 젊은 여인을 본 것이었다. 유모차에 탄 아기는 보이지 않았지만 여자는 자신과 마주 보는 유모차 안을 보며 연방 미소를 지으며 아이를 어르고 있었다. 그것을 보자 은재의 눈에서 왈칵 눈물이 쏟아졌다. 갑자기 아이처럼 쏟아지는 눈물에 당황했지만 주체할 수가 없었다.

왜 그녀에게는 저런 관계가 허용되지 않는 것일까?

은재는 가족이라는 이름의 사람들에게 단 한 번도 저런 시선을 받아 본 적이 없었고, 저런 시선을 주어 본 적이 없었다. 그녀의 무의식 속에서 자신은 늘 피해자였다. 그런데 이제 그녀가 아이를 향해 똑같은 짓을 하려고 한다. 오로지 그녀만을 의지하고 있는 가여운 아기에게 싸늘하고 냉정하게 등을 돌리는 짓을……

그녀의 눈물에 진주가 놀라 쳐다보았다.

"왜 그래?"

쏟아지는 울음 속에서 은재가 고개를 저었다.

"진주야, 나 못하겠어."

그러자 진주가 화를 냈다.

"못하면 어쩔 건데! 낳는다는 말은 하지도 마!"

"진주야."

은재는 애달프게 진주를 보았다. 하지만 진주는 매정했다.

"서은재, 정신 차려. 넌 평생 네 부모와 남동생 뒤치다꺼리만 하고 살았어. 그런데 이제 아빠 없는 애를 낳아 키우고 살겠다고? 그럼 네 인생은 뭔데? 평생 지지리 궁상으로 살아야 하는 널 보는 내 마음이 어떨 것 같아!"

"알아, 아는데, 그런데 못하겠어."

그녀의 눈에서 굵은 눈물방울이 흘러내렸다.

"네 말처럼 난 한 번도 내가 원하는 대로 살아 보지 못했어.

내가 원하는 걸 가져 보지도 못했어. 그런데 이 아기를 가지고 싶어. 품에 안고 싶어. 그게 지금 내가 원하는 거야."

"너 정말……."

진주는 그녀의 결정에 찬성하지 않았다. 내내 굳은 표정으로 말이 없었다. 하지만 마침내 도로의 정체가 풀렸을 때, 병원을 향하는 대신 차를 돌렸다. 진주는 아무 말 없이 고시원으로 다시 돌아왔다. 차가 멈춰 섰을 때, 진주가 글러브 박스를 열어 통장을 꺼내 내밀었다.

"이거 가져가."

그녀는 울어서 부은 눈가를 문지르며 진주와 통장을 번갈아 보았다.

"이게 뭐야?"

"아니길 바랐는데, 넌 내 예상과 한 치도 다름없는 짓을 하고 있어. 이거 써."

"진주야."

"그렇다고 내가 네 생각에 찬성한다는 건 아니야. 난 네가 왜 굳이 힘든 길을 가려는지 모르겠다. 하지만 네 결정이고, 그게 네가 원하는 일이라니 별수 없네. 너라면 잘 해낼 거야."

무조건 믿어 주는 사람이 있다는 게 얼마나 가슴 벅찬 일인지, 은재는 진주를 보며 깨달았다.

"통장 필요 없어. 내 선택이니 내가 알아서 할게."

"행여나 그러겠다. 애 낳고 몸조리하는 동안 무슨 일을 할 건데? 나중에 일하면 갚아. 공짜로 주는 거 아니야. 그리고 조건이 있어."

"조건이라니?"

"나중에라도 아기 때문에 속상해하지 마. 그리고 울지도 마.
네가 그럼 나 정말 화가 날 것 같아."

"안 그럴게."

"내려, 나 갈 거야."

고마워서 흘리는 눈물은 괜찮겠지. 그녀는 싱가포르에서 돌
아온 후 처음으로 텅 빈 가슴이 뜨겁게 벅차올랐다.

진주를 배웅하고 고시원으로 들어온 은재는 좁은 현관문 앞
에 섰다. 하지만 문을 열기도 전, 무언가 잘못됐다는 것을 깨달
았다. 집을 비운 건 두 시간이 채 되지 않았지만, 본능은 무서
웠다. 그녀를 향해 그대로 도망치라고 외쳤다. 그러나 이미 늦
었다. 의재가 검은 그림자를 드리운 채 그녀의 앞을 막아섰다.

"넌 네 집 앞에서 왜 그러고 서 있냐?"

의재는 분명 그녀의 이복동생이었다. 그런데 좁고 어두운 고
시원 복도에서 맞닥뜨린 의재는 낯모르는 건달 같았다. 방심하
는 순간 그녀를 무참히 폭행하고 돈을 빼앗아 갈 건달 말이다.

은재는 겁먹은 표시를 내 의재를 만족시키고 싶지 않았다.

"여긴 어떻게 안 거야?"

"그게 중요한 게 아니고. 너, 돈 좀 내놔라."

가족이라는 사람들이 그녀에게 바라는 것은 언제나 한결같았
다. 어떻게 그녀의 상상을 조금도 비켜 나가지 않는 거지? 그

녀는 단호하게 고개를 저었다.

"돈 없어."

"그래? 그럼 태호 형한테 빌려 달라고 한다?"

"서의재!"

"그럼 돈 주든지. 응?"

징그럽다, 너무 징그러워서 견딜 수가 없다. 의재가 죽일 듯 노려보는 은재를 내려다보며 비릿하게 웃었다.

"네가 이럴 거 같아서 태호 형한테 돈 좀 더 빌려 썼다. 그러니까 갚든지, 그 몸뚱이를 팔든지 알아서 해라."

의재가 그녀를 놓아주고 복도를 어슬렁어슬렁 걸어 사라졌다. 의재를 향한 살기로 몸이 흠칫흠칫 떨렸다. 겨우 정신을 추스르고 집 안으로 들어간 은재는 좁은 침대에 앉은 태호를 보자 충격을 받고 말았다.

"네, 네가 어떻게……."

이곳에서 태호를 보게 될 거라고는 상상하지 못했었다.

"너야말로 어떻게 된 거야. 내가 네 걱정을 얼마나 한 줄 알아?"

시간이 지났어도 태호는 여전했다. 단지 태호에게 돈을 빌렸다는 말만 하기 위해 의재가 이곳까지 올 리 없었다는 것을 생각했어야 했다. 그녀에게서 돈도 빼앗지 않고 순순히 물러났을 때, 이런 일이 일어나리라는 것을 생각하지 못한 자신의 어리석음이 제일 큰 잘못이다. 은재는 미칠 것만 같았다.

"네가 왜 내 걱정을 해? 내가 뭘 하든 상관하지 마. 애초에 우린 그럴 사이가 아니었으니까. 그러니 이제 제발 그만해."

그러자 태호가 자리에서 벌떡 일어나 소리쳤다.

"어떻게 그럴 수가 있어?"

"의재에게 돈 빌려 줬다는 얘기 들었어. 앞으로는 그러지 말았으면 좋겠어. 그 돈, 아마 우리 집에서 갚기는 어려울 거야. 내가 갚을 테니 조금만 시간을 줘."

"내가 그 돈 받겠다고 널 찾아온 게 아니잖아! 난 너만 있으면 돼!"

"난 아니야. 대체 얼마나 말해야 하니? 난 너 아니라고!"

"은재야."

태호가 마구잡이로 그녀를 안아 왔다.

"하지 마!"

그를 피해 저항하던 은재는 책상 모서리에 심하게 배를 치이고 말았다. 눈앞이 아찔해지는 고통에 은재는 숨도 제대로 쉴 수가 없었다. 배를 움켜잡은 채, 가는 신음을 내뱉는 것만이 그녀가 할 수 있는 전부였다.

"으, 은재야?"

그녀의 다리 사이에서 가는 선혈이 흘러나오고 있었다. 사색이 된 태호가 말을 더듬었다.

"벼, 병원, 병원……."

"가! 가 버려, 제발 내 눈앞에서 사라져!"

은재가 절규했다.

그녀가 119 구급대원의 도움으로 병원에 도착한 그때, 그녀의 연락을 받은 진주도 응급실로 사색이 되어 뛰어 들어왔다.

"어떻게 된 일이야? 괜찮아? 응?"

"아직 모르겠어."

"태호 새끼 짓이지? 맞지?"

창백한 얼굴의 은재를 본 진주가 분함을 이기지 못해 제 가슴을 탕탕 쳤다.

"내가 정말 미친다. 그 새끼, 정말 뭔 일 칠 줄 알았어. 너 싱가포르 가 있는 동안 날 얼마나 찾아왔는지 알아? 꼭 정신병자 같았다니까. 그랬는데 기어이 일을 쳐? 그 새끼, 스토커로 경찰에 확 고소해 버려!"

"의재 짓이야."

은재가 고개를 저었다. 공허한 울림을 남기는 그녀의 말은 더없이 서글펐다.

"태호를 고시원까지 데려다 놓은 사람, 의재였어."

"하, 정말 대단한 가족이다, 응? 대체 네 집 사람들은 왜 그러니? 너 못 잡아먹어 안달을 내는구나?"

너무 화가 나서 어쩔 줄 모르는 진주에게 의사가 다가왔다.

"서은재 씨 친구분 되십니까?"

"네, 선생님. 저한테 말씀하시면 됩니다. 어떻게 된 거죠? 별일 없는 거죠?"

"다행히 유산까지 가는 일은 막았습니다만, 안정할 수 없는 단계입니다. 원래 임신 초기는 조심해야 하는데, 임부분의 영양 상태도 썩 좋지 않아서 각별히 유의하셔야 합니다. 남편분도 같이 설명을 들으셔야 하는데, 어디 계십니까?"

담당의의 말에 은재의 표정이 더욱 창백해지자, 진주가 대신 대답했다.

"출장 중이에요."

"그럼 친구분이 대신 고생을 하셔야겠군요. 서은재 씨 며칠 입원을 하셔야 합니다."

"그렇게 할게요."

진주는 두 번 생각해 보지도 않고 곧장 대답했다.

"그럼 입원 수속 안내해 드리겠습니다. 잠시만 기다리세요."

의사가 사라진 사이, 진주가 목소리를 낮춰 은재에게 물었다.

"애 아빠 누구니? 대니얼 리 회장이니?"

"아니야."

본능적으로 거짓말이 튀어나왔다. 하지만 진주는 믿지 않았다.

"네가 만약 수술을 했다면 난 절대로 묻지 않았어. 그건 네가 감당할 수 있는 상황이니까 아무리 궁금해도 네 사생활을 캐묻지 않았을 거야. 하지만 상황이 바뀌었으니까 알아야겠어. 서은재, 속일 사람을 속여. 너 싱가포르에 넉 달도 꽉 못 채우고 있었어. 네 성격에 그 짧은 시간 동안 낯모르는 남자를 만났다고는 생각하지 않아. 분명해. 대니얼 리 회장이야. 그렇지?"

"……."

예리한 진주의 지적에 은재는 아무 말도 할 수가 없었다. 그런 은재를 본 진주는 가슴 깊이 한숨을 내쉬었다.

"그럴 줄 알았지. 니들 즉흥적인 관계가 아니었어. 그치?"

은재는 고개를 돌려 버렸다.

"그럼 왜 한국에 들어온 거야? 한국에서 누가 널 기다린다고! 네 가족은 네 등골 빼먹으려고 작정한 사람들인데 멍청하게 그런 남자 버리고 왜 왔어? 응?"

"그럴 수밖에 없었어."

"전화해."

"······뭐?"

"전화하라고, 이 멍청아! 싫든 좋든 대니얼 회장이 네 애 아빠야. 사실을 알고 존재를 부정하든 안 하든 그건 그때 문제고, 그 남자도 사실을 알 권리가 있어. 이 넓은 세상 어디에 제 새끼가 숨 쉬고 있다는 걸 그 남자도 알아야 한다고!"

"싫어. 그 사람이랑 상관없이 내가 낳기로 결정한 거야."

"네가 낳기로 결정했기 때문에 그 남자가 알아야 한다는 거야. 새파란 청춘 왜 낭비해? 최소한 양육비라도 받아야지. 가난한 미혼모 밑에서 태어난 네 애가 널더러 낳아 줘서 고맙다고 할 줄 알아?"

"진주야, 제발······ 제발 그만해."

"너야말로 제발 현실을 회피하지 마. 그 남자를, 그리고 네 아기를 기만하는 행동 하지 말라고. 정신 똑바로 차려서 행동해. 네가 아이를 낳기로 결정한 순간부터, 넌 그 남자와의 관계를 이어 가기로 결정을 한 거니까."

진주의 말이 옳다는 것을 은재도 알고 있었다.

로비를 나서던 신욱은 자신의 눈을 의심했다. 다갈색이 섞인 검은 머리의 여인……. 은재가 그에게서 등을 돌린 채 멀어진다. 동양 여인의 섬세한 뒷모습을 본 순간, 신욱은 저도 모르게 그 여자의 뒤를 따라 걸었다.

「회장님!」

당황한 크리스가 불렀지만 신욱은 알아차리지 못했다.

인파에 묻혀 여인이 사라지기 전에 잡아야 한다. 홀린 사람처럼 뛰다시피 따라가 여자의 어깨를 강하게 잡아 돌려세웠다.

「어멋!」

깜짝 놀란 여자가 그를 올려다보았다. 아니다, 서은재가 아니다.

「죄송합니다.」

신욱은 여자의 어깨를 놓아주었다. 뛰느라 흘러내린 앞머리를 쓸어 올리는 손길이 사뭇 거칠었다. 내가 지금 뭘 한 거지? 생각할수록 어이가 없었다.

뭐 그리 대단한 여자라고…….

스스로를 향한 자조를 숨길 수가 없었다.

네게 의미가 될 수 없는 여자였어. 정신 차려.

그는 계속 되풀이하여 그녀의 꿈을 꿨다. 그녀가 그를 올려다보며 눈물을 흘리고 있었다. 잠에서 깬 그는 거칠게 시트를 밀쳐 버린 뒤 침대를 내려와 창가에 드리워졌던 커튼을 활짝 열어젖혔다. 보름달의 환한 달빛이 창가에 닿아 부서졌다.

이대로는 안 되겠다. 그는 드레스 룸으로 들어가 손에 잡히는 대로 옷을 걸쳤다. 사이드 테이블 위에 놓여 있던 키홀더를 들고 침실을 나서며 크리스에게 전화를 걸었다. 신호가 몇 번 울리고, 잠에 취한 크리스의 목소리가 들렸다.

— 네, 회장님.

「한국으로 갈 거야.」

— 예?

그가 하는 말에 좀처럼 반문하는 법이 없는 크리스가 본능적으로 되묻다 당황해 얼른 사과를 했다.

— 죄송합니다.

「전세기든 뭐든 가장 **빠른** 걸로 준비해.」

— 알겠습니다.

만나야겠다, 서은재를. 그 여자가 그에게 어떤 존재인지, 또한 그녀에게 자신은 어떤 존재인지를 만나서 확인을 해야겠다. 주차된 세단에 올라타자 자동으로 주차장의 셔터가 올라갔다. 액셀러레이터를 힘껏 밟자 차가 굉음을 내며 출발했다.

은재가 그에게 최정인의 약을 먹일 의도가 없었다는 것을 믿고 싶었다. 실은 그것은 믿고 있었다. 사람들에게 친절하고 아이에게 친절한 은재가 그에게 사람으로서 해서는 안 될 짓을 하겠다고 마음먹었을 리는 없음을…….

하지만 그를 두고 거래를 했다. 미아 메이와 서은재가 뭐가 다르단 말인가. 최정인과 서은재가 뭐가 다르냐 말이다! 분노에 사로잡힌 신욱은 미친 듯이 질주하던 차의 핸들을 꺾어 버렸다.

"아악!"

가슴속에서 터트리지 못한 미칠 것 같은 울분의 고함을 내지르는 순간이었다. 그의 차가 어둠 속에서 미처 발견하지 못한 트럭을 향해 그대로 돌진하고 말았다.

쾅!

엄청난 속도로 튕겨 날아간 신욱의 차는 가드레일에 부딪쳐 그대로 전복되고 말았다. 차체에서 뿌연 연기가 피어올랐다. 벨트를 하지 않았던 신욱의 몸이 차체 밖으로 튕겨 나갔다. 그의 머리에서 검붉은 선혈이 흘러내렸다. 멀리서 사이렌 소리가 들린다.

서은재……. 그 여자를 만나야 해…….

신욱의 초점 잃은 눈이 서서히 감겼다.

구조대가 도착했을 때 신욱은 완전히 의식을 잃은 후였다. 한눈에 보아도 몹시 위중한 상태여서 신속한 구급 조치를 받은 후 병원으로 후송됐다. 병원 측의 연락을 받은 크리스가 경호실장과 함께 황망한 얼굴로 응급실에 도착했다.

「우리 회장님 어디 계십니까? 대니얼 리 회장입니다!」

「지금 응급 수술 중입니다.」

「응급 수술이요?」

「병원에 도착했을 때 두피 열상이 심해 출혈이 상당했습니다.」

「아……!」

크리스는 몸이 떨려 그대로 복도 의자에 주저앉고 말았다.

「다른 곳은 어떻습니까?」

「오른쪽 다리의 복합 골절이 예상됩니다. 갈비뼈도 다수 부러졌어요. 사고 당시 벨트를 매지 않으셨더군요.」

깊은 밤 전화를 걸어 한국으로 가겠다는 회장의 말을 들었을 때부터 불길함을 주체할 수 없었던 크리스는 기어이 사달이 나고야 말자 화가 났다. 대체 서은재, 그 여자가 뭐가 그리 대단하기에!

신욱은 꼬박 나흘 만에 깨어났다. 산소마스크를 쓴 채 힘겹게 주변을 둘러보며 사고의 순간을 회상하는가 싶더니, 크리스와 시선을 맞췄다.

「정신이 드십니까?」

「……소문이 났나?」

「회장님!」

「가급적 사고에 관한 소문은 부풀리지 마. 그리고 에반 영부회장 대행 체제로 가.」

「회장님, 그건 저희가 알아서 하겠습니다. 제발 말씀하지 마십시오.」

속이 까맣게 타들어 가는 크리스가 울부짖듯 말하자 신욱이 다시 눈을 감았다.

「회장님!」

이대로 영영 신욱이 잘못되는 건 아닌가 싶어 부르짖었다. 그러나 한동안 그는 눈을 감은 채 미동도 하지 않았다. 끈기 있게 그 모습을 지켜보던 크리스는 그의 뜻을 따르기 위해 결국 휴대폰을 꺼냈다.

나흘 만에 깨어났지만 신욱의 상태는 좋지 못했다. 깨어남과 혼절을 수시로 반복하며 고열에 휩싸여 의료진과 크리스를 몹시 걱정시켰다. 출혈이 심했던 두피 열상은 차라리 다행이다 싶을 정도로 오른쪽 다리의 부상이 심각했다. 물론 부러진 갈비뼈도 문제였지만 허벅지부터 종아리까지 뼈가 조각조각 부러졌기 때문에 한두 번의 수술로 치료가 끝나는 게 아니어서 더욱 심각한 상황이었다. IE 그룹 본사 홍보실에서 언론 기사를 최대한 막아 신욱의 사고가 보도되는 일은 없었다.

하지만 미아를 위해 신욱의 주변을 감시하던 마이클의 귀에 사고 소식이 들어가는 것까지 막을 수는 없었다. 전화를 끊은 마이클은 가진 돈이 바닥나 자신의 집에서 기거하는 미아를 보았다.

「미아, 대니얼이 교통사고가 났대.」

「뭐야?」

「언론에는 극비에 부쳐졌지만 심각한 상황인가 봐.」

「오빠 어떻게 알았는데?」

「전 경호원이 IE 그룹에 있거든, 우연히 들었어.」

무슨 생각을 하는지 미아의 입술이 새 부리처럼 뾰족하게 모아졌다.

「마이클, 지금이 기회야.」

「무슨 소리야?」

「언제까지 이렇게 살 수는 없잖아? 대니얼이 약해졌을 때 그를 공략해야 한다고.」

「미아, 괜한 짓 하지 마라.」

미아가 싱긋 웃었다.

「오빠, 나만 믿어.」

어쩌면 이건 하늘이 내린 마지막 기회인지도 몰랐다! 한껏 침체되어 있던 미아는 마이클이 전해 준 소식으로 단숨에 기분이 좋아졌다. 어떻게든 대니얼에게 가까이 다가갈 수만 있다면 나머지는 최정인이 가르쳐 준 방법을 쓸 작정이었다. 수단과 방법을 가리지 않고 그의 정액을 손에 넣는 것이다. 그의 아이를 임신하는 것만이 이 암울한 상황을 벗어날 수 있는 유일한 방법이었다.

마음이 급해진 미아는 마이클이 알려 준 병원으로 갔다. 하지만 대니얼이 입원한 병실 앞을 어쩐 일인지 경호원들이 지키고 있지 않았다.

벌써 퇴원을 한 것은 아닐 텐데?

미아는 고개를 갸웃거리며 병실 안으로 들어갔다. 조금 전까지 사람이 누워 있던 흔적이 남아 있었다. 아마 검사를 위해 병실을 비운 것 같았다. 긴장을 푼 미아는 새빨간 입술을 뾰족이 내민 채 주위를 둘러보았다. 자신만만해했지만 슬슬 조바심이 일기 시작했다. 공항으로 가다 사고를 당한 것이라는 말에, 미아는 즉시 서은재를 떠올렸다.

베개 옆에 놓인 휴대전화가 눈에 들어와 얼른 그것을 집어 들었다. 뭐라도 건질 게 있나 싶어 얼른 전화를 확인하던 미아는 부재중 메시지가 녹음된 것을 보며 눈빛을 빛냈다. 그것은 서은재가 남긴 메시지였다. 미아는 주변을 둘러보다 통화 버튼을 눌렀다.

— 저, 서은재예요. 단도직입적으로 말할게요. 나 임신했어요. 연락 주세요. 기다릴게요.

한국말이어서 무슨 말인지 알아들을 수가 없다. 미아는 다시 통화 버튼을 누른 다음, 자신의 휴대전화에 은재가 남긴 메시지를 녹음했다. 그리고 통화 목록에서 서은재의 번호를 지웠다. 휴대폰을 제자리에 내려놓고 시침을 뗀 채 소파에 앉는 순간, 병실 문이 열리고 휠체어에 앉은 신욱이 경호원들에게 둘러싸여 들어왔다.

검사를 받는 동안 지칠 대로 지쳤던 신욱은 빈 병실을 제집인 양 태연하게 차지하고 있는 미아 메이의 뻔뻔한 모습을 보자마자 화를 냈다.

「내보내.」

수술에서 미처 회복되지 못해 큰 소리가 나오지 않음에도 불구하고 신욱은 사자후 같은 고함을 내질렀다. 모두 분노의 힘이었다. 미아는 다급히 신욱의 휠체어 앞에 무릎을 꿇으며 애원했다.

「대니얼, 난 당신이 걱정이 돼서 온 거예요.」

「나가!」

그가 사정없이 소리쳤다.

「뭐 하나! 당장 내보내라는데!」

미아는 경호원에 의해 이끌려 나왔다. 너무나 쉽게 끌려 나온 미아는 표독스럽게 두 눈을 빛내며 신욱의 병실을 노려보았다.

두고 봐, 날 이렇게 취급한 대가를 치르게 하고 말 테니.

신욱은 다급히 불려온 크리스가 머뭇거리는 것을 보며 소리쳤다.

「미아 메이가 왜 여길 들락거려! 사고 소식은 어떻게 알게 된 거지?」

대답을 요구하는 것이 아니었다. 크리스의 잘못도 아니었다. 신욱은 그저 화가 나서, 분을 쏟아 낼 상대가 필요할 뿐이었다. 지독한 거머리 같은 미아 메이와 마이클 로건은 쓸어 낸다고 해서 사라질 인간들이 아니었다. 그들은 아무리 짓밟아도 죽지 않는 잡초처럼 버텼다. 그리고 죽은 이의 망령처럼 그의 주변을 떠돌며 호시탐탐 기회를 엿본다는 것을 신욱도 잘 알고 있었다.

「병실 앞에 24시간 사람 세워 둬.」

「알겠습니다.」

끔찍한 인간들. 벼랑 끝에 내몰려서도 탐욕을 버리지 못한
다. 분노 때문인지 순식간에 고열이 솟구쳤다. 뜨거운 피가 한
꺼번에 몰렸는지, 머리가 터질 것 같아 신음과 함께 관자놀이
를 누르자, 크리스가 황급히 베드 가까이로 다가와 물었다.

「회장님, 괜찮으십니까?」

「별거 아니니까 수선 떨 것 없어.」

대수롭지 않게 대답한 신욱은 터질 것 같은 이마를 짚었다.
부서지고 으스러진 뼈가 엄청난 고통을 느끼게 했다. 차라리
의식이 없는 것을 바랄 만큼, 매 순간 아프고, 또 아팠다. 그런
데 멀쩡한 심장은 왜 아픈 걸까?

「혼자 있고 싶으니까 나가 봐.」

「알겠습니다. 필요하시면 언제든지 부르십시오.」

크리스가 조용히 병실을 나가자, 신욱은 베개에 머리를 기대
며 눈을 감았다.

난 해야 할 일을 했을 뿐이야. 날 위하는 척하면서 내 뒤에
서 날 조롱하고 조종하려고 든 것은 그 여자였다고! 심장이 피
맺힌 절규를 내질렀다. 그러나 창백하고 해쓱한 얼굴로 자신을
바라보던 은재의 얼굴이 뇌리에서 떠나지 않았다. 마치 이 모
든 게 그의 잘못인 양, 투명한 눈으로 바라보던 그녀의 얼굴
이……

엄청난 통증과 고통 속에서 그가 턱이 팽팽하게 당기도록 이를 사리물었다.

"난 여자를 믿지 않아."

믿지 말아야 할 여자를 믿은 대가는 이토록 참혹했다.

"널 찾지 않을 거야. 서은재. 죽어도 널 찾지 않아."

그는 다짐하고 또 다짐했다. 그것은 서은재를 향한 다짐이 아닌, 스스로를 위한 주문이었다. 으스러진 뼈가 모두 제자리를 찾고 한 발, 한 발, 새롭게 걷는 훈련을 받을 때마다 심장에 아로새길 것이다. 다시는 서은재, 그녀를 보지 않겠다고……!

한편, 마이클이 마련해 준 고급 빌라로 돌아온 미아는 녹음해 온 메시지를 틀었다. 한국말이어서 아무리 들어도 알 수가 없었다. 할 수 없지. 미아는 아래층에 사는 한국인 부부를 찾아갔다.

"저, 서은재예요. 단도직입적으로 말할게요. 나 임신했어요. 연락 주세요. 기다릴게요."

녹음해 온 서은재의 메시지를 한국인 부부에게 통역 받은 미아의 표정이 경악으로 물들었다. 휘청거리는 걸음으로 빌라로 돌아온 미아는 참았던 분노를 쏟아 냈다.

「임신? 누구 마음대로 대니얼의 아이를 임신해?」

미아의 표정이 흉하게 일그러졌다.

「아니, 제멋대로 아이를 임신했으면서 왜 대니얼에게 알리려는 거지? 뻔뻔한 년 같으니! 있는 내숭, 없는 내숭은 다 떨더니 애를 배자마자 쪼르르 전화해 책임을 지라고 요구하는 거잖아!」

미아의 마음이 다급해졌다. 이렇게 직접적으로 전화를 걸어 사실을 말하는 걸 보면, 결국 언젠가는 대니얼도 알게 될 것이다. 대니얼이 서은재의 아기를 원할까? 증오로 이를 갈고 있는데도? 대니얼의 마음을 확신을 할 수가 없어 답답했다. 하지만 만약에 하나, 아기를 원한다면 자신의 계획에 큰 차질이 생기는 것이다. 미아는 서은재에게 일말의 기회도 남겨 주고 싶지 않았다.

「그래, 이 메시지를 내가 먼저 들을 수 있었던 건, 하느님도 날 불쌍하게 여겨서일 거야. 이번만큼은 하느님도 내 편인 거야.」

광기에 휩싸여 중얼거린 미아는 다급히 휴대폰을 찾아 전화를 걸었다.

— 어쩐 일이야?

「스테파니, 지금 나 좀 도와줄 수 있어?」

수화기 너머 목소리는 언제나처럼 고요했다. 미아가 세상에서 가장 증오하는 목소리, 착한 척 가증을 떠는 목소리였다.

— 서은잽니다. 누구시죠?

전화에 바짝 붙어 귀를 대고 있던 미아가 스테파니의 옆구리를 쿡 찔렀다. 그러자 스테파니가 연습한 목소리를 냈다.

「여기 IE 그룹 뉴욕 본사 비서실입니다.」

— 네, 말씀하세요.

「회장님께서 말씀 전해 달라고 하셨습니다. 회장님과 상관없는 일이니, 다시는 그런 일로 연락하지 말라고 하셨습니다.」

— ……뭐, 뭐라고요?

「이상입니다. 그럼 이만 끊겠습니다.」

— 여, 여보세요?

은재의 부름에도 불구하고 일방적으로 전화를 끊은 빨간 머리의 스테파니가 미아를 보았다.

「됐어?」

그러자 미아가 발을 구르며 친구를 보았다.

「스테파니, 잘 된 거 맞지?」

전화기에 귀를 대고 서은재와 나누는 대화를 다 들었으면서도 수선을 피우는 미아를 보며 모델 학교를 다닐 때부터 단짝이었던 스테파니가 어깨를 으쓱거렸다.

「너도 들었잖아. 할 말 하고 끊었는데 잘 되고 못 될 게 뭐가 있어? 그런데 그건 무슨 뜻이니? 네가 말하라는 대로 하긴 했는데, 무슨 일인지 나한테는 말해 줄 수 있잖아. 회장과는 상관없는 일이 뭔데?」

「미안, 그건 비밀이야.」

「야, 사람 궁금하게! 온갖 말로 사람 꼬드겨 낯모르는 여자에게 전화하게 만들어 놓고 이유도 설명 안 해 줘?」

「대신 내가 오늘 근사하게 쏠게.」

「알았어. 진짜 근사하게 쏴야 한다.」

「알았다니까.」

미아의 웃음은 말할 수 없이 교활했다. 사실 할 수만 있다면 직접 한국으로 가서 서은재의 배 속을 헤집어 놓고 싶었다. 하지만 그건 불난 집에 기름을 끼얹는 격이 되겠지. 괜히 나서서 대니얼을 자극할 필요는 없었다. 가끔은 한 발자국 더 나아가고 싶은 순간 물러나야 할 때도 있는 법이다. 서은재가 멍청하긴 해도 애 아빠가 필요 없다는 아일 낳을 만큼 속속들이 멍청하지 않겠지?

지금 서은재는 한국에 있었다. 그리고 미아가 아는 한, 대니얼은 한국으로 갈 일이 없다. 서로 엮일 이유가 없는 운명이었다. 미아는 대니얼과 서은재가 진실을 알 수 없을 거라는 생각만으로도 기분이 날아갈 것 같았다. 이제 날 우습게 보지 않겠지. 보다시피 난 니들보다 한발 앞서 있으니까, 후훗.

「무슨 생각을 그렇게 해? 나 배고파. 나가자.」

「그래, 가자.」

미아는 천사처럼 웃으며 스테파니의 팔짱을 꼈다.

❋

은재는 계속해서 상대를 불렀다.

「여보세요, 여보세요!」

소용이 없다는 걸 알면서도 멈출 수가 없었다. 전화는 끊어진 뒤였고 들려오는 것은 신호음뿐이었다. 하지만 믿을 수 없는 현실에 대한 집착이 오기를 불러일으켰다.

「여보세요!」

다시 확인을 해야겠다. 다시 한 번만 더……!

심호흡을 한 다음 전화 버튼을 눌렀다. 신호가 세 번 가고 상대가 전화를 받았다. 친절하지만 사무적인 여직원의 목소리였다.

— IE 그룹 회장 비서실입니다.

「회장님 부탁합니다.」

— 회장님은 지금 자리에 안 계십니다. 죄송하지만 선약이 되어 있으십니까?

「아니요. 지금 어디에 있죠?」

— 죄송합니다. 그건 말씀드릴 수가 없습니다.

여직원은 사무적으로 대답한 뒤 전화를 끊었다. 은재는 크리스의 전화번호를 기억해 냈다. 하지만 크리스 역시 전화를 받지 않았다. 한국에서 온 전화는 무조건 받지 않는 것이 분명했다. 그녀는 공허한 눈으로 휴대전화를 바라보다 쓰레기통에 던져 넣었다.

그때 배가 콕콕 쑤시면서 딱딱하게 뭉치는 게 느껴졌다. 배속의 아기를 위해서, 일단 진정을 해야 했다. 은재는 뭉친 배에 손을 얹고 천천히 문지르기 시작했다.

괜찮아, 다 괜찮아, 아가야……!

"으윽……."

갑자기 허리가 저절로 숙여질 만큼 강한 배의 통증이 느껴졌다.

"하아……. 괜찮아, 괜찮아, 아가야. 진정해."

하지만 배의 뭉침은 더욱 심해졌다. 더럭 겁이 난 은재는 콜택시를 부른 다음 기다시피 고시원을 나왔다.

아니나 다를까, 병원에 도착한 그녀를 진료한 산부인과 의사가 엄격하게 말했다.

"유산기가 있으니 특별히 조심해야 한다고 말씀드리지 않았습니까?"

그녀는 괜한 죄인의 심정이 되어 고개를 들 수가 없었다.

"죄송합니다."

"며칠 입원하셔야 합니다."

"하지만 전……."

의사는 그럴 만한 상황이 되지 않는다 말하려는 그녀의 말을 끊었다.

"아기를 무사히 낳고 싶으십니까?"

그녀는 의사의 단도직입적인 물음에 말문이 막혔다. 그녀가 아무 말도 하지 못하는 것을 본 의사가 조금은 부드러워진 어조로 다시 말했다.

"건강한 아기를 품에 안고 싶으시다면 의사 말을 들으셔야죠."

"……알겠습니다."

은재가 입원한 6인실 병실은 소란했고 식사 때면 음식 냄새가 나서 구역질이 치밀어 올랐다. 하지만 가만히 누워만 있으라는 의사의 경고에 그녀는 밖은커녕 화장실도 함부로 갈 수가 없었다. 그녀에게만 보호자가 없었다. 같은 병실의 환자와 보호자, 심지어 간호사까지 그녀를 바라보는 시선에 동정이 섞여 있는 것 같았다. 그러나 이미 처참하게 무너진 마음은, 그들의 동정을 불편해할 여력이 남아 있지 않았다.

가만히 누운 그녀의 눈에서 가느다란 눈물이 쉴 새 없이 흘러내렸다. 처음부터 혼자 낳아 키우기로 작정했던 아기였다. 그의 거부와 외면에 상처받을 이유가 없음에도 왜 눈물이 나는 것인지, 은재는 어리석게 구는 스스로가 원망스러웠다. 무의식 속에서 그에 대한 미련이 남아 있었나 보다. 차갑고 무심하고 냉정한 남자였지만, 필요할 때면 곁을 내어 주던 잔상이 남아, 이번에도 달려올 거라고 기대했던 것 같았다.

내가 어리석었던 거야.

그녀는 손등으로 눈물을 닦으며 생각했다.

우린 이미 끝난 사이잖아. 대체 무슨 기대를 했던 거야? 우린 이미 끝났는데…….

스트레스를 받지 말고 특별히 영양에 신경을 쓰라는 의사의 당부를 듣고 3일 만에 퇴원을 했다. 병원을 나와 갈 곳을 떠올려 봤지만 아무 곳도 없었다. 세상천지에 그녀의 처지를 받아 줄 사람도, 눈물을 달래 줄 사람도 없었다. 오직 진주뿐이었다. 그녀가 지친 걸음으로 찾아간 진주의 원룸 앞에서 벨을 누르자 기다렸다는 듯 문이 열렸다.

"서은재!"

그녀의 이름을 크게 부르는 진주가 반가워서, 더욱 서러웠다.

"야, 이 기집애야! 너 어디 갔었어? 연락도 없고…… 어, 은재야, 너 울어?"

"진주야."

완전히 무너진 은재는 진주의 무릎에 얼굴을 묻고 펑펑 울어버렸다.

"야, 너 왜 이래?"

한 번도 보지 못했던 은재의 행동에 놀란 진주가 물었지만 은재는 우느라 정신을 차릴 여유도, 대답을 할 겨를도 없었다.

"너 이러면 안 돼. 네가 이러면 아기한테도 좋지 않다고."

"그 인간이…… 그 인간이 아기는 자기랑 상관이 없대……. 흐흑!"

"뭐야!"

"비서실에서 연락이 왔어. 직접 전화를 한 것도 아니야. 비서를 시켜서 상관없다고 할 만큼 하찮은 존재였던 거야, 나는."

"뭐 그런 미친놈이 다 있어!"

"흐흑. 다 알고 있었는데, 정말 다 알고 있었는데…… 왜 이렇게 눈물이 나는지 모르겠어. 자꾸…… 자꾸 눈물이 나."

"지 새끼 부정하는 말을 들었는데 눈물이 안 나는 게 이상하지! 와, 나 정말 이 정도인 줄은 몰랐다? 그럼 같이 자긴 왜 잔 거래? 응?"

"흐흐흑."

은재는 설움이 꽉 차 숨도 제대로 쉬어지지 않는 가슴을 주먹으로 두드렸다. 그런 은재의 행동을 막으며 진주가 소리쳤다.

"야, 울지 마! 눈물도 아까워. 그런 인간 때문에 뭐하러 울어? 어차피 너 혼자 낳아서 잘 키우려고 했잖아. 지금이라도 그렇게 하면 되는 거야. 그런 아빠 있어 봤자 애한테 도움 안 돼."

그러나 미련을 버리지 못한 그녀가 물었다.

"그 남자가 정말 그런 걸까?"

"그건 또 무슨 말이야?"

"아직 화가 나서 그런 게 아닐까? 나라도 아직 화가 났을 거야. 어쨌든 자기 몰래 진저리 치게 싫어하는 자기 엄마를 만났으니까. 그리고 제의를 받았던 걸 얘기하지 않았으니까. 그래서 아직 화가 나서……."

진주가 그녀의 어깨를 잡고 미친 듯이 흔들었다.

"제발 정신 차려! 그렇게 당하고도 아직도 그놈 편을 들어 줄 마음이 남았어? 응? 이 바보야! 제발, 제발 좀!"

은재의 눈에서 뜨거운 눈물이 넘쳐흘렀다.

"어떻게…… 어떻게 이럴 수가 있어……. 그래도 난, 우리가 조금은 가까운 사이인 줄 알았는데……."

그녀는 두 손에 얼굴을 묻고 또다시 소리 내어 울어 버렸다. 아무리 울어도 가슴속에 쌓인 설움을 전부 쏟아 내지는 못할 것 같았다.

자고 가란 진주의 성의만 감사히 받아들인 은재는 고시원으로 돌아왔다. 외동딸로 자란 진주는 혼자 자는 데 익숙해서 누군가 곁에 있으면 깊은 잠을 자지 못한다는 것을 알고 있었기 때문에 계속 폐를 끼치고 싶지가 않았던 것이다. 복도로 들어와서 방으로 향해 걷던 순간이었다.

"아, 좀 진득하게 기다려 봐요."

은재는 의재의 목소리를 듣는 순간 그대로 굳어졌다. 뒤이어 태호의 목소리까지 들려왔기 때문이다.

"이러고 있으면 언제고 오겠죠. 기다려요, 형."

"하지만 그때 은재가 병원에 간 게 영 신경 쓰여서……."

"아, 참! 비실비실하니까 그런 거죠."

"피가 났다니까."

"여자들은 원래 그런답디다. 걱정 말아요."

"저기……. 혹시 임신한 게 아닐까? 아니고서야 왜 그곳에서 피가……."

주저하듯 캐묻는 태호를 향해 의재가 벌컥 화를 냈다.

"아, 이 형님 정말! 처녀가 어디서 애를 가져요! 다신 그런 말 말아요. 만약 정말 임신이면 우리 엄마가 가만히 안 있을걸요? 어디서 집안 망신을 시키냐고, 당장 잡아다 머리털 다 밀고 애 떼러 가죠!"

"그, 그래……."

그녀는 주춤주춤 뒷걸음질을 쳤다. 은재의 머릿속에서 신욱은 까맣게 사라지고 남은 것은 공포였다. 의재와 태호의 끔찍하리만큼 심한 집착에 대한 공포가 생겨나 버렸다.

복도 계단까지 뒷걸음질 친 은재는 그대로 계단을 뛰어 내려왔다. 심하게 배가 당겼지만 이번만큼은 아기의 요구를 들어줄 수가 없었다. 은재는 길을 지나가던 사람들이 놀라서 쳐다볼 정도로 힘껏 달리기 시작했다. 소름 끼치는 현실로부터 도망치기 위해서, 미친 듯이 앞을 향해 달려갔다.

〈2권에서 계속〉

그
밤 지
이 난
뒤
에

1판 2쇄 찍음 2014년 4월 16일
1판 2쇄 펴냄 2014년 4월 21일

지은이 | 정경하
펴낸이 | 정 필
펴낸곳 | 도서출판 **뿔미디어**

편집장 | 이재권
기획 · 편집 | 주종숙, 정시연, 이은정

출판등록 | 2002년 9월 11일 (제1081-1-132호)
주소 | 경기도 부천시 원미구 상동로 117번길 49(상동) 503호
전화 | 032)651-6513 / 팩스 032)651-6094
E-mail | scarlets2012@hanmail.net
블로그 | http://blog.naver.com/dahyangs
홈페이지 | http://bbulmedia.com

값 9,000원

ISBN 979-11-7003-302-8 04810
ISBN 979-11-7003-301-1 04810(세트)

※파본은 구입하신 서점에서 교환하여 드립니다.

도서출판 뿔미디어 홈페이지 OPEN!!

안녕하세요.
지금껏 저희 뿔미디어를 응원해 주신
독자님들의 성원에 힘입어
이번에 새롭게 홈페이지를 오픈하였습니다.

저희 뿔미디어는 홈페이지에서 독자님들께서
보다 빠른 출간 소식과 미리보기 등
알찬 내용을 제공하기 위해 많은 노력을 기울였습니다.
또한 독자님들에게 도서 할인, 이벤트 등
다양한 혜택을 제공하고자 합니다.

저희 뿔미디어 홈페이지 오픈을 계기로
한층 더 독자님들과 가까워질 수 있는 기회가 되었으면 합니다.

보다 많은 관심과 사랑 부탁드리며,
앞으로도 더 좋은 컨텐츠 제공에 힘쓰도록 하겠습니다.

감사합니다.

-도서출판 뿔미디어 올림-

 www.bbulmedia.com